메남 차오프라야

MENAM CHAOPHRAYA

메남 차오프라야

초판 1쇄 발행 2020년 6월 15일

지 은 이 경시몬
발 행 인 권선복
편 집 한영미
디 자 인 최새롬
전 자 책 서보미
발 행 처 도서출판 행복에너지
출판등록 제315-2011-000035호
주 소 (157-010) 서울특별시 강서구 화곡로 232
전 화 0505-613-6133
팩 스 0303-0799-1560
홈페이지 www.happybook.or.kr
이 메 일 ksbdata@daum.net

값 20,000원
ISBN 979-11-5602-811-6 03810

메남 차오프라야

MENAM CHAOPHRAYA

경시몬 지음

도서출판 행복에너지

머리글

1989년 1월 1일 한국 정부의 여행자유화 조치로 인하여 많은 관광객이 해외관광을 시작했으며 방문 국가 중 태국이 초기부터 현재까지 한국인이 가장 많이 관광 방문을 선호하는 국가로 자리매김해 왔다.

여행자유화가 된 지 올해로 30년이 되지만 수많은 한국인이 태국을 방문해 왔음에도 관광 분야를 제외한 타 분야에서는 예상보다 많은 진전을 보지 못했고, 특히 며칠간의 관광으로는 태국이란 나라의 관광지를 통한 겉면만 볼 수 있을 뿐 실제적인 태국이란 나라를 이해하기는 어려운 실정이었다.

또한 우리나라와의 문화적 교류가 미미하고 두 나라의 역사 속에 시민운동 및 민주화투쟁이란 동질성을 가진 사건들이 있었음에도 불구하고 한국인의 관심 밖에 머무르고 있어, 태국에서 20여 년이나 지내온 나는 그러한 문화적 교류의 부재를 안타깝게 생각했다.

그 때문에 졸필이지만 3년여에 걸쳐 광주항쟁과 태국의 5·18을 전후한 자료 수집을 통하여, 1980년 5월 18일의 역사적인 광주항쟁과 그 학살 현장을 모델로 삼아 태국의 수친다Suchinda 군사 정권이 시민을 무차별 학살했던 1992년 5월 18일의 학살 현장을 전후한 태국의 민주화투쟁 과정을 집필하게 되었다.

태국의 5·18 당시 나는 현장에서 직접 학살 광경을 목격하였기에 역사적 사실을 바탕으로 광주항쟁과 교차 서술하여 소설화했으며, 광주항쟁 부분은 전남일보와 한겨레21 등의 보도내용을 인용하여 사실에 가까운 상황을 기술하려고 노력했다.

부족한 점이 많은 이 글을 통하여 향후 태국과 한국의 민주화운동의 협력체제가 공고해지고 양국 시민들의 민주화의식이 한층 더 성숙해지길 바라는 마음이다.

저자 경시몬

목차

당신이 등지지 않는 한
운명은 반드시 당신이 꿈꾸는 대로
당신 곁에 있을 것이다.

- 헤르만 헤세 -

천상(天上)의 만남

"싸왓디 카!(안녕하세요!)"

밝은 주황색과 연보랏빛 타이 실크로 화려하게 단장한 스튜어디스가 두 손을 합장하며 가볍게 미소 지었다.

"싸왓디 캅!(안녕하세요!)"

검은색 더블 슈트 차림의 강진호는 기내로 들어서며 반갑게 답례했다. 검은색 서류 가방을 한 손에 든 그는 오른쪽으로 꺾어 걸어갔다. 자리를 안내하는 스튜어디스의 뒷모습을 바라보며 그는 싱긋 미소 지었다. 언제 봐도 가는 허리와 곧게 뻗은 각선미를 자랑하는 태국 여인의 몸매는 매력적이었다.

"천 카(여깁니다)."

스튜어디스는 다섯 번째 좌석의 창가를 가리켰다.

"콥쿤캅(감사합니다)."

고개를 끄덕이며 자신의 옆자리를 바라보던 강진호는 자신을 올려다보는 두 개의 눈동자와 시선이 마주치자 순간 숨이 멎는 것 같았다. 태국에 정착한 지 4년이 지났지만 이토록 숨 막히도록 아름다운 미인을 만나기는 처음인 것 같았다. 고고한 기품이 은연중에 풍겨 나오는 것으로 미루어 태국 상류층 여인인 듯싶었다. 스물 중반이나 됐을까? 그러나 나이와는 어울리지 않는 원숙한 품위가 느껴졌다.

자신을 뚜렷이 바라보는 진호의 눈길이 쑥스러웠던지 여인은 얼른 눈길을 내리깔며 일어섰다. 그 여인은 진호가 창가 쪽 좌석으로 들어가기 쉽게 옆으로 비켜섰다. 붉은 자줏빛 투피스와 영롱한 무지갯빛의 진주 목걸이가 썩 잘 어울려 귀족적인 분위기를 연출했다. 일어선 그녀는 생각보다 키가 훤칠했다.

“감사합니다. 그런데 미인에게 제 자리를 양보할 기회를 주지 않으시겠습니까?”

강진호는 정중하게 말하며 그녀의 얼굴에서 눈길을 떼지 못했다.

“아, 아니에요. 전 괜찮아요.”

여인은 사양하며 살짝 눈을 치켜뜨고 진호를 바라보았다.

“제가 편하지 않을 것 같군요. 또 자주 왔다 갔다 하는 편인데…….”

상투적인 접근 같았지만 여인은 왠지 진호의 제의를 거절하고 싶지 않았다. 잠시 머뭇거리던 그녀는 그의 제의를 받아들이기로 했다.

“그러세요? 그럼 제가 댁을 편하게 해드릴까요?”

여인은 여유를 찾았는지 싱긋 웃으며 창가 쪽 좌석에 앉았다. 그러고는 곧 헤드폰을 낀 채 기내 잡지에 눈길을 돌렸다.

강진호는 상의를 벗어 스튜어디스에게 맡기고 자리에 앉았다. 감미로운 기내 음악이 흐르는 가운데 탑승객들의 조용한 분주함만이 여행의 설렘을 보여주고 있었다. 진호는 편안히 시트에 기대앉아 지그시 눈을 감았다. 비즈니스 클래스의 넓고 쾌적함이 온몸에 느껴졌다.

여인은 옆 좌석에 앉은 강진호가 기척이 없자 살며시 고개를 돌려 그를 살폈다. 유창한 태국어를 구사했지만 어딘지 모르게 어색한 구석이 느껴지는 걸로 봐서 태국인은 아닌 듯싶었다.

'어느 나라 사람일까? 무엇 하는 사람일까? 은행가? 기업가?'

평소의 그녀답지 않게 남자에 대한 관심이 새록새록 피어올랐다. 그녀의 시선은 눈부시게 하얀 드레스 셔츠의 소매를 장식한 커프스 버튼과 흰 바탕에 청색 스트라이프 무늬의 넥타이를 장식한 넥타이 핀을 슬쩍 지나쳤다. 카운테스 마라 제품이었다. 넥타이는 이브 생로랭이었고 몸 전체에서는 성공한 남자의 향기인 랠프 로렌의 머스크 우디 향이 은은하게 풍겼다. 웬만한 남자는 관심조차 가져본 적이 없는 그녀였지만 왠지 지금은 약간 긴장되었다.

"항공기가 곧 이륙하겠사오니 승객 여러분께서는 안전벨트를 착용해 주시기 바랍니다."

태국어, 영어, 한국어로 안내 방송이 나오자 진호는 눈을 뜨고 안전벨트를 찾았다.

"하늘에 있을 때는 별로 소용이 없지만 지금처럼 땅 위에 있을 때는 그런대로 소용이 있지요."

진호는 혼잣말로 중얼거렸다.

"뭐라고 하셨어요?"

여인은 헤드폰을 벗으며 물었다. 자신에게 뭐라고 말한 줄 착각한 것이었다.

"예? 아! 안전벨트요. 하늘에선 별 소용이 없다고 했습니다."

"그래도 에어 포켓air pocket에 들어섰을 때는 대단히 유용하죠."

그녀의 말투에서 더 이상 조금 전까지의 어색함을 찾아볼 수 없었다.

"아! 네, 그렇군요."

그녀의 말대로 하늘에는 공기가 없는 공간이 군데군데 있었고 비행기가 그러한 공간을 지날 때면 여지없이 내려앉아 승객들의 간담을 서늘케 하곤 했다. 그럴 때를 대비해서 각 항공사에서는 운항 중에도 안전벨트를 착용하고 있을 것을 권고했다. 진호는 새삼 깨달았다는 듯 고개를 두어 번 끄덕였다.

잠시 후, 한국행 타이 항공의 에어버스는 육중한 몸을 움직여 에어웨이를 따라 활주로로 향했다. 진호는 고개를 돌려 창밖을 바라보았다. 전속력으로 활주로를 질주하는 비행기의 조그만 창문 너머로 푸른 초원이 휘휙 지나갔다. 로열 타이 공군 소유의 골프장이었다. 두 개의 활주로 한가운데 조성된 골프장에서 시원하게 골프채를 휘두르는 골퍼들의 모습이 인상적이었다. 비행기 소음 때문에 게임에 지장이 있을 텐데 제법 골퍼들이 많아 보였다.

양력을 받아 비행기가 두둥실 떠오르자 진호는 자신도 모르게 온몸이 긴장됐다. 이륙 후 5분, 착륙 전 10분이 가장 위험하다던가? 진호는 비행기를 자주 타는 편이었지만 이착륙 때 긴장되는 건 어쩔 수 없었다.

강진호는 슬쩍 옆에 앉은 여인을 훔쳐보았다. 중국계인 듯 한국 여자와 별반 다르지 않게 흰 피부는 그녀가 북부 출신임을 보여주었다. 무슨 일로 한국에 갈까? 차림새로 봐서 관광 가는 것 같지는 않아 보였다. 아마 회사 일로 가는 듯했다. 태국 여인들의 사회 활동은 한국과는 비교가 안 될 정도로 활발했다. 19세기 중반부터 일찌감치 문호를 개방한 탓에 서구 유럽 문명의 영향을 많이 받은 결과였다.

곁눈질로 조심스레 살펴보던 그의 눈길이 여인의 왼손 약지에 머무르자 갑자기 그의 두 눈이 왕방울만 하게 커졌다.

'저…… 저건!'

결혼했는지의 여부가 궁금해서 더듬어 살펴본 그녀의 약지에는 반지가 끼워져 있었다. 그러나 그 반지는 결혼반지가 아니었다. 강진호는 그 반지를 너무나 잘 알고 있었고 그 반지의 주인인 여인에게 한결 친근감을 느꼈다.

"저…… 실례합니다."

진호는 조심스레 상체를 돌려 여인을 불렀다. 여인은 인기척을 느끼자 헤드폰을 벗었다.

"네?"

마주친 여인의 눈빛이 반짝 빛났다.

"아! 네, 저…… 그 반지…… 미국의 Y대 출신이신가요?"

"네. 그런데요?"

여인은 손을 들어 반지를 바라보곤 이내 커다란 눈을 더욱 크게 치켜떴다.

"그, 그걸 어떻게……?"

진호는 의문에 가득 찬 여인의 눈길 위로 자신의 약지를 들어 보였다. 그의 약지에도 여인의 것과 똑같은 문양의 반지가 끼워져 있었다. '영원한 진리를 추구하며Seeking for the Everlasting Truth'란 문구가 선명히 새겨져 있는 그 반지는 미국의 명문 대학인 Y대의 졸업 기념 반지였다.

"어머! 오우, 정말 반가워요!"

여인은 손을 들어 악수를 청했다.

"허허, 이런 데서 동문을 만날 줄이야……. 난 강진호라고 합니다. 86년도에 경영학과를 졸업했지요."

"그러세요? 그럼 제가 선배가 되나요? 호호, 전 아리야라고 해요. 85년도에 정치외교학과를 졸업했지요."

그들은 명함을 꺼내 교환했다.

"태국어가 유창하신데 오래 계셨나 보죠?"

"한 4년 됩니다."

"4년씩이나? 어쩐지……."

"ST그룹에 계시는군요."

ST그룹은 태국 최대의 다국적 기업군이었다. 농축산물 관련 기업으로 유명하며 특히 화학비료 분야는 세계적으로 이름이 나 있었다.

"ST그룹의 조그만 자회사에 다니고 있을 뿐이에요."

그녀는 진호의 명함을 만지작거리며 대답했다. 명함에는 리젠트 트레이딩 앤드 투어REGENT TRADING & TOUR 라고 적혀 있었다. 무역과 여행업을 하고 있으리라.

"그런데 한국에는 무슨 일로 가십니까?"

대학 졸업 후 처음 만난 동문이 보기 드문 미인이라는 사실에 진호는 아리야에 대한 호기심이 한층 더 부풀어 올랐다.

"세미나에 참석하러 가는 길이에요."

"세미나요?"

"네. 우리 회사의 전략 업종인 유전학 계통 세미나죠. 우리 회사는 전 세계 인구의 생존을 위한 식량 증산에 대한 연구 및 투자를 전문으로 하는 회사예요. DNA 합성, 생물정보학Bio Information, 유전체학Genomics, 유전자 이식 및 변형 등을 연구하고 있지요."

자신의 전문 분야를 설명하는 아리야는 조금 전과는 달리 매우 활기차 보였다.

"대단한 회사군요. 그런 건 미국이나 유럽의 대기업들만 하고 있는 줄 알았는데……."

진호는 생소한 분야였지만 세계 유수의 회사들이 극비리에 차세대를 위한 유전자 조작 실험을 하고 있다는 걸 들은 기억이 났다.

"후후, 이래 봬도 우리 회사는 그 분야에서 뒤떨어지지 않는 실적들을 갖고 있어요. 궁극적으로는 유전자 조작을 이용한 식량 증산이 목적이지요. 다른 연구 기관이나 동종 회사들보다 우리 회사의 목적이 더 순수하고 뚜렷이 인류의 생존에 기여할 것이라는 걸 확신하고 있지요."

"식량 증산이라? 앞으로 불어나는 인구에 비해 식량이 턱없이 모자랄 경우를 대비한다 이거군요?"

조금은 이해가 간다는 듯 진호는 고개를 끄덕였다.

"1999년에는 인구가 60억이 되고 2025년에는 85억으로 부쩍 늘어나고 식량은 지금보다 50퍼센트나 더 필요하게 되지요. 그래서 우리 회사를 비롯해서 세계적인 종묘 회사인 노바티스, 세미니스 같은 회사들은 우수 종자 및 유전자원 확보를 위한 소리 없는 전쟁을 치열하게 벌이고 있지요. 향후 식량이 무기로 쓰일 수도 있을 거예요. 태국은 세계 최대의 쌀 생산 국가이고 농업이 잘 발달돼 있으니까 이 분야에 깊은 관심을 가질 수밖에 없고요."

"대단하군요! 언젠가 식량이 모자랄 것이란 건 보도를 통해 알고 있었는데 그렇게까지 심각할 줄은 몰랐습니다."

진호는 젊은 나이임에도 침착하게 자신의 전문 분야를 설명하는 아리야의 모습에 새삼 감탄했다.

"식량의 무기화를 위해서가 아니라 장차 부족한 식량난을 대비해서라도 누군가는 해야 할 일들이죠. 그런데 지노 씨는 한국에 돌아가시는 건가요?"

그녀는 부르기 편해서인지 진호를 계속 '지노'로 발음하고 있었다.

"아! 네. 이번에 300명쯤 되는 대규모 관광 단체를 유치하게 되는

데 관광객 모집 회사들과 협의차 가는 길입니다."

"그러고 보니 우리나라에 한국인 관광객들이 근래 들어 부쩍 늘어난 것 같아요. 그 모두가 지노 씨처럼 우리나라를 외국에 소개하고 좋은 관광지를 개발하려는 분들 덕분이 아니겠어요? 개인적으로도 감사드리고 싶네요. 외국인임에도 이렇게 우리나라를 위해 애써주시니 감사드려요. 후후, 지노 씨 같은 분이 제 대학 동문이라니 정말 자랑스러워요."

아리야는 진심으로 고마워했다. 2년 전인 1989년부터 한국에서 해외여행 자유화 정책이 실시된 이후 많은 한국인 관광객들이 해외로 여행을 떠났고 그중 태국이 첫 손가락으로 꼽히고 있었다.

"원, 별 말씀을……. 이런 이야기보다는 스칼라피노 교수님 이야기나 하는 게 더 낫겠군요."

"어머! 그 교수님 강의 들으셨어요?"

"듣다마다요. 프레쉬맨freshman들이면 누구나 그 교수님 강의를 들으려고 너도나도 수강 신청하곤 했으니까요. 선배들이 추천해 주는 최고의 교양 과목이었죠."

"그랬어요. 라티노Latino 특유의 열정적인 몸짓으로 로마와 그리스 신화의 비교 해석을 강의하실 때면 강의실은 역사 이전의 신들의 시대로 돌아간 듯 넵튠(Neptune : 로마 신화의 바다의 신)과 포세이돈(Poseidon : 그리스 신화의 바다의 신)이 서로 바다의 지배자라며 풍랑과 해일로 자웅을 겨루었고 비너스(Venus : 로마 신화의 미의 여신)와 아프로디테(Aphrodite : 그리스 신화의 미의 여신)는 서로의 미모가 더 뛰어나다며 온갖 교태를 부리곤 했지요."

아리아와 진호는 마치 대학 시절로 돌아간 듯 금세 가까워졌다.

"그분의 바리톤 음성은 특히 여학생들한테 인기 만점이었지요. 하하하……."

"그랬어요. 나도 그중 한 학생이었죠. 후후……."

회상에 젖어드는 아리아의 두 눈엔 이미 학과 건물인 앨버트 홀의 담쟁이넝쿨 잎이 가을바람에 팔랑대며 떨어지고 있었다.

"아이비리그 라이벌인 H대와 매년 열리는 조정 경기 때면 뉴 헤이븐New Haven이 온통 들썩거렸지요. 저도 85년도 대회에 참가했었거든요. 내 인생에서 아주 자랑스러웠던 때였지요. 우승했었거든요."

"어머! 그러셨어요? 대단하네요. 전 그때 졸업 논문 때문에 경기를 참관하지 못했어요. 아쉬웠어요. 하지만 우리 팀이 케임브리지에서 온 그 멍청이들을 무려 30야드나 앞질러 우승했다는 소식을 듣고는 무척 기뻤어요. 그때 심정으로는 데이트 신청해 오는 남학생이 있었다면 모두 받아줬을걸요? 호호……."

대학 동문이라는 공통분모를 가진 그들은 처음 만났다는 어색함도 잠시뿐, 스튜어디스가 권하는 맥주로 건배하며 본격적으로 타임머신 위에 올라타고 과거를 여행하기 시작했다.

낙엽이 깊이 물든 가을 하늘은 새파란 물감을 뿌려놓은 듯 눈이 시릴 정도였다. 강진호는 시청 앞의 P호텔 커피숍에 앉아 대형 유리창을 통해 옷깃을 여민 채 바삐 오고 가는 인파들을 바라보고 있었다. 담배를 피워 문 그는 손목시계를 들여다보았다. 3시 10분이었다.

'일이 아직 안 끝났나?'

강진호는 아리야와 3시에 만나기로 약속했었다. 공항에서 헤어지기 전에 강진호는 한국이 초행길인 아리야에게 시간을 내서 시내 관광을 안내해 주기로 했고 아리야의 일정이 끝나는 오늘 P호텔에서 만나기로 했던 것이다.

서울에서의 일정은 ST그룹 한국 지사에서 세밀히 챙겼기에 진호가 따로 그녀를 위해 신경 쓸 일은 없었다. 담배를 비벼 끄던 그의 시야에 현관문을 들어서는 아리야의 모습이 들어왔다.

"어머! 미안해요. 조금 늦었어요. 오래 기다리셨지요?"

"아! 아닙니다. 저도 금방 왔습니다. 한국 날씨가 많이 쌀쌀하지요?"

그는 일어서서 아리야를 맞으며 익숙한 동작으로 자리를 권했다.

"아무래도 태국보다야 쌀쌀하지만 상쾌한 맛도 있어요."

그녀는 다가온 웨이트리스에게 커피를 주문했다.

"아직 낮에는 따스한 햇살이 남아 있어 그런대로 지낼 만하죠. 시간이 좀 더 있으면 지방으로 모시고 가서 단풍 구경도 시켜드리고 싶은데 내일 가셔야 한다니 좀 아쉽군요."

그는 커피 잔을 들어 한 모금 마셨다.

"아쉽지만 할 수 없죠. 앞으로 한국에 자주 나와야 할 테니까 그때 천천히 구경하도록 하죠. 참 깨끗하고 좋은 나라 같아요. 사람들도 친절하고 예의바르고…… 우리 태국 사람들 같아요. 후후…….”

그녀는 두 손으로 김이 모락모락 피어오르는 커피 잔을 감아쥐었다. 따스한 온기가 손바닥을 통해 온몸에 느껴지는지 두 뺨에 홍조가 피어올랐다.

“저도 그렇게 생각합니다. 닮은 점이 많죠. 그럼, 오늘은 제가 모시는 대로 가보도록 하시지요?”

“후후…… 그렇게 해야겠지요?”

커다란 그녀의 눈망울에 웃음이 번졌다.

“지금부터 저 건너편의 덕수궁을 구경하시고 케이블카를 타고 남산에 올라가 서울 시내 야경을 감상하지요. 그리고 멋진 저녁 식사, 어떠세요?”

“기대되는데요?”

“자, 그럼 이만 일어나시죠.”

진호는 웨이트리스를 불러 계산한 후 자리에서 일어났다. 진초록 투피스 위에 민트 그린의 트렌치코트로 몸을 감싼 아리야의 모습을 바라본 진호는 그녀가 패션 감각에 일가견이 있음을 새삼 느꼈다.

호텔을 나와 지하도를 건넌 그들은 덕수궁으로 들어갔다. 신기하게도 정문으로 들어서자 담장 밖의 소란스러움은 어디론가 감쪽같이 사라져 버리고 늦은 오후의 나른한 햇살만이 넓은 고궁 뜨락에 길게 그림자를 드리우고 있었다. 경내에는 군데군데 낙엽이 우수수 떨어져 있어 혼자인 사람에게는 센티멘털한 감정을 불러일으켜 주고 또 커플인 경우에는 어깨를 보듬어 안고 사랑의 밀어를 속삭이고 싶게 하는 분위기가 가득 배어 있었다.

진호는 아리야에게 건물 하나하나가 간직한 역사를 아는 대로 정성 들여 설명했고 그러한 진호 덕분에 아리야는 영문 안내판에 적혀 있는 내용을 보다 쉽게 이해할 수 있었다.

남산 꼭대기로 올라가는 케이블카에 탔을 때는 이미 날이 저물어 가고 있었다. 방콕 같으면 한창 퇴근 시간일 지금, 서울 시내의 수많은 고층 건물들은 불야성을 이룬 채 주식회사 대한민국을 이끌어 가고 있었다. 진호의 손끝을 따라 아리야는 대통령이 살고 있는 청와대며 광화문, 종로, 동대문 등 서울 곳곳을 둘러보았지만 서울의 화려한 야경보다는 한 가지라도 더 알려주려고 애쓰는 진호의 모습에 더 오래 눈길을 주었다. 여행업에 종사하는 전문가의 입장이라기보다는 마치 오랜만에 만나는 친구에게 해주는 것처럼 그의 말투에는 정성이 담겨 있었다.

그들은 한동안 산정을 거닐며 야경을 감상하다 아리야의 요구에 의해 방콕의 번화가인 시암 스퀘어처럼 서울에서 가장 번화하고 고급 패션숍들이 즐비한 명동으로 발길을 옮겼다. 퇴계로 쪽 입구로 들어선 진호와 아리야는 옛 국립극장 쪽을 향해 어깨를 나란히 하고 걸었다. 퇴근 무렵이라 그런지 수많은 인파로 인해 제대로 걷기조차 힘들었다.

"과연! 대단하네요. 숍들의 디스플레이도 상당히 세련됐군요."

아리야 역시 여성들의 최대 관심사인 패션에 민감했다. 개인 부티크들이 저마다 갖은 솜씨를 부려 장식한 쇼윈도 앞을 지나며 아리야는 한국의 패션 감각이 뉴욕이나 파리 등 유행의 첨단을 걷는 도시들에 전혀 뒤지지 않는다는 생각이 들었다.

두어 걸음만 걸어도 지나치는 사람들과 어깨를 부딪쳐야 할 정도로 거리가 복잡했지만 남자는 물론 지나치는 여자들까지 예외 없이 부러운 눈길로 아리야를 훑어보곤 했다. 수많은 군중들 틈에서 아리야의 미모는 단연 돋보였다. 늘씬한 키에 이국적인 마스크는 뭇 남성들의 호기심을 불러일으키기에 충분했던 것이다.

"우리, 저것 좀 맛볼까요?"

진호는 저만치 앞에 있는 솜사탕 장수를 가리켰다.

"오! 코튼 캔디cotton candy군요!"

아리야는 솜사탕 장수를 발견하자 반색했다.

"미국에서 먹어보고는 못 먹어봤어요."

"나도 그래요. 태국에 없기도 하지만 이런 걸 먹을 때는 누군가 같이 먹어줄 사람이 필요한데 난 아직 그런 사람이 없었거든요."

진호는 솜사탕을 두 개 사서 아리야와 한 개씩 나누었다.

"정말요? 믿어지지 않는데요?"

아리야는 믿기지 않는다는 듯 커다란 눈망울을 반짝였다.

"일에 바빴고 무엇보다 회사를 정상적인 궤도에 올려놓을 필요가 있어 다른 건 돌아볼 여유가 없었지요. 회사 설립한 지 이제 겨우 3년이 못 됐는걸요."

진호는 천천히 걸음을 옮기며 솜사탕을 한 입 베어 물었다.

"이해할 수 있어요. 외국에서 성공하기란 여간해선 어려운 일이죠. 그런 면에서 지노 씨는 어느 정도 성공한 것처럼 보이는군요. 그런 사람만이 풍길 수 있는 여유가 느껴져요.”

아리야는 입 대신 손으로 솜사탕을 조금씩 뜯어 입에 넣었다.

“원, 너무 과찬하시는군요. 아직 어려움이 많습니다. 이번 일만 해도 호텔 예약에 큰 어려움을 겪고 있습니다. 단일 그룹으로 300명이면 대단한 규모지요. 완벽하게 행사를 마칠 수 있다면 제 회사는 태국뿐 아니라 한국 여행 업계에도 많이 알려지고 그 유명세를 바탕으로 훨씬 수월하게 사세가 확장될 수 있을 겁니다. 그런데 다른 건 문제가 없는데 파타야 지역의 호텔에 문제가 생겨 고민이랍니다.”

태국의 관광 코스는 방콕에서 1박 하고 세계적인 휴양지인 파타야로 이동해서 2박을 해야만 했다. 방콕의 호텔 예약에는 어려움이 없었으나 파타야 쪽은 하루밖에 방을 뽑을 수 없었다. 다른 예약이 꽉 찼던 것이다.

“호텔에 문제라뇨?”

“한국에서 원하는 호텔은 그 기간에 객실이 턱없이 모자란답니다. 같은 등급의 다른 호텔을 이용하면 안 되느냐고 물었지만 한국 측에서 그 호텔 아니면 안 된다니 고민할 수밖에요.”

갑자기 싸늘한 바람이 강하게 불어왔다. 아리야는 추위를 느끼는지 어깨를 움찔했다.

“그건 억지 아니에요? 같은 등급의 다른 호텔에 분산해서 숙박할 수도 있는 문제 아녜요?”

그녀는 이해할 수 없다는 듯 두 눈을 동그랗게 떴다.

"그게 한국에 있는 여행 업자들의 한계랍니다. 그들이 가보지 않은 호텔은 더 좋은 시설을 갖추고 있다 해도 나중에 문제가 될까봐 지레 겁을 먹는 거죠. 그 등급 이상의 호텔을 제공한다면 문제가 없겠지만 그렇게 되면 행사를 안 맡는 게 더 낫지요. 1인당 50달러 이상 경비가 더 들어가는데 관광비는 그대로이고, 그렇게 되면 우리 회사는 엄청난 적자를 감수해야 할 겁니다. 그게 문제지요. 햄릿의 고민을 내가 대신 떠안은 셈이죠. 후후……."

그들은 어느새 유네스코 빌딩 앞을 지나고 있었다.

"정말 그렇겠군요."

아리야는 마치 자신의 일인 양 걱정했다.

"자, 그런 건 태국에 돌아가서 고민하기로 하고 기분전환 겸 내가 재미있는 이야기 좀 해줄까요?"

"그래요. 그 일은 잘 해결될 거예요. 지노 씨가 열심히 노력하는 만큼 결과가 좋을 거예요."

"고마워요. 이제 힘이 좀 나는군요. 그나저나 내가 유머감각이 별로 없어 재미없더라도 재미있게 들어주기 바라요. 어흠!"

강진호는 헛기침을 하며 너스레를 떨었다.

"부부가 잠을 자는데 새벽에 남편이 벌떡 놀라 일어났습니다. 그러자 부인도 덩달아 잠에서 깨어났지요. 부인은 식은땀을 줄줄 흘리며 멍하니 앉아 있는 남편에게 물었습니다. '당신 왜 그래요? 무서운 꿈이라도 꾸었어요?' '응. 악몽도 그런 악몽이 없었어.' '어떤 악몽인데 그래요?' 부인의 물음에 남편은 부인을 한 번 지그시 바라보고는 한숨을 푹 내쉬었지요. 그러곤 절망 어린 목소리로 대답했습니다. '꿈속에서 당신하고 샤론 스톤이 나를 서로 차지하려고 다퉜는데 그만 불행하게도 당신이 이기고 말았어.'"

"호호호……!"

아리야는 남편과 부인의 일인이역을 코믹하게 엮어내는 진호의 익살에 웃음을 참을 수가 없었다.

"남자들 몇 명이 야구장에 갔습니다. 야구가 한창 진행 중인데 옆에 앉아 있던 한 여자가 남자만큼이나 야구에 대해 많이 알고 있어 놀랐습니다. 그래서 남자 한 명이 물었지요. '아가씨는 야구에 대해 어떻게 그렇게 잘 아세요?' 그러자 여자가 대답했습니다. '저는 원래 남자였어요. 성전환 수술을 했죠.' 그녀는 트랜스젠더였습니다. 그러자 호기심에 들뜬 남자가 또 물었습니다. '우와! 그래요? 그런데 수술할 때 아팠나요?' '그랬죠. 하지만 그렇게 많이 아팠던 건 아니었어요.' '그래요? 그럼 가장 아팠던 때는 언제였는데요?' '수술 후 내 봉급이 반으로 깎일 때였어요.'"

"호호호……! 어쩜!"

아리야는 코미디하고는 전혀 어울릴 것 같지 않아 보이는 강진호의 몸짓과 표정 그리고 트랜스젠더를 흉내 내는 목소리에서 보기와는 다른 색다른 신선함을 느꼈다.

"배꼽이 그대로 있나 한번 찾아보지 그래요?"

진호는 능청스럽게 정색하며 말했다.

"배꼽이요? 호호…… 물론 그냥 있겠지요. 나중에 호텔에 가서 혹시 비뚤어지지 않았는지 살펴봐야겠어요. 지노 씨에게 이런 재미있는 면이 있는 줄 정말 몰랐어요. 정말 뜻밖이에요."

"긍정적인 표현인가요, 아니면……?"

"물론 긍정적인 표현이지요."

"고맙군요. 그럼 재미있으시다니 남은 보따리를 모두 풀어놔야겠군요. 하하하……."

진호는 택시 정류장에 닿을 때까지 아리야를 웃겨댔다.

"이제 내 밑천이 모두 바닥났군요."

"정말 재미있었어요. 후후……."

"다행입니다. 혹시 썰렁한 개그라고 느끼시면 어쩌나 걱정했습니다."

"아니에요. 너무 훌륭했어요. 덕분에 추위도 잊고……."

한국 사람에게는 별로 추운 날씨는 아니었지만 상하常夏의 나라에서 지내던 아리야에게 어둠이 내린 늦가을에 불어오는 썰렁한 바람은 한기를 느끼게 하기에 충분했다.

진호는 고개를 돌려 아리야를 바라보았다. 추위를 느끼는지 얼굴이 파리해 보였다.

"많이 춥지요?"

"아…… 아니, 견딜 만해요. 옷을 좀 두툼하게 입고 나올 걸 그랬어요."

진호는 슬며시 그녀의 손을 잡았다. 그녀의 손은 얼음장 같았다.

아리야는 느닷없는 진호의 행동에 퍼뜩 놀랐지만 곧이어 그의 손을 통해 전해져 오는 따스함에 진호의 손길을 거부하기가 어려웠다. 아니, 거부하고 싶지 않았다.

가만히 고개를 돌려 진호를 바라본 그녀는 그와 눈길이 마주치자 어색한 미소를 지어 보였다. 그러곤 그의 어깨에 가만히 고개를 기댔다. 처음 느껴보는 남자의 따스함 때문인지 더 이상 추위를 느낄 수 없었다.

어느 나라나 명절은 아침부터 들뜨기 마련이었다. 태국에서 두 번째로 큰 명절인 로이 끄라통 축제를 즐기려는 수많은 사람들이 어둠이 내리자 주변의 강이며 운하를 찾아 분주히 오갔다. 가지각색의 연등에 불을 붙여 강물에 흘려보내는 로이 끄라통Loi Krathong 축제는 연등을 강물에 띄워 보냄으로써 물의 정령에게 자신의 과오를 속죄하는 의식이었다.

강진호는 강 주변과는 달리 차량마저 뜸한 시내 중심가인 실롬가 초입에 우뚝 솟아 있는 D호텔로 들어섰다. 도어맨에게 자신의 벤츠를 넘긴 그는 붉은 자줏빛 카펫이 품위 있게 깔려 있는 로비로 들어섰다. 가끔 이 호텔의 일식당인 쇼군將軍을 찾았던 진호는 익숙한 걸음으로 중국 식당인 난징南京으로 들어섰다.

"싸왓디 카! 미 쫑 마이 카?(어서 오세요! 예약 하셨나요?)"

옆이 길게 터진 주홍빛 차이나 드레스로 요염하게 차려입은 종업원이 진호를 맞았다.

"캅. 쫑 츠 아리야 캅.(네. 아리야란 이름으로 돼 있을 텐데요.)"

"러 카? 천 티니 카.(그러세요? 이쪽으로 가시지요)"

종업원은 아리야란 이름을 듣자 서슴없이 진호를 안내했다. 진호는 곧 어느 방으로 들어섰다.

"어서 오세요."

방에는 이미 아리야가 와 있었다.

"일찍 오셨군요."

진호는 반갑게 인사하며 의자에 앉았다.

"아니에요. 저도 금방 왔는걸요."

"로이 끄라통인데 강에 안 가십니까?"

진호는 종업원이 따라주는 재스민 차를 홀짝였다.

"후후…… 조금 전에 다녀왔어요."

"무슨 소원을 빌었습니까?"

"뭐, 매번 똑같죠. 건강하고 일이 잘되게 해달라는…… 상투적인 거."

방문에 노크 소리가 들리더니 종업원들이 요리를 날라 오기 시작했다.

"여기 주방장이 추천해 주는 걸 먼저 몇 가지 주문했는데 괜찮으시죠?"

아리야는 진호의 의향을 묻지 않은 데 대해 미안해했다.

"그럼요. 괜찮고말고요. 난 중국 요리를 좋아하기는 하는데 이름을 잘 모르니 잘하셨습니다. 아주 먹음직스럽군요."

지름 1미터 반 정도 되는 원형 테이블 위에 이름 모를 요리들이 즐비하게 놓여졌다.

"저, 술은 뭐로 하시겠어요? 술은 좋아하시는 걸 시키는 게 나을 것 같아서 주문을 안 했거든요."

"글쎄요? 중국 음식에는 중국술이 제격인데……."

"그럼 화주주花造酒로 할까요?"

"화주주라? 허허, 이런 자리에 썩 잘 어울리는 운치 있는 술 같군요."

화주주는 중국 저장성浙江省 중부의 작은 도시인 사오싱紹興의 특산인 사오싱주를 담은 항아리를 밀봉하여 묵힌 명주名酒를 말하는데 10년이 넘으면 항아리 표면에 꽃무늬가 배어난다고 해서 붙인 이름이었다. 그런 특이함 때문에 중국 8대 명주에 이름이 들어갈 만큼 유명한 술이었다.

"자, 드세요."

여종업원이 각자의 그릇에 음식을 조금씩 덜어주자 아리야가 권했다.

"네. 그런데 가이드 해드린 보답치고는 너무 과한 것 같군요. 허허……."

그 자리는 한국에서 진호가 아리야를 위해 시내 관광을 안내해 준 보답으로 아리야가 마련한 자리였다.

"보답하는데 양이나 질로 따질 순 없잖아요? 아무리 작은 도움이라도 정성이 담긴 것이라면 그 가치를 따질 수는 없는 법이죠."

아리야는 닭볶음 요리인 라즈지딩辣子鷄丁을 집어 들며 말했다.

"그건 그렇지요. 자, 한 잔 하실까요?"

진호는 조그만 사기잔을 집어 들었다.

"그럴까요?"

그들은 독한 화주주를 서슴없이 입 안에 털어 넣었다.

"후아! 오랜만에 속에 불이 붙는 것 같습니다. 나도 중국에 자주 다녔지만 이 화주주는 이번이 두 번쨉니다. 허허……."

진호는 독한 알코올 맛에 잠시 인상을 찌푸렸지만 곧 만족스러운 표정을 지었다. 아리야는 입만 갖다 댔는지 술이 그대로 남아 있었다.

"그럼, 중국말도 잘하시겠네요?"

진호가 중국에 자주 다녔다는 말에 아리야는 꽤나 반가운 눈치였다. 그녀의 가계가 아주 오래전부터 중국의 차오저우潮洲에서 이어졌다는 사실 하나만으로 그녀의 집안은 물론 일가친척 모두가 지금까지 중국식 문화와 관습을 지켜오며 살아왔던 것이다. 그녀의 집안처럼 태국 국민 대다수가 중국계 조상을 갖고 있으며 그 정도의 차이는 아주 미미했다. 아리야 같은 현대의 젊은 세대에 이르러서는 그 영향이 많이 감소되기는 했지만 그들에게 있어 중국은 언제나 마음속의 고향이었다.

"허허, 별로 능숙하지 못합니다. 인사나 할 정도지요."

그는 무역 관계로 한동안 열심히 중국을 드나든 턱에 중국에 대해 공부도 많이 했고 혼자 돌아다닐 정도의 중국어는 할 수 있는 수

준이었다.

"겸손하신 것 같아요. 사실 우리 집안의 조상이 중국인이거든요."

"아! 그러셨군요. 하긴, 세계 최대의 차이나타운이 방콕 시내 한 복판에 있을 정도니 아리야 씨의 집안이 중국계라는 것쯤은 미리 짐작했어야 했는데……."

"참! 그건 그렇고, 오늘 제 삼촌께서 이 자리에 잠시 다녀가시겠는데 괜찮겠어요?"

"삼촌께서요?"

탕추위糖醋鱼의 살점을 입에 넣어 달콤한 맛을 음미하던 진호는 순간 목이 메는 것 같았다.

"네. 삼촌께서 이 호텔에 근무하시거든요."

"아! 그래요. 하지만 아직 삼촌을 만나 뵙기는 이른 것 같은데요?"

진호는 얼떨떨했다. 비행기에서 처음 만난 이후 세 번째 만남이었고 만난 지도 겨우 일주일밖에 지나지 않았던 것이다. 그런데 아리야의 친구도 아니고 삼촌이라니?

"긴장하실 건 없고요. 친삼촌은 아니지만 저를 아주 위해 주시는 분이에요. 지노 씨도 만나 뵈면 아주 좋아하실 거예요. 그저 오랜만에 여기에 예약했더니 얼굴이나 보고 싶다고 하셔서 할 수 없이……."

"아, 그러세요? 그렇다면 뭐……."

그래도 하필이면 오늘 이런 자리에……. 진호는 초대한 손님을 어색하게 만들 만큼 아리야가 예의를 모르지는 않을 거라 생각은 했지만 그 저의가 궁금했다.

아리야는 진호의 동의를 얻자 종업원에게 삼촌을 모셔올 것을 부탁했다.

잠시 후, 노크 소리에 이어 반백의 노신사가 들어섰다.

"어머! 오랜만이에요, 삼촌."

아리야가 반색하며 그를 반겼다. 강진호도 덩달아 자리에서 일어섰다.

"오! 아리야, 정말 오랜만이구나."

그들은 두 손을 합장하는 태국식 인사인 '와이'로 인사를 나누었다.

"여기 이분은 제가 말씀드린 지노 씨예요. 지노 씨, 이분은 이 호텔 총지배인이신 삼타펭 씨고요."

"처음 뵙겠습니다. 잘 부탁드립니다."

진호와 삼타펭은 악수를 나눈 뒤 자리에 앉았다.

"혈압은 좀 어떠세요?"

아리야는 접어놓았던 냅킨을 무릎 위에 펼치며 물었다.

"많이 좋아졌단다. 의사 권유대로 골프도 자주 치고 되도록 마음을 편하게 가지려 노력하고 있지."

"혈압이 높으신 모양이군요."

진호가 자연스레 그들의 대화에 끼어들었다.

"뭐, 그다지 위험할 정도는 아니지만 의사며 주위 사람들이 나를 아주 중환자로 몰아버리더군요."

"중환자로 몰다뇨? 삼촌! 갑자기 쓰러지신 게 위험한 게 아니란 말씀이세요?"

아리야는 말도 안 된다는 듯 눈꼬리를 흘렸다.

"아! 그렇게 위험한 지경에까지?"

진호는 혈색이 좋아 보이는 삼타펭이 쓰러졌었다는 사실이 믿기지 않았다.

"아니라니까요. 허허…… 오래전 이야기요. 지금은 괜찮소. 그런데 강 사장께선 여행사를 운영하신다면서요?"

삼타펭은 찻물을 한 모금 마시며 물었다.

"네. 조그맣게 하고 있습니다."

"조그맣다뇨? 리젠트 여행사라면 규모가 꽤 크던데……."

삼타펭은 이미 아리야의 이야기를 듣고 진호의 회사에 대하여 알아보았던 것이다.

"과찬이십니다. 이제 막 시작하는 구멍가게에 불과합니다. 하하……."

"사실 제가 삼촌을 이 자리에 모신 이유는 지노 씨나 제 삼촌께서 같은 관광업에 종사하시니까 잘 의논하시면 서로에게 좋은 파트너가 되실 수 있지 않을까 해서였어요."

아리야는 그제야 삼타펭을 초대한 명확한 이유를 말했다.

"아, 그러셨어요? 하지만 제 여행사나 D호텔이 연관될 만한 경우는 좀처럼 없을 텐데요. 우리 한인 여행사들에게 D호텔은 언감생심 꿈도 못 꿔보는 호텔이지요. 고객들이 특별히 D호텔을 지정하지 않는 한 말입니다."

사실이 그랬다. D호텔은 태국의 자존심이라고 할 만큼 시설이 훌륭한 반면에 객실료가 꽤 비싸서 일반 여행객들이 묵을 수 있는 호텔은 아니었다.

"허허…… 하지만 우리 호텔도 나름대로 고민은 있답니다. 요즘처럼 비수기에는 빈방들이 많은 반면 내놓고 싸게 판매할 수도 없어 고민이지요. 값이 한번 내려가면 호텔에 대한 인식이 낮아지게 마련이지요."

"어때요, 지노 씨? 우리 삼촌 좀 도와주실 수 있으시겠어요?"

아리야가 진지하게 물었다.

"돕다니요? 태국 최고의 호텔을 제가 무슨 수로 돕습니까? 아무리 저렴하게 객실료를 책정한다 해도 등급에 따른 제한은 있을 것이고 D호텔 같은 경우 우리에게 맞는 요금을 제시해 주시긴 어려울 텐데요."

그건 사실이었다. D호텔은 5성급 호텔 중에서도 객실료가 비싸기로 소문난 곳이었다.

"그렇긴 하겠지만 단기간에 대량의 객실을 소비할 수 있다면 불가능한 것도 아닐 거예요. 그렇죠, 삼촌?"

아리야는 어떻게든 진호와 삼타펭이 좋은 결론에 도달할 수 있도록 대화를 유도해 나갔다.

"으음…… 그렇지, 그렇고말고."

삼타펭은 속이 쓰렸다. 이틀 전 아리야의 전화를 받고 그녀의 부탁대로 진호를 도와주마고 대답은 했지만 그렇게 된다면 D호텔로서는 내놓고 리젠트 여행사를 도와주는 셈이 되었다. 아리야로서는 부탁에 그치겠지만 삼타펭에게는 결코 거부할 수 없는 압력이었다. 삼타펭이 ST그룹의 창업 공신이라곤 하지만 그룹 총수의 외동딸의 부탁을 거절할 만큼 강한 배짱은 없었다.

"잘됐네요, 지노 씨! 이달 중순경에 온다는 그 대형 그룹 말이에요. 가능하다면 D호텔을 이용하셔서 삼촌을 도와주실 수는 없나요?"

진호는 난감했다. 방콕은 문제없었지만 파타야에서의 2박이 문제였던 것이다. 그리고 D호텔을 이용한다 해도 요금이 문제였다.

"벌써 예약이 끝났나요?"

"아니, 그건 아닙니다. 방콕은 괜찮은데 파타야는 아직 결정되지 않았습니다."

그 점도 삼타펭과 아리야는 이미 조사해서 알고 있었다.

"잘됐네요. 파타야에 있는 D호텔 리조트에 예약하면 되겠네요. 그래도 되겠어요?"

진호의 고민을 아는지 모르는지 아리야는 일방적으로 몰고 갔다.

"그렇게 된다면 더할 나위 없이 좋겠지만 난 커다란 적자를 면치 못하게 될 겁니다."

진호는 자신의 속내를 내보였다.

"그건 염려 마십시오. 강 사장께서 원하시는 S호텔 수준으로 맞춰드리도록 하겠습니다."

삼타펭이 정중하게 제의했다.

"네? S호텔 수준으로요? 허허, 이게 꿈인지 생시인지……. 그러시면 손해가 많으실 텐데요?"

진호는 삼타펭의 제의가 믿기지 않았다.

"빈방으로 놀리는 것보다야 낫겠지요."

이제 주사위는 던져졌다. 삼타펭은 요금도 요금이지만 객실 150개를 마련해 주기 위해 기존에 들어와 있던 타 여행사의 예약을 조정하고 일부는 취소해야 할 지경이었다. 그러나 아리야 앞에서는 태연히 웃을 수밖에 없었다.

"그렇게만 해주신다면 저로서는 더할 나위 없이 고맙게 받아들이겠습니다."

진호는 10년 묵은 체증이 쑥 내려가는 것 같았다. 아리야를 알게 된 것만으로도 기쁜 일인데 그녀로 인해 이런 좋은 기회까지 얻게 됐으니 그저 벙긋벙긋 웃음만 나왔다.

"그럼, 내일 저희 호텔 객실 담당 이사를 강 사장님 회사로 찾아뵙도록 하지요. 그럼, 아리야! 난 이만 가봐야겠구나. 약속이 있어서……."

삼타펭은 자신의 역할이 끝나자 얼른 자리를 벗어나고 싶었다. 더 앉아 있다가 또 어떤 부탁을 들어줘야 할지 겁이 나기도 했다.

"어머! 이렇게 빨리요?"

"좀 더 계시지 않고……."

진호와 아리야는 그를 배웅하기 위해 일어섰다.

"아! 됐소. 두 분이 오붓한 시간을 나누시오. 그럼 이 늙은이는 이만 가보겠소. 다음에 또 만납시다."

"네, 감사합니다. 그럼……."

삼타펭은 진호와 악수를 나눈 후 방문을 나섰다.

"참 잘됐어요. 두 분이 서로 도울 수 있게 됐다니 기뻐요."

아리야는 어떤 식으로든 진호에게 도움이 되고 싶었고 그래서 이런 자리도 마련했지만 삼타펭과 앉아 있던 내내 진호가 눈치챌까봐 조마조마했었다.

일방적인 도움을 준다면 진호 자신이 자존심 때문에 거부할지도 몰랐고 무엇보다도 아직 아리야는 자신의 정체를 드러내고 싶지 않았다. 그녀로서도 난생 처음 마음에 드는 남자를 만났기에 진지할 필요가 있었던 것이다. 다행히 진호가 눈치 챈 것 같지는 않았고 그가 크게 기뻐하는 모습을 보자 마음이 뿌듯했다. 축배를 드는 그들의 눈빛은 아까와는 달리 많이 부드러워져 있었다.

시간은 흘러
다시 돌아오지 않으나
추억은 남아
절대 떠나가지 않는다.

- 생트 뵈브 -

지난날의 초상

"이번 주문은 꽤 물량이 많네. 납기일은 지킬 수 있겠나?"

강진호는 담뱃불을 붙이며 통세탕에게 물었다.

"그럼, 지킬 수 있고말고. 한국 쪽에서 주문량을 늘려주는데 우리도 최선을 다해 보답해야지."

통세탕은 주문 서류를 테이블 위에 올려놓으며 얼음물을 들이켰다. 일곱 평 남짓한 그의 사무실은 성능 좋은 에어컨에서 뿜어내는 한기로 서늘했지만 160센티미터에 98킬로그램이 나갈 정도로 육덕이 풍부한 그는 만족스럽지 못한 듯 연신 얼음물을 들이켰다.

진호는 한국의 거래처에서 보내온 로즈우드Rosewood 가구 주문서를 갖고 친구인 통세탕을 찾은 것이었다. 통세탕은 중국계 태국인으로 태국 특산품인 로즈우드로 고급 가구와 공예품 등을 만드는 가구 제조업자였다.

"이번 주문량이 50만 달러어치지만 저쪽의 주문대로 잘해 주면 다음엔 주문 액수가 더 커질 걸세. 그리고 카탈로그 좀 보내달라고 또 부탁하는데 어떻게 제작해 줄 수 없겠나?"

진호는 담배 연기를 허공에 내뿜으며 소파에서 일어섰다. 건물 밖에서는 아까와는 달리 날카로운 여인의 목소리가 확성기를 통해 울려 퍼지고 있었다.

진호는 호기심에 천천히 창가로 다가갔다.

"그건 좀 곤란하네. 전번에도 말했듯이 우리처럼 수공으로 고급 가구를 만드는 업자들은 디자인이 생명인데 카탈로그를 만들면 디자인이 유출돼서 복제될 수 있기 때문에 꺼리고 있지. 그 점을 한국에 다시 한 번 이해시켜 주게나."

창밖의 넓은 시청 앞 광장에는 백여 명 남짓한 사람들이 모여 한창 시위를 하는 중이었다. 방콕시의 무허가 철거 정책에 항의하는 시위대가 벌써 3일째 시위 중이었다.

"연사가 바뀌었구먼."

진호는 핸드 마이크로 시위대 앞에 서서 주먹을 허공으로 휘저으며 열성적으로 연설하고 있는 여자 연사를 유심히 살폈다. 스물이나 됐을까? 앳된 모습이 얼굴 군데군데 남아 있었다.

"지겨워 죽겠네. 사무실을 옮기든지 해야지 원. 조부 때부터 터 잡고 살아온 차이나타운이라 어쩔 수 없이 지내곤 있지만 저렇게 시청 앞에 늘어서서 시위하는 사람들이 늘어나니 시끄러워 죽겠네."

통세탕은 지겨워 죽겠다는 듯 고개를 절레절레 흔들었다.

"저게 다 태국이 민주화되어 가는 과정이 아니겠나? 민주주의는 그냥 얻어지는 게 아니라네. 저런 사회운동이 활발하게 전개돼야 하는 거야. 많은 희생이 따르겠지만……."

"사회운동도, 민주주의도 좋지만 저런 시위는 나라의 정책이 물러서 자주 벌어지는 거야. 집단 이기주의 아닌가 말일세."

"군사 정권의 한계지. 너무 억누를 수만은 없거든. 다른 시위는 몰라도 저 시위는 집단 이기주의는 아닐세. 자네, 내가 저 사람들처럼 학창 시절에 무허가 철거민들과 함께 시위한 전력이 있다면 믿겠나?"

여자 연사의 선창에 따라 시위대는 플래카드며 피켓을 흔들고 구호를 외쳐댔다.

"호오, 자네가? 자넨 미국에서 대학을 다니지 않았는가?"

"그전에 난 한국의 S대에서 2년 반 정도 공부했다네. 대학 들어가서 얼마 안됐을 때 우연히 철거 현장을 지나가다가 철거 회사가 동원한 폭력배들과 철거민들이 싸우는 걸 보게 되었지. 싸운다기보다 철거민들이 일방적으로 당하기만 했고 철거민들이 쫓겨나자 대기하고 있던 불도저가 판자촌을 무자비하게 깔아뭉갰지. 집 안에 사람이 있건 없건 상관하지 않았어. 한국에도 그런 어두운 과거가 많았다네. 산업이 발달하고 사회구성이 다양해지다 보면 부의 배분에 문제가 생긴다든가 저런 사람들처럼 소외되고 불이익당하는 집단이 생기게 마련이지. 그걸 어떻게 지혜를 모아 적은 희생으로 사회를 밝게 만드는가는 위정자들의 몫이지. 하지만 지금 태국의 권력을 잡고 있는 수친다 정권이나 한국의 역대 정권들은 총칼로 권력을 잡았기에 정통성이 없다네. 그건 곧 얼마 못 가서 다른 그룹의 거친 도전을 받아야 하기 때문에 자신들의 집단을 위한 이익에만 눈이 어두워질 수밖에 없지. 힘 있을 때 챙겨야 하기 때문에 말일세. 한국의 4월은 아직 추운 바람이 불 때였지. 난 그때 추위에 벌벌 떠는 철거민 어린아이들의 우는 모습을 보고 그들의 삶을 공부하기 시작했다네."

진호의 눈가엔 그때의 모습이 주마등처럼 스쳐갔다.

"그랬었군. 하지만 우리나라는 그렇게까지 무지막지하진 않아. 정착 보조금이 적다거나 새로운 정착지에 대한 사소한 불만 같은 건 있겠지. 그래서 시위를 하는 거고……."

연설이 끝났는지 앳된 연사는 상기된 표정이었다. 때 묻지 않은 순수함이 그녀의 얼굴 가득 퍼져 있었다. 그녀의 함박웃음을 바라보던 진호는 문득 그녀의 모습이 11년 전 죽은 여동생 수경이와 많이 닮았다는 생각이 들었다. 그때 수경은 갓 대학에 입학한 새내기였고 새로운 대학 생활에 들떠 있던 18세의 꽃다운 나이였다. 그 가녀린 꽃이 채 피어보지도 못하고 광주항쟁 때 군사 정권의 총구에 어이없이 희생되었던 것이다.

진호는 수경이 생각나자 이내 고개를 세차게 흔들었다. 결코 두 번 다시 생각하고 싶지 않은 악몽이었다.

아침부터 내리기 시작한 스콜이 웬일인지 그칠 줄 모르고 계속 퍼붓고 있었다.

"그럼 만반의 준비가 다 된 거네?"

강진호는 서류를 세밀히 살펴보며 강수정에게 물었다.

"네, 오빠. 4박 5일 동안 칸보이convoy 해줄 관광경찰차 섭외 건만 남았어요."

강수정은 커피 잔을 내려놓으며 대답했다. 그녀는 진호의 사촌 여동생이었다. 한국의 대형 여행사에 근무하던 그녀를 진호가 태국에 여행사를 설립하자마자 스카우트 해온 것이었다. 관광통역과를 전공한 덕에 여행 업무는 훤히 꿰뚫고 있었고 진호는 웬만한 건 모두 그녀에게 맡겨놓고 있었다.

"응. 그건 내가 오늘 프리차한테 연락해 놓을 거야. 염려하지 마."

프리차는 업무상 연줄을 맺고 있는 관광경찰 간부였다. 진호는 여행업에 관련된 이민국이나 관광청, 관광경찰, 노동부, 공항 등의 적절한 위치의 간부들과 정기적인 교류를 갖고 있었다. 악어와 악어새 같은 그런 관계는 낯선 외국에서 사업이 잘 굴러갈 수 있도록 해주는 윤활유의 역할을 톡톡히 해주었다.

"알았어요. 그럼, 전 나가볼게요."

"응, 그래."

수정이 서류를 챙겨들고 방문을 나서자 진호는 창문을 두드리는 빗줄기 너머로 저 멀리 솟아있는 ST그룹 사옥을 바라보았다.

아리야는 지금 뭘 하고 있을까? 사무실에 있을까? 그러고 보니 연락을 못한 지 벌써 3일이나 지났다는 생각이 들었다.

'오늘 오후에 전화해 봐야겠군.'

진호는 창가로 다가가 어림짐작으로 그녀의 사무실이 있는 22층을 찾았다. 그때, 셀룰러폰이 적막을 깨고 요란하게 울렸다.

"여보세요!"

"바쁘세요?"

아리야였다.

"지금 당신 사무실이 있는 22층이 어디쯤일까 찾아보고 있느라고 무척 바쁩니다."

진호 회사가 있는 마분크롱 타워와 ST그룹 사옥은 일직선으로 약 1킬로미터도 못 되었지만 ST사옥 앞쪽으로 십여 층 높이의 건물들이 가로막고 있어 정확한 층수를 헤아리기 힘들었다.

"호호, 그런 일로 바쁘다고 해서 며칠 동안 침묵을 지킨 게 용서될까요?"

"이거 정말 미안하오. 안 그래도 오후쯤 전화해 보려던 참이었소."

"정말인지 아닌지 기다려 볼걸 그랬군요. 그럼 끊을까요?"

아리야의 목소리에 장난기가 어렸다.

"허허, 이것 참! 사실 그 단체 건 때문에 정신이 없었소. 오늘 오전에야 모든 준비가 마무리되었소."

"그럼, 기다리는 일만 남았군요. 성공하시기 바라요."

"고맙소. 그래서 하는 얘긴데…… 오늘 저녁 시간 좀 내줄 수 있겠습니까?"

창문을 두드리는 빗줄기가 많이 수그러들었다.

"글쎄요?"

"내가 멋진 곳에서 저녁 식사를 대접하고 싶은데……."

"그러세요? 그런데 어쩌죠? 중요한 약속이 있는데……."

그녀의 음성이 낮게 잦아들었다. 진호는 기대한 만큼 실망이 컸다.

"그러세요? 할 수 없죠. 그럼, 내일은 어때요?"

진호는 내일은 가능하리라 생각했다.

"내일 오전 비행기로 외국에 출장가야 하는데요?"

"그래요? 그럼 언제 돌아옵니까?"

"글쎄요? 돌아오면 지노 씨 초대를 거절하기 힘들 테니까…… 오지말까요? 깔깔깔."

그녀는 갑자기 큰소리로 웃어젖혔다.

"이거 날 놀리는군요. 입 좀 그만 벌리고 웃어요. 여기서 망원경으로 다 보이니까. 내가 보고 있는 줄 모르죠?"

진호는 아리야가 놀리자 되받아쳤다.

"어머, 어머……! 정말이에요? 아이, 창피해."

금방 그녀의 당황하는 목소리가 들려왔다.

"딴사람 같으면 흉봤겠지만 난 당신의 그런 꾸밈없는 모습이 좋으니 걱정 말아요."

아리야는 항상 커리어 우먼의 냉철함과 당당함을 보여주었지만 지금처럼 간간이 꾸밈없고 순수한 면을 보이기도 했다.

"남을 당황하게 해놓고 기분 좋으시겠어요. 스파이처럼 남의 사무실이나 훔쳐보고……."

그녀의 음성이 뾰로통해졌다.

"농담이었소. 아직 당신 사무실이 어디쯤인지 찾지도 못했습니다."

"안 가르쳐 주는 게 낫겠죠? 그러다 정말 성능 좋은 망원경으로 매일 감시하면 곤란하니까."

"하하, 좋습니다. 그건 그렇고 오늘밤 당신을 멋있는 곳으로 초대하겠소."

"어딘데요?"

"디너 크루즈를 타고 야경을 구경합시다. 어떻소?"

"디너 크루즈요? 그것 참 좋은 생각이네요. 기대되는데요? 차오프라야 강 위를 떠다니는 디너 크루즈를 오며 가며 보기만 했는데 왜 이제껏 한번 타볼 생각을 안 했는지 모르겠어요."

"차오프라야 강 위를 떠다니는 디너 크루즈 중 가장 화려한 차오프라야 프린세스호로 모시겠습니다. 그럼, 일곱 시에 리버시티 선착장에서 만납시다."

"알았어요. 그럼 나중에 봐요."

진호는 통화를 끝내자 곧 차오프라야 프린세스 크루즈 회사에 전화해서 예약을 마쳤다. 예약을 끝낸 진호는 아리야를 만난 이후 자신의 감정이 더욱 풍부해진 것 같았다. 그리고 누군가와의 약속이 이렇게 기다려지는 것도 참으로 오랜만인 것 같았다.

강바람은 디너 크루즈 2층 데크에 마주앉은 진호와 아리야의 머릿결을 시원하게 쓰다듬었다. 휘황하게 불을 밝힌 차오프라야 프린세스의 2층 데크에는 한가운데 뷔페 테이블이 놓여 있고 양쪽으로 20여 개의 다이닝 테이블이 놓여 있었다. 승객 대부분이 외국인 관광객들이었고 그들을 위해 선수 쪽 갑판에서는 색소폰 연주에 맞춰 섹시한 필리핀 여가수가 '탑 오브 더 월드Top of the world'를 흥겹게 부르고 있었다. 식사를 마친 승객들이 그 주위에 모여들어 더러는 노래를 따라 부르고 더러는 리듬에 맞춰 몸을 흔들기도 했다.

난간 쪽 테이블에 앉은 진호와 아리야는 말없이 강변에 늘어선 호텔이며 고층 빌딩들이 내뿜는 휘황찬란한 야경을 바라보고 있었다.

"오랜만에 갖는 편안한 저녁 시간인 것 같습니다."

진호는 와인 잔을 들어 한 모금 머금었다. 브뤼트Brut 타입의 떨떨한 맛이 혀끝에 미세하게 느껴졌다.

"저도 그래요. 참 좋은 저녁 시간이에요."

아리야는 진호의 얼굴을 물끄러미 바라보았다. 그의 얼굴에는 모든 것에 만족한 듯 잔잔한 미소가 퍼져 있었다.

"이렇게 멋진 야경에 맛있는 음식과 흥겨운 음악 그리고 그 모든 걸 빛나게 해주는 아름다운 당신과 함께 있으니 세상에 부러운 게 없는 것 같군요."

"아첨이에요, 농담이에요?"

와인 기운 때문인지 아리야의 두 뺨이 붉게 물들어 있었다.

"진심입니다. 난 절대 돈 후안Don Juan을 흉내 내는 게 아닙니다."

"믿기지 않는데요?"

아첨이라 해도 아름답다는데 싫어할 여자는 없었다. 그건 아리야도 마찬가지였다.

"그렇다면 춤 한번 추실까요? 가까이서 내 심장이 뛰는 소리를 들어보면 아실 겁니다."

진호는 일어서며 한 손을 내밀었다.

"댄스 신청치고는 꽤 기발하네요. 호호……."

씨익 웃는 진호의 미소에 아리아는 기꺼이 그의 손을 잡아주었다. 색소폰 연주자는 '웬 어 맨 러브즈 어 우먼When a man loves a woman'을 멋들어지게 연주하고 있었다.

진호와 아리아는 블루스 리듬에 맞춰 천천히 움직였다. 디너 크루즈는 시원하게 물살을 가르며 사톤 대교 밑을 지나고 있었다. 아리아는 진호의 가슴에 얼굴을 묻은 채 음악에 따라 몸을 움직였다.

사톤 대교를 지나자 강변 주위가 갑자기 어둠에 잠겼다. 물위에 다이아몬드를 뿌려놓은 듯 쉴 새 없이 반짝이며 일렁거리던 강물은 순식간에 침묵 속에 젖어들며 항해의 끝이 다가왔음을 알렸다. 아리아는 문득 고개를 들어 어두운 밤하늘을 바라보았다. 조금 전까지 눈부시게 빛나던 인위적인 화려함에 가려 모습을 감추었던 별자리들이 반가운 듯 하나둘씩 얼굴을 내밀기 시작했다. 매일 무심히 바라보았던 별자리들이 오늘 따라 각별한 의미를 지닌 채 가깝게 다가왔다. 매일 대하던 사물이 갑자기 다른 의미로 느껴진다는 것은 감정에 변화가 생겼음을 의미했다. 아리아는 그러한 자신의 감정 변화가 어디에서 기인하는 것인지 잘 알고 있었다.

진호는 어두운 밤하늘을 말없이 응시하는 아리아의 두 눈을 바라보았다. 그녀의 두 눈동자에 수많은 별무리가 반짝이고 있었다. 천천히 움직이던 그들의 스텝이 멈춰 섰다. 하늘을 바라보던 아리아의 눈길이 진호의 두 눈과 마주치자 그의 얼굴이 가만히 다가왔다. 아리야는 최면에라도 걸린 듯 꼼짝할 수가 없었다. 그녀의 두 눈이 살며시 감기는가 싶자 진호의 부드러운 입술이 그녀의 붉은 입술에 아주 짧게 머물다 갔다. 짜릿한 여운이 채 가시기도 전에 아리야는 진호의 목을 끌어안았다. 그리고 그동안의 목마름을 한 번에 채우기라도 하듯 다시 마주친 그들의 입술은 떨어질 줄을 몰랐다. 그렇게 길고 깊은 입맞춤에 밤하늘을 수놓던 별무리도 수줍은 듯 가만히 고개를 돌렸다.

태국의 모든 기업이며 관공서들이 주 5일 근무제를 시행했다. 하지만 한국인이 경영하는 업소와 회사들은 오전까지 근무했다. 대부분의 기업들이 한국과 연관을 갖고 있는 탓이었다. 그러한 관행은 강진호의 회사도 예외는 아니었다.

진호는 간밤에 한국에서 온 여행사 사장을 접대하느라 술을 많이 마신 탓인지 온몸이 찌뿌둥했다. 열두 시쯤 퇴근한 그는 사우나에 가기 위해 라마 4세로에서 우회전하여 소이 시리킷으로 접어들었다. 휴일 오후인 탓에 넓은 도로는 텅 비어 있었다. 진호는 오디오에서 흘러나오는 로보Lobo의 '하우 캔 아이 텔 허How can I tell her'를 따라 흥얼거렸다.

노래를 흥얼거리던 그는 저만치 앞에 도로를 가득 메운 인파를 발견하곤 천천히 브레이크를 밟았다. 시위대였다. 왕복 10차선의 넓은 도로는 중앙에 잔디로 조성된 분리대가 있었고 퀸 시리킷 컨

벤션 센터 정문 앞을 중심으로 300명은 족히 넘을 것 같은 시위대가 진호가 진행하는 도로를 온통 메우고 있었다.

"허어! 여긴 또 무슨 데모를 하나?"

근래 들어 방콕시에서 시위하는 모습이 부쩍 늘어난 것 같았다. 군사 정권이 들어선 이후 청백리로 이름난 잠롱 스리무앙Chamlong Srimuang을 중심으로 각종 사회, 민주 단체들이 집결하여 민주화투쟁을 전개하는 탓도 있었다.

중앙분리대에 면한 1차선만이 시위대를 에워싼 경찰들에 의해 통제되어 차량 진행용으로 이용되었고 그곳을 지나는 차량들은 저마다 창문을 내린 채 호기심 어린 눈길로 데모대가 들고 있는 플래카드며 피켓을 훑어보고 있었다.

앞차 뒤꽁무니를 따라 서행하던 진호 역시 궁금하기는 마찬가지였다. 그는 조수석 창문을 내리고 담배를 피워 물었다. 창문을 내리자마자 높은 톤의 여자 목소리가 확성기를 통해 날카롭게 진호의 귓전을 파고들었다. 진호는 고개를 갸웃했다. 귀에 익은 목소리였다.

'어디서 듣던 목소린데?'

진호는 군중들 틈을 비집고 목소리의 주인공을 찾았다. 그러나 워낙 많은 인파가 가로막고 있어서 차 안에서 확인하기는 무리였다. 시위대를 지나 차를 앞으로 쭉 뺀 진호는 도로 가에 차를 세웠다. 자신과는 전혀 무관한 시위였지만 웬일인지 연사를 확인하고 싶었다.

차에서 내린 그는 천천히 시위대 쪽으로 걸어갔다. 시위대 가장 자리에 서서 군중들 틈으로 확인한 연사는 바로 통세탕의 사무실에서 바라보았던 그 여자였다. 단발머리의 연사는 여대생이었다. 대학생까지 교복을 입히는 태국 교육 당국의 현명한 정책 때문에 진호는 하얀 블라우스에 까만 치마 그리고 블라우스 칼라에 달려 있는 배지로 봐서 연사가 여대생임을 쉽게 확인할 수 있었다. 시위대도 그때와 똑같은 철거민들이었다. 그때와 다른 점은 더 많은 인파에 노인들과 아이들까지 합세했다는 것이었다.

"우리는 더 이상 잃을 것도, 물러날 곳도 없는 처지가 되었습니다. 서민을 위한다는 당국의 정책은 결국 있는 자들을 위해 힘없고 가난한 우리들의 삶의 터전까지 송두리째 앗아가고 말았습니다. 우리는 더 이상 그들의 위선과 거짓에 속을 수는 없습니다. 여러분! 우리 모두 힘을 합쳐 우리의 권리를 당당하게 요구합시다."

어느 나라나 서민은 있는 자들의 밥이었다. 진호는 불과 10여 년 전에 한국에서 벌어졌던 사회문제들이 이미 태국을 뒤덮고 있음을 느꼈다. 사회가 발전하고 시민들의 의식이 높아질수록 시민의 권리를 찾으려는 사회운동이 활발해지기 마련이었고 높은 시민의식을 따라가지 못하는 무능한 당국과 마찰이 잦아지는 건 당연한 일이었다.

"삶의 터전을 빼앗은 시장은 사죄하라! 군사 정권을 타도하자! 수친다는 물러가라!"

중년 남자의 선창에 따라 시위대의 구호가 정권 퇴진 구호로 바뀌자 갑자기 시위대 뒤쪽에서 비명 소리가 나기 시작했다.

"억!"

"으악!"

시위대를 보고 있기만 하던 경찰이 시위대의 구호가 정권 퇴진 구호로 이어지자 곤봉으로 시민들을 무차별 구타하기 시작한 것이다. 삽시간에 도로가 아수라장으로 변하며 피를 쏟고 쓰러지는 사람들이 늘어났다.

"사람 살려! 악!"

진압 경찰은 분명 두 눈이 달렸음에도 그들이 휘두르는 곤봉에는 눈이 없는 듯 남녀노소를 가리지 않고 곤봉을 휘둘렀다.

진호는 사태가 심상치 않게 돌아가자 얼른 피해야겠다는 생각이 들었지만 눈길은 계속 구호를 외쳐대는 여대생에게서 떨어지지 않았다. 그는 점점 다가오는 경찰의 곤봉 세례를 의식하며 여대생에게 날듯이 달려갔다. 달려간 그는 다짜고짜 여대생의 손목을 휘어잡고 차를 향해 뛰었다. 진호는 달려가면서 리모컨을 꺼내 차 문을 열고 시동을 걸었다. 죽을힘을 다해 도망가던 그는 큰소리로 여대생에게 소리쳤다.

"저 차에 올라타요!"

그 소리를 신호로 양쪽으로 갈라져 차에 오르자 진호의 벤츠는 타이어가 찢어지는 듯한 비명 소리를 내지르며 튕기듯이 앞으로 내달렸다. 룸미러로 바라보자 쫓아오던 경찰 세 명이 허리를 숙인 채 헐떡대고 있었다.

"자식들, 그 정도 뛰고 뭘……."

진호는 조금 전까지의 긴장감은 어디로 갔는지 씩 웃었다.

"고맙습니다."

여대생이 고개를 숙이며 말했다.

"뭘요! 그나저나 위험했어요. 대학생 같은데 참 대단합니다."

그는 수쿰빗 교차로가 나오자 왼쪽으로 꺾어 들어갔다.

"……!"

여대생은 무슨 생각을 하는지 고맙다는 말 한마디뿐 침묵을 지켰다.

"우린 구면인 것 같군요. 나흘 전에 시청 앞에서 한 번 보았지요. 그건 그렇고 어디 가서 차나 한 잔 마시고 숨 좀 돌리고 갑시다. 저 놈들이 내 차 번호도 봤을 테고 놀란 가슴도 진정시킬 겸……."

"……!"

여대생은 창밖에 시선을 고정시킨 채 말이 없었다. 진호는 가까운 랜드마크 호텔로 들어섰다.

"아까 연설할 때는 하늘이 무너져라 고래고래 악을 쓰더니 지금은 왜 말이 없죠?"

진호의 말투가 우스웠던지 여대생이 피식 웃음을 터뜨렸다. 그 모습은 조금 전까지 진호의 표현대로 정부 퇴진을 요구하며 악을 쓰던 투사의 모습과는 천양지차였다.

"허어, 웃으니까 훨씬 낫구먼. 자, 차 들어요."

진호는 커피 잔을 들어 올리며 권했다.

"네."

"난 강진호라고 합니다. 한국인이고 여기서 조그만 여행사를 하고 있지요. 나도 학창 시절에 한국에서 철거민 정주定住운동에 참여한 적이 있었소."

진호가 철거민 정주운동을 했었다는 말에 여대생은 민감한 반응을 보이며 고개를 들었다.

"한국도 오래전에, 아니 얼마 전까지만 해도 태국과 똑같은 사정이었소. 지금은 학생 같은 사회운동가의 헌신과 희생이 있었기에 조금 더 나은 사회로 발전했지만 말이오."

여대생은 동지의식을 느끼는지 두 눈을 마주보며 진호의 말을 경청했다. 그녀는 앳돼 보였지만 뚜렷한 이목구비에 주관이 있어 보였다.

"한국인이셨군요. 전 친타나라고 해요. T대학 사회복지학과 2학년이고요."

"이제야 말할 기분이 나는 모양이군. 마음 편히 가져요. 친타나 양을 보니까 예전의 나를 보는 것 같군요."

"그러세요? 예전엔 한국에도 그런 일이 있었군요. 잘사는 나라에는 그런 일이 없는 줄 알았는데……."

"잘살긴? 70년대 중반까지만 해도 태국이 한국보다 훨씬 잘살았는걸? 한국은 근래 들어 조금 살 만해진 것뿐이오."

"거기서도 오늘처럼 시위하는 사람들을 무자비하게 두들겨 팼나요?"

"그것보다 더했지."

진호는 담배를 피워 물었다. 암울했던 과거가 생각나자 한숨 쉬듯 담배연기를 허공에 내뿜었다.

"그랬군요. 왜 가진 자들은 만족을 모르는 걸까요? 왜 자꾸 없는 사람들을 못살게 굴고 궁지에 몰아 넣는 걸까요?"

분해하는 친타나의 표정은 점차 민주투사의 그것처럼 붉게 상기돼 갔다.

"아마 쉽게 차지한 부가 언제 날아가 버릴지 두려워서 더욱 끌어 모으려는지도 모르지요. 세상 사람들은 정도의 차이는 있을지 모르지만 친타나 양이나 나까지도 탐욕스러운 면은 있는 거요. 하지만 인간으로서 해야 할 일과 해서는 안 될 일을 구분하지 못하는 사람들이 더러는 있게 마련이오. 그런 사람들이 어떤 기회로 부를 움켜쥐면 상식이 파괴되고 법을 무시하게 되고 다른 사람은 안중에도 없게 되는 것 아니겠소?"

"전 일곱 살 때까지 도이팡의 라후족 마을에서 자랐어요. 화전 밭을 일궈서 하루에 겨우 두 끼 먹기도 힘든 환경이었지만 그곳 사람들은 전혀 남의 것을 탐하지 않았어요."

"호오! 친타나 양이 라후족 출신이라?"

진호는 신기한 듯 친타나의 위아래를 훑어보았다.

"네. 라후족을 잘 아세요?"

라후족은 태국의 55개 소수 민족 중 하나로 북부 산악 지대에 주로 살고 있는 부족이었다.

"어쩐지 아까부터 느낌이 다르더라고요. 생김새가 중국인 같아서 중국계 태국인인가 했지. 라후족일 줄이야……!"

"저희 부족에 대해 관심이 꽤 많으신 것 같군요."

"그럼요! 라후족은 바로 한반도의 옛 국가 중 하나인 고구려인의 후예라는 설이 있었는데 얼마 전 김병호 박사라는 분이 라후족의 문화와 관습 등에 대해 연구해서 발표한 걸 읽은 적이 있지요. 거기 보면 지금의 한국에 실전되어 있는 옛 고구려의 문화와 풍습들을 라후족의 생활 모습에서 다수 찾아볼 수 있다고 했소. 그걸 근거로 김 박사라는 분은 라후족이 옛 고구려인의 후손이 틀림없다고 주장하셨소. 나도 시간이 허락하면 한번 라후족 마을을 가보고 싶다오."

"어머! 그러세요? 그럴 때가 있으시면 제가 안내해 드릴게요."

"그것 참 좋은 생각이군."

친타나가 미소 짓자 깜찍한 보조개가 나타났다. 볼우물을 보는 순간 진호는 수경이 생각났다. 여동생 수경이도 웃을 때면 저렇게 볼우물이 파였던 것이다. 친타나를 볼 때마다 그는 죽은 수경의 얼굴이 자꾸만 오버랩 되는 걸 느꼈다.

"자, 새로운 지성의 세계에 첫발을 디딘 새내기들을 위하여, 건배!"

"건배!"

이미 전작이 있는 듯 탁자 두 개를 이어놓고 막걸리 잔을 치켜든 여덟 명의 남녀가 복학생 대표인 서정일의 선창에 따라 목청 높여 건배를 외쳤다. 그들은 사학의 명문인 K대 국문학과 학생들이었다.

입학식 상견례가 끝나고 과 학생들은 모두 K대 앞 골목의 막걸리 집에서 신입생 환영회를 가졌었다.

선배들이 그러했듯 모교의 전통을 이어가기 위해 신입생들은 남녀를 불문하고 선배들이 따라주는 막걸리를 창자 속에 채워 넣었고 결국은 끝까지 살아남은 세 명의 신입생들과 다섯 명의 선배들은 이별의 아쉬움을 핑계로 무교동 낙지 골목으로 자리를 옮겼던 것이다.

살아남은 세 명의 신입생 중에는 놀랍게도 홍일점으로 앙증맞은 단발머리의 강수경이 끼어 있었다. 그녀는 난생 처음 마셔보는 막걸리였지만 다른 신입생에 비해 비교적 덜 취해 보였다.

"지성의 세계면 뭐하노? 너거덜 고생문이 훤하데이. 이 아수라 판인 세상에 무시기 출세를 하겠다꼬 대학에 들어왔나 말이다."

안동이 고향인 김형태가 혀 꼬부라진 목소리로 신입생들을 훑어보며 넋두리하듯 말했다.

"야! 형태야. 애들한테 선배로서 용기를 줘야지, 왜 기 꺾는 소릴 하냐?"

같은 3학년인 이일제가 형태를 나무랐다.

"아, 이놈아야! 이 사회, 이 민족한테 희망이 어데 있노? 군바리들이 총칼 잡고 대통령을 협박하는 판에 무시기 희망이 있노 말이다. 치아라꼬마!"

"자식은? 술만 처먹으면 저 지랄이야. 너만 애국 학생이냐, 임마? 애들도 앞으로 군바리들하고 맞서 싸울 동지잖아, 임마?"

일제가 잔을 들어 입에 털어 넣으며 형태를 흘겨봤다.

"야! 그만해라. 얘들 주눅 들겠다. 자, 들자. 얘들아, 들어. 응?"

다른 복학생인 조진구가 바람을 잡았다.

"그래. 너희들도 시절이 하수상하지만 절대 부정적인 생각은 하지 마라. 너희들이 뭘 알겠니? 그동안 입시 때문에 고생 많이 했으니까 그저 적성에 맞는 동아리에 가입해서 대학 생활을 즐기고 나라 걱정은 선배들한테 맡겨놓아라."

서정일이 신입생들을 위로해 주었다.

"동아리는 뭐가 있어요?"

뚱뚱한 하순철이 두 눈을 껌벅이며 물었다.

"네는 게시판도 몬 봤나? 내일 핵교 가서 게시판 보거레이."

"아, 그래요! 알겠습니다."

하순철은 선배의 핀잔에 고개를 굽실거렸다.

"너, 우리 서클에 들어올래?"

잠자코 술만 들이키던 이형직이 난데없이 물었다.

"어떤 동아린데요?"

"민학길이란 독서 클럽인데 지성인이라면 한번 심취해 볼 필요가 있는 사회과학 서적들을 읽고 독후감을 내놓고 토의하는 모임이야."

형직은 다 식은 낙지볶음을 뒤적이며 말했다.

"헤헤…… 그건 제 취미가 아닌 것 같은데요?"

하순철은 눈망울을 굴리며 선배들의 눈치를 살폈다.

"그래, 잘 생각했다고마. 그건 니한테 안 맞을끼고마. 차라리 봉사활동 하는 서클에 가입하는 게 낫겠데이."

김형태가 고춧가루를 뿌렸다.

"야! 형태 너? 임마, 우리 서클은 전국 대학에……!"

"형직아! 그만해라."

이형직은 서정일의 제지를 받자 아차 싶었다.

"선배님!"

이미 얼굴이 불콰해진 수경이 손을 번쩍 들었다.

"응, 왜?"

형직은 홍일점인 수경을 바라보았다.

"게시판에 그 서클에 관한 안내는 없었는데…… 가입하려면 다른 조건이 있나요?"

수경의 물음에 형직은 정일을 바라보았다. 마주친 그들의 눈빛이 반짝 빛났다.

"아, 아니. 다른 조건은 없어."

형직의 대답과는 달리 '민학길'이란 서클에 가입하려면 조건이 아주 까다로웠다. 그러나 다른 학생들도 있었기에 그 조건들을 밝힐 수가 없었다.

'민학길'이란 '민주 학생이 나아갈 길'의 약자로서 민총련 산하의 별동 조직이었다. 민학길은 민총련의 사상을 정립하기 위해 사회주의 이데올로기를 연구, 토의하는 소위 불순 학생들의 모임이었다.

"우리 오빠도 그 서클 회원인 것 같았는데……"

"그래? 어느 대학 누군데?"

서정일이 물었다. 그는 민학길 서울 지역 부조장이었기에 웬만한 조원은 알고 있었다.

"S대 사회학과 3학년 강진호예요."

"으응, 그래? 나도 한번 만나본 것 같은데…… 그러고 보니 닮은 것도 같구나. 어? 시간이 벌써 이렇게 됐네? 야! 마저 마시고 일어나자."

서정일은 시계를 들여다보더니 일부러 파장을 선언했다. 시곗바늘은 10시를 조금 넘고 있었다. 개중에는 집이 먼 학생도 있어서 통금에 걸릴지도 몰랐다.

"넌 집이 어디니?"

정일이 핸드백을 챙겨드는 수경에게 물었다.

"갈현동이에요."

"그래? 연신내에서 내려야겠구나."

"네."

"그래. 자, 일어나자."

일행은 주점을 나와 큰길가로 나왔다. 수경은 공중전화 부스로 들어갔다.

"그러니까 30분 후에 연신내 버스정류장에서 만나, 오빠. …… 응, 그래. 끊어!"

수경은 밤늦은 시간이라 진호에게 마중 나와 줄 것을 부탁했다.

"수경아!"

전화 부스에서 나서는 수경을 정일과 형직이 불렀다.

"어머! 아직 안 가셨어요?"

"응. 다름이 아니고 내일 학교에서 서클 문제 때문에 이야기 좀 나눴으면 좋겠다."

"안 그래도 저도 내일 선배님과 그 문제로 말씀 나누고 싶었어요. 사실 전 오빠가 그 서클 회원인 걸 알고 있어요. 그리고 저희 오빠가 하고 있는 사회운동에도 큰 관심을 갖고 있거든요. 대학 들어오면 정말 오빠처럼 시국도 걱정하고 가난하고 소외된 사람들을 위해 봉사활동도 하고 싶었어요."

"수경아! 그런데 한 가지 명심할 것은 우리 서클은 네가 생각하는 것처럼 대학생활의 낭만을 기대해 보는 그런 모임은 결코 아니란다. 어쩌면 투철한 민주의식을 요구할지도 몰라."

정일은 조심스러웠다. 수경의 오빠 강진호 때문이었다. 그는 이미 민학길 조원이 아니었던 것이다.

"남들이 다 하는데 저라고 못하겠어요? 염려 마세요."

"그래, 그럼 잘 들어가라."

"네, 선배님."

수경은 꾸벅 인사하고 횡단보도를 건넜다. 조금 전까지는 몰랐는데 목구멍에서 자꾸 신물이 올라오고 트림이 났다. 처음 마셔보는 술이었지만 조금씩 흔들리는 걸음걸이와는 달리 정신은 말짱했다.

입학 첫날이고 하늘같은 선배들 앞이라 무척 긴장했던 탓이리

라. 수경은 다가오는 157번 버스에 뛰듯이 올라탔다. 자리에 앉아 창밖을 내다보던 그녀는 자꾸만 히죽히죽 웃음이 나왔다. 이제 정말 대학생이 된 실감이 들었다.

"넌 취한 것 같지도 않구나."

진호는 점퍼 깃을 올리며 수경의 안색을 살폈다.

"그동안 오빠가 왜 그 독한 술을 마셨는지 몰랐는데 오늘에야 알았어. 후후……."

수경은 진호의 팔짱을 끼고 어깨에 매달리듯 걸었다.

"왜 마시는데?"

진호는 이미 눈매가 게슴츠레해진 수경이 귀여웠다.

"기분 좋으니까. 그리고 춥지 않으니까."

3월 초였지만 아직은 겨울의 찬 기운이 남아있었다.

"자식, 싱겁긴? 내 맘대로 안 되는 이 세상 때문에, 시시각각 군바리들의 음모에 온 나라가 미쳐 돌아가는데도 눈뜨고 그 꼴을 지켜보고 있자니 속이 터져서 마시는 거야, 임마!"

진호는 손가락으로 수경의 이마를 가볍게 튕겼다.

"우리나란 왜 이럴까? 18년을 철권통치 해오던 박O희가 죽어서 이제야 밝은 세상이 오나 했는데 또 군인들이 들썩거리고……."

"허허, 넌 그런 걱정 안 해도 돼. 대학생활이나 잘하고 시집이나 좋은 데 갈 생각해."

희미한 가로등 아래 그들은 골목길을 더듬어 갈현국민학교 쪽으로 걸어갔다.

"나도 이제 대학생이니까 해보고 싶었던 건 다 해볼 거야. 그런데, 오빠! '민학길'이라고 오빠가 가입했던 서클이 우리 학교에도 있던데?"

진호는 움찔했다.

"네가 민학길을 어떻게 알아?"

"피! 오빠가 대학에 처음 들어갔을 때 민학길에 가입했다고 술 마시고 와서 자랑했었잖아."

"그, 그랬나? 근데 지금은 아니야."

"왜 그만뒀어?"

"그건…… 그 서클의 이념이 나한테 안 맞았어. 너무 좌익 쪽으로 치우쳐 있었어. 반년 만에 탈퇴했지."

진호는 문득 한 사람을 떠올렸다. 올해 졸업한 김강태였다. 그는 S대 민학길의 조장이었다. 그는 사회주의자라기보다는 광신적인 주체사상 신봉자였다. 그는 사회주의 이데올로기를 후배들에게 올바로 가르치고 그 우수성을 밝혀내기보다는 입만 벌리면 김일성의 주체사상을 찬양하곤 했다.

모임의 본질과는 너무 차이 나는 그의 언행에 진호는 불만을 나타냈고 그는 시위 때마다 자신은 뒷전으로 물러난 채 후배들에게 과격한 폭력을 사용할 것을 유도하는 데 급급했다. 그런 그의 이중성에 진호는 실망을 느끼고 모임을 탈퇴했던 것이다. 대신 그는 진정한 사회운동에 동참하였고 그것은 힘없이 집을 잃은 철거민들을 돕는 정주운동이었다. 그러한 사회운동이야말로 서민들의 아픔을 함께 나누고 보다 나은 사회를 만들어 가는 진정한 길이란 생각이 들었다.

"그랬어? 난 오빠가 그때 그 서클에 가입했다고 좋아했을 때, 그리고 10월 유신과 박O희 독재정권을 성토했을 때 난 오빠가 무척 자랑스러웠어. 그런데 지금은 아니란 말이야?"

수경의 말투에 서운함이 가득했다.

"그것보다 직접 서민들의 아픔을 함께할 수 있는 건 많단다."

"하지만 모든 사회운동이니 정의사회 구현이니 하는 것도 위정자가 올바르게 처신할 때 이루어지는 거 아니야? 암만 악덕 기업주를 성토하고 노동법을 개정하고 철거민의 권익 쟁취를 위해 데모나 벌이면 뭐해? 정부가 끄떡도 않는데? 난 오빠가 포기한 길을 가 볼 거야."

"얘가? 너 술 취했니? 민주화투쟁이 얼마나 힘든지 알기나 해? 안 돼! 절대 그건 안 돼!"

진호의 어투는 단호했다.

"민학길이란 게 그냥 독서 모임일 뿐이잖아? 오빠의 판단으로 그 모임에 들어갔었고 잘 맞지 않으니까 탈퇴한 거잖아? 나도 선택할 권리는 있어. 염려하지 마, 오빠. 나도 그렇게 어리석지는 않아. 그러니까 너무 걱정하지 마, 오빠."

민학길의 본질은 달랐다. 수경은 그걸 몰랐다. 진호는 우뚝 걸음을 멈췄다. 수경도 따라 멈춰 섰다.

"수경아! 네 말이 옳을지도 몰라. 하지만 너는 아직 모르는 게 많아. 시국도 어수선하고 앞으로 학생운동이 어떻게 전개될지도 몰라. 너한테 그걸 못 본 체하라고 말하고 싶지는 않아. 하지만 수경아! 넌 뭔가 착각하고 있어. 대학생이란 게 시위해도 좋다는 면허를 받은 것도 아니고 대학이 투쟁의 장이 될 순 더더구나 없어. 넌 단지 대학 새내기로서 학풍에 익숙해지고 교양을 쌓으면 돼. 나머지는 그 다음이야. 어차피 우리 모두 피해갈 수 없는 시대라면 그때 고민하고 그때 동참해도 돼. 무슨 말인지 알겠니? 네가 나서야 할 때도 있겠지만 지금은 아니라는 거야. 대학생활 4년은 결코 길지 않아. 네가 그 시간들을 어떻게, 무엇을 위해 활용하는지에 따라 네 인생이 좌우될 수 있어. 알겠니, 내 말?"

진호는 진지했다. 그토록 자신을 따르던 수경이었다. 그런 수경이 지난 2년간 자신으로부터 배운 건 어설픈 학생운동뿐이었다. 그러한 영향이 수경에게 대학생활을 막 시작하는 지금부터 부적절한 현상으로 나타나는 건 더욱 원치 않았다.

진호는 수경의 모습을 꼭 닮은 친타나가 무척이나 가깝게 느껴졌다.

"친타나 양을 보니 죽은 내 동생이 생각나는군요."

"어머! 동생 분이 돌아가셨어요? 참 안됐군요."

친타나는 어쩔 줄 몰랐다.

"친타나 양과 똑같은 단발머리에 웃을 때는 뺨에 보조개가 예쁘게 나타났지요."

"그런데 왜……?"

"그 애가 대학에 갓 입학했을 때, 11년 전이지요. 한국에서는 군부에 반대해서 광주항쟁이 일어났고 그 민주항쟁의 와중에서 태극기를 흔들던 여동생이 군인의 총에 맞아 희생되었지요. 하나뿐인 동생이었는데……."

진호의 목소리가 흐려졌다.

"그랬군요. 어느 나라나 그런 슬픈 이야기는 있나 봐요."

친타나는 커피잔을 만지작거렸다.

"그래서 부탁하는데…… 내 동생이 돼주지 않겠소?"

"네에?"

친타나는 돌연한 진호의 제의에 깜짝 놀랐다.

"친타나 양을 보면 꼭 내 동생 같은 생각이 들어요. 철거민 정주운동에 투신했던 나 자신을 보는 것 같기도 하고……. 어떻소, 내 동생이 돼주지 않겠어요?"

친타나는 잠시 고개를 숙였다. 자신은 천애고아였다. 사고로 부모가 돌아가신 후 가장 가까운 친척이 지금 자신을 돌봐주고 있는 이모였다. 그런 그녀에게 진호의 제의는 너무도 기쁜 일이었다. 그녀는 고개를 숙인 채 천천히 입을 열었다.

"저는 치앙마이에서 사고로 부모님을 잃었어요. 가족이 있다는 건 그만큼 든든한 믿음을 갖게 해주지요. 그러나…… 제가…… 그럴 자격이 있는지 모르겠어요."

그녀의 말끝이 흐려졌다.

"물론, 자격이 있고말고. 그래요. 지금부터 우린 가족이 되는 거요. 내가 친타나 양을 친동생처럼 돌봐주겠소. 자, 웃어야지. 이렇게 기쁜 날……."

진호는 친타나의 턱을 치켜 올렸다. 그녀의 맑은 두 눈에 이슬이 비쳤다.

"오……빠!"

"허허, 친타나야!"

그들은 마주보고 웃었다. 진호는 죽었던 동생이 다시 살아온 기분이었다. 두 번 다시 사랑하는 동생을 가슴속에 묻어야 하는 슬픔은 없으리라. 진호는 너무 기분이 좋아 가만있을 수가 없었다. 우선 맥주 한 잔으로라도 이 순간을 축하하고 싶었다. 그는 손을 번쩍 들어 웨이트리스를 불렀다.

비가 내린 골목길은 곳곳에 물이 고여 있어 제대로 걷기조차 힘들었다. 친타나는 발끝으로 깡충깡충 뛰듯 웅덩이를 피해 갔다. 그녀는 골목길을 이리저리 끼고 돌아 낮은 나무 울타리로 담장을 두른 이층집으로 들어섰다. 주변의 집들이 모두 그랬듯이 판자로 벽을 두르고 양철 지붕을 머리에 얹은 그 집은 방콕시의 철거민을 위해 활동하는 정주운동 본부였다. 말이 좋아 본부이지 여기저기서 들어오는 풍족하지 못한 후원금을 쪼개고 또 쪼개서 쓰며 겨우 명맥을 유지할 따름이었다.

"싸왓디 카!(안녕하세요!)"

친타나는 마당으로 들어서며 만나는 사람마다 두 손을 가슴에 모으며 인사했다.

"잘 지냈니, 친타나야?"

"반갑구나. 어서 와라."

다른 집 같으면 거실로 쓰였을 작업실에서 친타나 또래의 대학생들과 피켓을 만들던 삭센이 마치 아버지처럼 온화한 미소로 그녀를 맞았다. 그는 정주운동 본부의 살림을 도맡아하는 사무국장이었다. 평소엔 이웃집 아저씨같이 인자했지만 시위 때면 몸을 사리지 않고 앞장서는 투사였다.

"삭센 국장님! 몸은 좀 어떠세요? 움직여도 괜찮으세요?"

지난번 퀸 시리킷 센터 앞에서 시위했을 때 삭센은 경찰의 곤봉 세례를 받았던 것이다.

"응. 많이 나았단다. 너도 별일 없었지?"

"네."

퀸 시리킷 센터 집회 이후 열흘이 지난 지금, 경찰에 연행됐던 대부분의 사람들이 풀려나 있었다. 그중 반정부 구호를 외치며 선동했던 츄착과 사마트는 아직 조사 중이었다.

"자, 다들 모입시다."

땅딸막한 몸매의 완타니가 안경을 치켜 올리며 2층에서 내려왔다. 그녀는 남편의 뒤를 이어 철거민 정주운동을 이끄는 대표였다. 그녀의 회의 소집에 위아래 층이 법석거리며 10여 명의 회원들이 1층 테라스에 모였다.

"우리 동지인 츄착과 사마트가 아직 경찰서에 있지만 우린 계속 당국과 싸워야 합니다. 지난번 시위 때 많은 동지들이 부상을 입었지만 다시 전열을 가다듬어 우리의 도움을 필요로 하는 마카산 주민들을 위해 투쟁 계획을 세웁시다."

완타니는 노트를 뒤적거렸다.

"에…… 내일 마카산 주민 대표와 마하랏 부동산 회사에 가서 보상 문제를 최종 협의해야 하는데, 삭센 씨가 가시죠?"

완타니는 안경 너머로 건너편에 앉은 삭센을 응시했다. 그는 언제나 논리 정연한 달변으로 협상에 능했다.

"그러지요."

"만약 우리가 요구한 보상액에 못 미치면 3일 후 ST건설 회사 앞에서 시위를 할 예정입니다. 겉으로는 마하랏 부동산 회사가 나서고 있지만 그 배후엔 ST건설이 있는 게 분명하거든요. 그때는 인원을 오전과 오후로 나누어서 교대로 항의 집회를 가지겠습니다. 인원 배정은 내일 협의 결과를 보고 난 후 하겠습니다. 그리고 한 가지 주의할 점은 집회 때 절대로 반정부 구호를 외치지 마세요. 우리가 상대하는 것은 시 당국이에요. 평화롭게 우리의 의사를 표현하고 관철시켜야 합니다. 반정부 구호는 저들에게 집회 해산의 빌미를 제공하게 돼요. 불미스러운 사태가 일어나면 다치는 건 힘없는 우리뿐이에요. 물론 우리의 요구도 정당성을 잃어버리게 되고……."

좌중은 조용했다. 열흘 전의 유혈 사태가 떠올랐기 때문이었다.

"모두 잘 유념할 겁니다. 그런데 꽁떠이 지역도 심각하던데, 그쪽은 언제 지원할 겁니까?"

삭센이 물었다.

"나도 그 문제 때문에 많이 고민했어요. 하지만 우리의 전력을 둘로 나누다가는 둘 다 실패할 것 같아 당장 급한 마카산 쪽을 지원하고 곧이어 꽁떠이 쪽을 지원하는 방향으로 협의했어요. 이번 마카산 문제는 방콕 시민 협의회, 태국 인권보호 운동 등 13개 시민단체가 연합해서 철거민 문제에 모든 역량을 집중하기로 했어요. 더 이상 지난번 퀸 시리킷 집회 때처럼 일방적으로 당할 수만은 없는 일 아니겠어요?"

"네, 그래야지요. 그럼 계속 맡은 일을 하세요."

완타니는 노트를 접었다.

"저…… 말씀드릴 게 있는데요!"

친타나는 좌중을 돌아보며 말했다. 그녀는 철거민 정주운동을 돕겠다는 진호의 제의를 공개할 필요를 느꼈다.

"응. 뭐지, 친타나 양?"

완타니가 다시 의자에 앉으며 물었다.

"다름이 아니라 저와 의남매를 맺은 한국인이 계세요. 그분 성함은 강진호이고 방콕에서 여행사를 하시는 분이에요. 그분이 한국에서 대학에 다닐 때 우리처럼 철거민 정주운동을 하셨다며 우리에게 도움을 좀 주고 싶다고 하셨어요."

"그래? 호오, 친타나에게 오빠가 생겼단 말이지? 그것 참 기쁜 소식이구나."

완타니는 안경을 치켜 올리며 반색했다.

"철거민 정주운동을 하셨다니 우리에게 많은 조언을 해주실 수 있을 것 같구나. 참 고마운 일이구나. 언제 한번 모셔서 고견을 들어 봐야겠지?"

삭센은 말을 마치고 잘 다듬은 콧수염을 쓰다듬었다.

"그래, 맞아. 한국은 우리보다 앞서서 우리가 지금 당면한 여러 가지 사회문제를 겪은 나라야. 그분이 그런 사회운동에 동참 하셨다니 좋은 말씀을 많이 해주실 거야. 친타나야! 언제 그분이 시간 나실 때 모시고 오렴. 미리 오시는 날짜를 알 수 있다면 우리도 많은 사람들이 참석할 수 있겠지?"

완타니는 기대가 큰 듯 매우 흡족한 표정이었다.

"네, 알겠습니다."

친타나는 진호의 조언으로 철거민 정주협의회가 보다 더 나은 계획을 세우고 효과적인 투쟁을 할 수 있게 되길 진심으로 바랐다.

다시 작업실로 돌아가 피켓을 만드는 친타나의 손놀림이 한결 가벼워 보였다.

친타나는 공손히 무릎 꿇고 앉아 연꽃과 향을 두 손끝에 모아 쥔 채 기도를 드렸다. 정적이 감도는 대웅전 안에는 향긋한 향 내음이 가득했다.

기도를 마친 그녀는 그대로 머리를 조아려 두 번 절을 했다. 커다란 황금빛 불상 앞에는 여러 개의 초를 꽂을 수 있도록 일직선으로 기다란 촛대가 놓여 있고 그 앞으로 향을 꽂을 수 있도록 모래를 가득 담은 정방형의 쇠 통이 있었다. 친타나는 소리 없이 몸을 움직여 쇠 통에 향을 꽂고 그 옆에 놓인 화병에 연꽃을 꽂았다.

'테라바다Theravāda'라고 하는 소승불교의 부처상은 불교의 발생지인 인도 사람의 형상을 본 딴 듯 갸름한 얼굴에 길고 곧은 콧날을 가진 모습이었지만 입가엔 여느 나라의 불상과 같이 인자한 미소가 어려 있었다.

친타나는 다시 공손히 무릎을 꿇고 두 손바닥이 정면을 향하도록 한 후 어깨 높이로 올렸다. 천천히 앞으로 상체를 숙여 이마가 바닥에 닿자 두 손을 앞으로 내밀며 손바닥이 위로 향하도록 뒤집어 보였다. 다시 상체를 일으켜 같은 동작을 두 번 반복했다.

태국 사람들에게 불교는 생활의 일부분이었다. 친타나도 예외는 아니었다. 그녀는 사원에 올 때나 사원 앞을 지날 때는 항상 두 손을 모으며 최대한 공손히 예의를 갖췄다. 지금도 예불 드리는 그녀의 일거수일투족은 경건함 그 자체였다. 예불을 마친 친타나는 밖으로 나와 신발을 신었다.

"어머, 주지 스님!"

친타나는 스리 산펫 사원의 주지인 분펭이 나타나자 반갑게 인사했다. 그는 여느 때처럼 인자한 미소를 지으며 한 손을 들어 반가움을 표시했다. 작은 체구에 바짝 마른 분펭은 주황색 가사인 '치온'으로 몸을 두르긴 했지만 드러난 어깨와 팔뚝은 피골이 상접할 정도로 말라 보여서 마치 중한 병을 앓고 있는 사람 같았다.

분펭은 언제나 그래 왔던 것처럼 쓰러질 것 같은 위태로운 걸음걸이로 말없이 정원을 가로질러 강변에 놓여 있는 벤치로 다가갔다. 친타나 역시 사원에 올 때마다 그랬던 것처럼 말없이 분펭의 뒤를 따라 강변으로 걸어갔다. 철거민 정주운동 본부와 지척 거리인 이 스리 산펫 사원을 친타나가 드나들기 시작한 것은 그녀가 운동본부에 합류한 직후부터였다. 넘실거리는 강물 저 너머로는 호화로운 왕궁의 첨탑들이 하늘을 찌를 듯 솟아 있었고 왼쪽으로는 76미터 높이의 몬도프식 탑이 거대한 위용을 자랑하는 아룬 사원이 있었다. 언제나 외국인 관광객들로 붐비는 아룬 사원은 일명 새벽 사원으로도 불렸다.

친타나는 벤치 옆 잔디 위에 앉았다. 소승불교의 227개의 계율로 이루어진 '파티모카'란 계율에 따라 여성은 승려와 같은 자리에 앉지 못하게 되어 있기에 분펭이 앉은 벤치에 빈자리가 남아 있음에도 친타나는 벤치에 앉지 못했다. 그러한 사소한 계율들은 일상생활에서도 항상 잘 지켜지고 있었다. 버스에 타도 승려가 앉은 옆자리가 비어 있어도 여성은 같이 앉지 못했고 가게 주인이 여성인 경우에도 승려와는 물건이나 돈을 맞잡지 못했다. 그러한 계율은 일면 여성을 부정하게 보는 관점이 없지 않으나 스스로 고행을 하며 모든 욕심을 끊고 수행에 힘써서 해탈의 경지에 오르려는 승려들을 위해 불심이 깊은 태국 여성들은 스스로도 조심했다.

분펭과 친타나는 말없이 눈앞에서 흐르는 차오프라야 강에 시선을 고정시킨 채 한동안 말이 없었다. 태국 북부의 고원에서 발원하여 태국 전역의 지류와 운하 줄기를 포용하며 도도히 흐르는 차오프라야 강은 방콕시를 북에서 남으로 휘감아 흐르다가 40여 킬로미터를 더 남쪽으로 내려가서야 타이 만과 합쳐졌다. 모든 문명이 그러하듯 태국의 역사도 저 먼 북쪽 치앙마이 지방의 '란나' 왕국 시절부터 차오프라야 강을 끼고 수코타이, 아유타야 왕조를 거쳐 지금의 챠크리 왕조까지 발전해 왔다.

굽이치는 회백색 강물을 말없이 바라보는 분펭과 친타나처럼 태국의 젖줄인 차오프라야 강도 천년 태국 역사의 영욕을 가슴에 품고 묵묵히 흐르고 있었다. 그 강을 태국인들은 어머니의 젖줄이란 뜻의 '메남'을 꼭 앞에 넣어 '메남 차오프라야'라고 불렀다.

"주지 스님, 지난번 퀸 시리킷 센터 집회 때는 많은 사람들이 다쳤어요. 우리들의 정당한 요구를 저들은 폭력으로 짓밟은 거예요. 그 사람들은 부모형제도 없을까요? 그곳엔 노인도, 어린애들도 있었거든요. 그런데 경찰들은 그런 걸 무시했어요. 물론 윗사람의 명령에 따른 것이겠죠. 총칼로 쿠데타를 일으켜 정권을 잡은 수친다 무리들이 무엇을 두려워하겠어요? 없는 사람들만 더 불쌍해지는 암울한 세월이에요."

친타나는 강 건너 왕궁의 첨탑을 바라보았다. 전 왕인 라마 8세가 그곳에서 암살당한 어두운 과거가 있었다.

"그런데 말이에요!"

우울해하던 친타나의 표정이 갑자기 밝아졌다.

"……."

친타나의 음성의 변화에도 분펭은 말없이 강물 위에 떠다니는 수초인 '호테이아오이'만 바라보고 있었다. 그는 언제나 그랬다. 친타나에게 좋다, 나쁘다, 잘했다, 못했다는 그 어떤 표현에도 인색했다. 그저 들어주기만 할 뿐이었다. 그러나 친타나는 그러한 분펭의 역할에 충분히 만족하고 있었다.

"저한테 오빠가 생겼어요! 생각지도 못했던 행운이지요. 한국인인데 아주 멋지게 생겼어요. 그리고 그분이 우리 철거민 정주운동에 도움을 주시기로 하셨어요. 우리 모두 그분의 조언에 많은 기대를 하고 있어요. 저는 그런 훌륭한 분을 오빠로 두게 돼서 얼마나 기쁜지 몰라요."

저만치 강 중심을 달려가는 르어 캄팍에서 외국인 관광객들이 손을 흔들었다.

"오빠한테 여동생이 있었대요. 11년 전에 죽었는데 제가 꼭 그 동생과 닮았대요. 그래서 의남매 지간이 되자고 했고…… 저도 아주 좋은 동생이 되고 싶어요. 제가 그럴 수 있을까요?"

분펭은 그제야 반응을 보였다. 고개 돌려 친타나를 바라보는 분펭의 두 눈에 자상함이 가득했다. 고개를 두어 번 끄덕이는 분펭의 모습에 친타나는 함박웃음을 지었다. 여간해선 반응을 보이지 않던 분펭이 자신의 물음에 답해 주었던 것이다. 친타나의 입가엔 오랫동안 미소가 끊이지 않았다.

사랑이란
서로 마주 보는 것이 아니라
둘이서 똑같은 방향을 바라보는 것이라고
인생은 우리에게 가르쳐 주었다.

- 생텍쥐페리 -

사랑은 빗물을 타고

아리야는 출근하자마자 차청사오에 있는 연구소에서 올라온 보고서를 훑어봤다. 유전자를 이식해서 변형시킨 실험용 쥐Transgenic Knockout mouse에 관한 보고서였다. ST바이오닉스에서는 식량증산 연구의 일환으로 실험용 쥐의 유전자를 조작해서 슈퍼 쥐로 변형시키는 실험을 해왔다. 그 실험이 성공한다면 돼지, 소, 닭 등 주요 식용 가축의 유전자를 변형시켜 엄청나게 큰 슈퍼 소, 슈퍼 돼지를 만들어 낼 수 있었다. 실험은 극비리에 진행 중이었고 결과는 양호했다. 다만 유전자 조작 이후의 부작용에 대한 연구가 보다 더 심도 있게 이루어져야 할 필요성이 제기되었다.

지난 2년 동안의 연구 결과가 만족할 만하게 나타나자 아리야는 한시름 덜었다는 생각이 들었다. 자신이 ST바이오닉스에 들어온 이후 처음 관장한 프로젝트였기 때문이었다.

그녀는 의자에 깊숙이 등을 묻고 깍지 낀 두 손으로 턱을 괴었다.

"똑똑……."

그녀의 편안함을 시기라도 하듯 노크 소리가 들려오자 그녀는 재빨리 자세를 바로 했다.

"네, 들어오세요."

문을 열고 들어선 사람은 ST그룹을 총괄하는 기획조정실 상무이사인 타놈 타크리아푼이었다. 그는 ST그룹 회장인 솜차이 송끄라퐁나 아유드야의 창업 동지인 짬런 타크리아푼의 외아들이었다. 짬런은 타놈이 열세 살 때 해외출장 중 비행기 추락사고로 죽었고 솜차이는 창업 동지의 아들인 타놈을 친아들처럼 아끼고 공부시켜 ST그룹의 주요 직책을 맡게 했던 것이다. 타놈과 아리야는 양가 부친에 의해서 어려서부터 정혼을 약속한 사이였고 지금도 ST그룹 내에서는 그들이 조만간 결혼할 것이라는 데 아무도 이의를 제기하지 않았다.

"어머! 어쩐 일이죠?"

아리야는 같은 빌딩 내에 있으면서도 자주 만나지 못했던 타놈이 자신의 사무실을 방문하자 의외였다.

"오! 아리야. 여전히 바쁜 모양이군요. 아침에 커피나 한 잔 하려고 들렀소."

타놈은 주저 없이 소파에 앉았다.

"후후, 무슨 바람이 불어서……."

아리야는 인터폰을 눌러 비서에게 커피를 주문했다.

"ST바이오닉스에 당신이 온 이후 성과가 아주 좋은 것 같소. 욘트라킷 사장도 당신 칭찬을 많이 하더군."

욘트라킷은 ST바이오닉스 사장이었다.

"내가 한 게 뭐 있나요? 우수한 연구진과 유능한 영업부 덕분이죠."

비서가 탁자 위에 커피를 내려놓았다. 그녀가 좋아하는 헤이즐넛의 그윽하고 구수한 향기가 금세 방 안에 감돌았다.

"겸손하시군. 어쨌든 좋은 현상이오. 회장님께서도 기대가 크시고."

타놈은 커피를 한 모금 입에 물었다. 개암나무 열매인 헤이즐넛과 크림을 섞은 탓인지 꽤 맛이 부드러웠다.

"참! 창립기념일이 곧 돌아오지요? 준비는 다 됐나요?"

그러고 보니 나흘 후면 ST그룹의 서른다섯 번째 창립기념일이었다.

"다 됐소. 초대 손님들에게 모두 초대장을 보냈고 기념식장 준비도 내일이면 모두 끝날 거요. 당신도 더 초대할 사람이 있으면 빨리 하도록 하시오. 시간이 없으니까."

"이미 다 보냈어요. 아참! 한 군데 안 보낸 곳이 있어요."

아리야는 진호를 떠올렸다. 창립기념식장에는 태국 정부의 고관들과 정치인은 물론 다수의 기업체 대표들도 참석할 예정이었다. 그 자리에 진호를 초대해서 자연스럽게 그들과 소개해 준다면 그의 사업에 도움이 될지도 몰랐다.

"그래요? 그럼 빨리 연락해요. 초대장 보낼 시간이 되려나 모르겠군."

"전화로 하고 만나서 초대장을 직접 전해줘야겠어요."

아리야는 책상으로 걸어가 진호에게 전화를 걸었다.

"여보세요!"

"지노? 저예요."

"오, 아리야! 그렇지 않아도 막 전화하려던 참이었소."

"그래요? 우린 텔레파시가 통하나 보죠?"

'지노? 텔레파시?'

타놈은 아리야가 통화하는 소리에 신경을 곤두세웠다.

"그런가 보오. 당신 덕분에 어제 단체 행사가 아주 성공적으로 끝났소. 고맙소, 아리야."

"그래요? 그것 참 반가운 소식이군요."

"그래서 고마움에 대한 보답으로 오늘 저녁 식사에 초대하고 싶은데…… 시간 좀 내줄 수 있겠소? 멋있는 곳으로 안내하겠소."

"그래요? 기꺼이 받아들이죠."

아리야는 책상 한 모퉁이에 걸터앉아 타놈 쪽으로 고개를 돌렸다.

"고맙소. 시간과 장소는 퇴근 무렵 다시 알려주겠소."

"알았어요. 그리고…… 이번 토요일이 우리 그룹 창립기념일인데 정식으로 초대하고 싶어요."

대화 내용에 온 신경을 쏟고 있던 타놈의 눈매가 못마땅한 듯 잔뜩 찌푸려졌다.

"몇 시오?"

"저녁 여섯 시예요."

"여섯 시라…… 알겠소. 그날 오후에 정주운동 본부에 들를 예정인데 시간 맞춰 가겠소."

"후후…… 알았어요. 그럼 퇴근 무렵에 전화주세요."

"알겠소, 그럼……."

수화기를 내려놓는 아리야를 향해 무뚝뚝한 타놈의 목소리가 날아들었다.

"누구요? 꽤 친한 사이 같은데……."

아리야는 순간 미간이 찌푸려졌다. 추궁하는 듯한 타놈의 말투가 어이없었던 것이다.

"친구예요."

그녀의 대답도 퉁명스러웠다.

"친구? 사업상의 친구 같지는 않은데…… 허! 그것 참……."

타놈은 커피잔을 빙글빙글 돌렸다.

"그래요. 남자친구예요. 당신이 신경 쓸 일은 아닌 것 같은데요?"

"이봐요, 아리야! 우린 곧 결혼할 사이오. 당신이 이러는 걸 회장님께서도 그리 달가워하지 않으실 거요."

"타놈! 난 아직 결혼할 생각이 없어요. 그리고 우리의 결혼 약속은 당사자들의 의지와는 전혀 상관없이 오래전에 나눈 부친들의 농담에 지나지 않아요. 그러니 딴 데 가서도 우리가 결혼할거라느니 하는 이야기는 하지 말아줬으면 고맙겠어요. 자! 이제 그만 일 해야겠어요. 잘 가세요."

아리야는 말을 마치자 방문을 열었다. 나가달라는 표시였다. 타놈은 변변히 대꾸도 못한 채 어깨를 씰룩해 보였다.

"커피 잘 마시고 가오."

그의 말투가 유들유들 했다. 암만 그래봤자 대세는 자기편이라는 자신만만한 표정이었다.

"쾅!"

아리야는 거칠게 문을 닫았다. 타놈과는 어렸을 때부터 오누이처럼 지내왔다. 대학을 졸업하고 태국에 돌아왔을 때만 해도 타놈과의 관계는 좋았다. 그와의 결혼 이야기도 가끔 떠돌았지만 부정하지는 않았다. 그러나 그녀가 ST바이오닉스에 입사한 이후부터 그는 공개적으로 애인처럼 굴었고 간섭이 심해지기 시작했다. 아리야는 그런 타놈이 약간 지나치다는 생각은 했지만 제지하지는 않았다. 그 역시 미국의 명문대를 졸업했고 훤칠한 키에 많은 여자들이 따를 정도의 미남이었다. 신랑감으로서는 최고의 조건을 갖춘 타놈이었지만 그는 교만했고 이름난 바람둥이였다.

그의 바람기는 재수 없게도 1년 전 R백화점 지하 슈퍼에서 아리야에게 발각되었었다. 타놈이 그의 애인과 트롤리에 식료품을 하나 가득 싣고 오다가 아리야를 만난 것이었다. 아리야의 놀람과 타놈의 당혹감 사이에서 여자는 아리야가 타놈의 새 애인인 줄 오해하고 타놈의 따귀를 올려붙였던 사건이 있었다. 그 사건 이후 타놈은 아리야에게 큰소리치지 못했고 아리야는 타놈을 그저 회사의 동료 이상으로 생각지 않게 되었던 것이다. 그랬던 그가 아리야에게 남자친구가 생겼다고 하자 당장 남편이라도 되는 양 따지고 드는 폼

이 그녀의 비위에 거슬렸다.

사방에 비가 잔잔히 내리고 있다. 우기 끝 무렵이어서인지 언제나 쏟아 붓곤 하던 스콜도 기가 많이 꺾인 듯했다. 부겐빌레아가 만발한 앞마당과 붙어 있는 테라스에는 20여 명의 참석자들이 조용히 강진호의 이야기에 귀 기울이고 있었다.

"……그저 철거 계고장 한 장이면 그만이었습니다. 거기에는 이주 보조금 액수와 이주 장소가 적혀 있을 뿐이었지요. 아파트 입주권이 주어졌지만 그건 그저 몇 푼 받고 팔아버리는 일종의 프리미엄 같은 것이었습니다. 하루 벌어 하루 먹고살기도 힘든 사람들이 무슨 돈이 있어서 새로 짓는 아파트에 들어갈 수 있겠습니까? 그림의 떡이었지요. 그래서 철거민 이주 지역으로 지정된 곳으로 이주했지만 당국의 약속은 지켜지지 않았습니다. 도로, 전기, 상수도 등 생활에 필요한 최소한의 조건도 갖춰놓지 않았던 것입니다. 이주민들은 또 한 번 속았지요."

진호는 한국이 어려웠던 시절, 철거민들의 애환이 되살아나자 목이 메는 듯 앞에 놓인 물 컵을 들어 벌컥벌컥 들이켰다.

"그들은 거짓말을 밥 먹듯 했지요. 재개발을 위해서 많은 계획들이 세워졌고 그중에 철거민을 위한 계획도 있었지만 유독 철거민을 위한 계획은 하나도 이루어지지 않았습니다. 성남에 어렵게 터를 잡고 살아가던 이주민들은 성남이 신도시로 개발되기 시작하자 또 밀려나야만 했습니다. 예전보다 더욱 격렬하게 시위를 했고 저항했지만 돌아온 대가는 처절했습니다. 많은 사상자가 난 다음에야 또 다른 이주 지역인 서울 상계동 지역으로 쫓겨 가야만 했습니다.

지금까지 말씀드린 것처럼 철거와 강제 이주의 악순환이 계속됐던 것은 그들의 기본권을 법적으로 보장받을 수 있도록 조언을 해주는 사람이 없었기 때문입니다. 몇 개의 시민단체와 저 같은 학생들이 그들과 함께 했었지만 그저 쇠파이프와 각목으로 철거반과 싸울 줄만 알았지 시민단체의 결속을 통한 효율적인 저항 방법을 찾지 못했기 때문입니다. 그러한 시행착오를 거듭한 끝에 시민단체들의 의식도 높아졌고 외국의 사례들을 연구해서 보다 효율적으로 집회와 시위를 하게 되었지요. 그 결과 철거민들은 시민으로서의 기본권을 찾게 되었고 현재 한국에서는 철거민 등 도시 빈민을 포함한 서민들과 노동자의 인권이 완전히 묵살당하는 경우는 사라져 버렸답니다. 시민운동의 완벽한 승리를 쟁취했던 것이지요."

그의 말이 끝났음에도 좌중은 조용했다. 참석자들의 표정이 무척이나 진지했다.

"짝짝……!"

친타나가 박수를 두어 번 치자 그제야 참석자들의 박수 소리가 울려 퍼졌다.

"짝짝짝…… 짝……!"

"아주 좋은 말씀을 해주셨습니다. 감동적이었고요."

완타니는 진호의 이야기에 많은 용기를 얻은 것 같았다. 그러한 느낌은 그녀를 비롯한 모두가 갖고 있었다. 그리고 그들은 시민운동이 활발한 한국의 선례들이 이제 막 태동하기 시작한 태국의 시민운동에 긍정적인 영향을 미칠 것을 의심하지 않았다.

"정말 좋은 말씀을 해주셨습니다. 고맙습니다. 지노 씨야말로 우리가 필요로 했던 분입니다."

삭센이 두 손을 합장하며 연신 고개를 끄덕였다.

"허허, 별 말씀을. 앞으로 철거민 정주운동을 힘닿는 데까지 돕겠습니다."

"수고하셨어요, 오빠! 우리가 이런 어려운 싸움을 해나가는 데 가장 필요한 것은 우리의 고통을 이해하고 함께 아파해 줄 사람이에요. 오빠 같은 사람 말이에요."

친타나는 진호가 자랑스러웠다. 그의 경험담은 앞으로 값지게 활용될 터였다.

"그렇게까지 말해주니 고맙구나. 그리고 마지막으로 그 시절, 한국의 빈민들의 처절한 의식 구조를 아주 생생하게 묘사한 소설의 한 구절을 인용해 드리겠습니다. 조세희 소설가의 '난장이가 쏘아올린 작은 공'이란 소설 속에 나오는 구절입니다.

'천국에 사는 사람들은 지옥을 생각할 필요가 없다. 그러나 우리 다섯 식구는 지옥에 살면서 천국을 생각했다. 단 하루도 생각해 보지 않은 날이 없다. 하루하루의 생활이 지겨웠기 때문이다. 우리의 생활은 전쟁과 같았다. 우리는 그 전쟁에서 날마다 지기만 했다.'

……."

진호의 인용구에 좌중은 숙연했다.

"희망의 빛을 찾기 위한 처절한 몸부림이자 없는 자의 자학이지요. 우리는 희망을 잃은 사람들을 위해 용기를 주고 그들로 하여금 좌절하지 않도록 최선을 다해 도와야 할 것입니다. 감사합니다."

"짝짝짝……!"

다시 한 번 박수 소리가 울려 퍼졌다.

"그리고, 회장님! 이건 얼마 되지 않는 제 성의입니다. 좋은 일에 써주시고 적으나마 매달 후원금을 내도록 하겠습니다."

진호는 손가방에서 봉투를 꺼내 완타니 앞으로 밀어주었다.

"오, 이런……. 어려운 걸음을 해주신 것만으로도 고마운데 이렇게까지……. 정말 감사합니다. 우리 활동에 큰 도움이 될 겁니다."

완타니는 연신 안경을 치켜 올리며 고개를 끄덕였다.

"저, 그럼 중요한 약속이 있어서 이만 일어나야겠습니다."

진호는 시계를 들여다보며 아리야의 초대를 상기했다.

"이거 바쁘신데 수고 많으셨습니다."

"바쁘신데 어서 가보시죠."

참석자들은 자리에서 일어나며 진호를 배웅했다.

"시간 나는 대로 자주 찾아뵙겠습니다. 그럼, 수고들 하십시오."

진호는 친타나가 건네준 우산을 펼치고 마당으로 나섰다. 보슬비가 소리 없이 내리고 있었다. 친타나와 진호는 우산 끝을 맞댄 채 골목길을 걸어갔다.

"오늘 말씀 정말 고마웠어요, 오빠."

"뭘, 도움이나 됐을지 모르겠군."

"많은 도움이 될 거예요. 오빠가 예전에 그런 시민운동에 투신했었다는 게 믿어지지 않아요. 지금 모습에선 전혀 그런, 뭐라고 할까? 그래요, 투사의 모습은 전혀 찾아볼 수 없잖아요? 하지만 저는 오빠가 자랑스러워요. 빈민들과 함께 한다는 게 얼마나 힘든 일인데요? 그리고 오빠는……."

말끝을 맺지 못한 그녀의 두 뺨이 빨갛게 달아올랐다.

"그리고 뭐?"

진호는 우산 아래로 친타나를 돌아보았다.

"아, 아니에요."

그녀의 앙증맞은 입술 사이로 수줍은 웃음소리가 흘러나왔다. 그녀는 '영화배우처럼 멋진 미남이잖아요.'라고 말하고 싶었던 것이다.

"싱겁긴…… 허허……."

진호는 질퍽한 골목길을 웅덩이를 피해 성큼성큼 걸어갔다. 그런 그의 뒷모습에 시선을 고정시킨 채 친타나는 가슴이 뭉클해지며 콩닥콩닥 뛰는 걸 느꼈다. 언제부터인지 진호를 바라보는 친타나의 시선이 예사롭지 않았다. 그러한 감정이 구체적으로 무엇을 뜻하는지 친타나는 아직 깨닫지 못했다. 진호와 함께 있을 때는 그저 좋기만 할 뿐이었다.

강진호는 D호텔에 들어서자 서둘러 챠크리 홀로 걸어갔다. 입구에서 초대장을 건넨 그는 홀 안으로 들어섰다. 기념식 개최 시간이

거의 다 돼서인지 홀 안은 사람들로 가득 차 있었다. 족히 500명은 넘어 보였다. 그는 천천히 걸음을 옮겨 아리야를 찾았다. 홀 정면에는 'ST그룹 창립 35주년'이란 플래카드가 있었고 그 왼쪽으로 현악사중주단이 차이코프스키의 열여덟 개 소품 중 Op. 72 '명상곡'을 부드럽게 연주하고 있었다.

그는 단상 바로 앞의 헤드테이블에서 몇몇 사람들과 담소를 나누고 있는 아리야를 발견했다. 와인빛 드레스가 그녀의 늘씬한 몸매에 썩 잘 어울렸다. 진호는 가장자리의 원형테이블에 앉았다. 곧이어 칵테일 술잔을 쟁반에 얹은 웨이터가 다가오자 샴페인 잔을 집어 들었다. 홀 안에는 외국인도 꽤 많이 있었다. 태국 주재 외교관이거나 관계 외국인 회사의 임원들인 것 같았다. 태국 최대 기업의 창립기념일이라서인지 TV나 신문을 통해 낯이 익은 거물급 정치인들도 다수 눈에 띄었다.

진호는 샴페인을 홀짝이며 아리야를 지켜보았다. 가끔씩 터뜨리는 쾌활한 웃음과 세련된 매너가 몸에 배인 듯 좌중의 시선을 끌고 있었다. 진호는 그런 그녀의 당당한 커리어 우먼의 이미지가 마음에 들었다.

담소를 즐기던 아리야가 누구를 찾는지 고개를 갸웃하며 홀 안을 살폈다. 이곳저곳을 살피던 그녀가 진호를 발견하자 얼굴이 활짝 펴졌다. 진호는 그녀와 눈길이 마주치자 잔을 눈 위로 올려 보였다. 아리야는 주위 사람들에게 양해를 구한 뒤 환하게 미소 지으며 진호에게 다가왔다.

"언제 오셨어요?"

"금방 왔소. 손님들이 아주 많이 왔군요."

진호는 의자에서 일어나 아리야를 맞았다.

"네. 자, 우리 저쪽으로 가요. 내 친구들을 소개해 드릴게요."

그녀는 진호의 팔짱을 끼며 말했다.

"친구? 친구들도 초대한 모양이군요."

진호는 공적인 자리에 친구를 초대할 아리야는 아닌데 하는 생각이 들었다.

"후후, 내 고향인 콘깬Khon Kaen에 사는 친구들이에요. 물론 모두 사업을 하는 사람들이고 우리 그룹과도 인연이 있죠."

아리야는 진호의 의구심을 해소시켜 주었다.

"호오! 당신 고향이 콘깬이었군요?"

콘깬은 태국 북동 지방에서 가장 큰 도시였다.

"네. 내가 열세 살 때까지 자랐던 곳이지요. 할아버지께서 날 아주 귀여워하셨는데 은퇴하신 후 낙향하셔서 콘깬에서 말년을 보내셨죠. 물론 나를 옆에 두시고요. 내가 열세 살 되던 해에 돌아가셨어요. 어느 날 아침, 잠에서 영영 안 깨어나신 거죠. 편안하게 가셨어요. 그런데도 난 아주 많이 울었지요."

"그랬군요."

"그래서 그런지 지금도 콘깬의 친구들과 가장 친해요."

그들은 홀 한구석에 모여 있는 한 무리의 여인들 앞으로 다가갔다. 원형테이블에는 여섯 명의 여인들이 앉아 있었다.

"자, 여러분! 제가 멋진 남자 분을 소개해 드리지요."

아리야는 장난기 어린 목소리로 진호를 소개했다.

"이분 성함은 강진호. 한국 분이고 방콕에서 여행사와 무역회사를 운영하시는 분이에요. 그리고 이쪽은 라차니, 육가공 회사 사장이고요. 또 콘깬 호텔 사장인 다라니, 콘깬 방송국 이사인 뚜까따, 콘깬 백화점 사장인 예시리, 콘깬 컨트리클럽 사장인 위야다, 콘깬 라테위 건설회사 대표인 피사폰이에요."

진호와 아리야의 친구들이 서로 합장하며 인사를 나누었다.

"아리야! 그런데 이분과 어떤 사이지?"

다라니가 눈꼬리를 살짝 흘기며 물었다.

"으응…… 친구 사이야."

아리야가 진호를 바라보며 대답했다.

"오호, 이렇게 멋진 신사 분과…… 보통 친구 사이는 아닌 것 같은데?"

위야다가 아리야를 놀렸다. 그때, 홀 입구가 북적대더니 풍채 좋은 노인이 여러 명의 수행원을 거느리고 홀 안으로 들어섰다. 반백의 노인은 ST그룹 회장인 솜차이였다.

"잠깐 실례할게요. 사모님들, 여기 계신 신사 분을 좀 부탁드려요. 단, 허튼 수작 하려면 나한테 허락받고, 알았지?"

아리야는 싱긋 웃으며 친구들에게 진호를 부탁했다.

"맡아는 드리겠는데, 책임은 못 져."

"호호호……!"

뚜까따의 농담에 여인들이 까르르 웃음을 터뜨렸다.

"미안해요, 지노. 이제 막 식이 시작될 텐데…… 조금 있다 올게요."

아리야는 미안한 표정을 지었다.

"괜찮아요. 어서 가봐요."

진호는 미소 지으며 손을 저었다. 아리야는 다시 연단 앞의 VIP 테이블로 다가갔다. 진호는 헤드테이블에 앉는 아리야의 어깨에 자연스럽게 손을 올리는 젊은 남자를 보았다.

'누굴까?'

공개적인 자리에서 그녀의 몸에 손을 댈 정도라면 보통 사이는 아닌 듯싶었다. 그때, 다라니가 툭 던지듯 한마디 했다.

"흥! 타놈이 이제 공개적으로 아리야를 챙기려 드는군."

"그러게 말이야. 노인네가 곧 결혼시킬 모양인가 봐."

예시리가 거들었다. 그들은 타놈이란 남자가 마음에 들지 않는 듯 퉁명스럽게 말했다.

"누구지요?"

진호는 남자의 정체가 궁금했다.

"ST그룹 기조실 상무인 타놈이란 사람이에요. 아주 거만한 바람둥이죠."

라차니가 대답했다.

"약혼자인가요?"

진호는 아리야에게 가까운 남자가 있다는 이야기를 들은 적이 없었다.

"그런 셈이죠. 부친끼리 오래전부터 결혼시키자고 약속했다니까……. 그런데 아리야는 당사자의 의견이 배제된 약속이라며 무시하고 있지요. 그건 타놈이 못 말리는 바람둥이라는 걸 알기 때문이랍니다."

"그래요?"

그래서 약혼자 이야기가 없었단 말인가? 진호는 웨이터를 불러 스카치 콕을 주문했다. 기분이 묘했다.

"지노 씨는 아리야와 어떤 사이죠?"

다라니가 조심스레 물었다.

"그냥 친구 사입니다. 대학 동문이거든요."

"아! 그러세요? 어쨌든 잘해 보세요. 그리고 우리가 도울 일이 있으면 힘껏 도와드릴게요."

다라니가 친구들을 돌아보며 동의를 구하듯 말했다.

"그럼요, 지노 씨. 우린 아리야의 절대적인 지지자들이거든요."

그때, 기념식 개최를 알리는 안내방송이 있었다.

"저희 ST그룹의 창립 35주년 기념식장을 찾아주신 내외 귀빈 여러분께 심심한 감사의 말씀을 드리며 식순에 따라 기념 리셉션을 시작하겠습니다."

낭랑한 사회자의 개회 안내에 이어 태국 국가와 ST그룹 사가가 연주됐다.

"다음은 ST그룹 회장이신 솜차이 송끄라퐁 나 아유드야 회장님의 인사 말씀이 있겠습니다."

"짝짝짝……!"

우레와 같은 박수 소리와 함께 솜차이가 단상으로 올라섰다. 아리야는 박수 치는 중에도 가끔씩 진호를 돌아보았다. 헤드테이블에서 VIP들을 상대하느라 진호와 같이 자리할 수 없음을 아쉬워하듯 그녀의 눈길에는 미안함이 가득했다. 그때마다 진호는 활짝 웃어 보이며 남모르게 손을 흔들어 보였다.

"감사합니다. 공사다망하신 중에도 이 자리를 빛내주신 통상부 장관님, 외무부 장관님을 비롯하여 주태 외교사절 여러분 그리고 내외 귀빈 여러분께 감사 말씀을 드립니다. 저희 ST그룹은 35년 전 ST축산가공회사를 설립한 이래……."

"저 노인네는 아직도 정정해."

다라니가 솜차이 회장의 카랑카랑한 목소리를 빗대 조그맣게 속삭였다.

"누가 아니래? 그렇지만 돈이 아무리 많으면 뭐해? 자식이라곤 아리야밖에 없으니……."

"글쎄 말이야. 저 나이에 또 자식을 만들 수도 없고…… 후훗!"

"킥킥……."

아리야의 친구들은 뭐가 그리 우스운지 계속 킥킥댔다. 그들의 대화는 고스란히 진호의 귀에 들어갔고 아리야가 솜차이 회장의 외동딸이란 사실을 알게 되자 진호는 왠지 씁쓸한 기분이 들었다. 그는 문득 한 달 전에 아리야의 소개로 만났던 삼타펭을 떠올렸다. 이 D호텔도 ST그룹의 자회사였다. 그제야 진호는 자신을 도와주려 애

썼던 아리야의 속마음을 알 수 있었다. 도움 받는 쪽의 자존심을 건드리지 않으려 했던 그녀의 마음 씀씀이에 새삼 고마운 생각이 들었다. 그러나 지금 자신이 이 자리에 있기엔 무척 어색한 느낌이 들었다. 어디론가 가서 혼자 술이나 한 잔 하고 싶었다.

"저……."

진호는 옆자리에 앉아 있는 라차니를 돌아보았다.

"네?"

"실례합니다만 제가 급한 일이 있는 걸 깜빡 잊었습니다. 먼저 갔다고 아리야 씨에게 전해 주셨으면 합니다."

"어머! 좀 더 계시지 않고……. 알았어요. 제가 나중에 전해 드리죠."

진호가 간다는 말에 아리야의 친구들은 섭섭해했다.

"나중에 시간 있을 때 제가 한번 식사 초대를 하겠습니다. 그럼, 이만."

진호는 합장하며 인사한 후 조용히 출입문으로 걸어갔다. 출구에 다다른 진호는 셀폰이 울리자 얼른 전화를 받았다.

"나예요."

아리야였다.

"오, 아리야. 미안하게 됐소."

뒤돌아보는 그의 눈에 종종걸음으로 걸어오는 아리야가 보였다.

"말도 없이…… 잠깐 기다려요."

그녀는 셀폰을 끄고 다가왔다. 가끔씩 뒤돌아보던 그녀는 진호가 출구 쪽으로 나가는 것을 보았던 것이다.

"왜 이렇게 빨리 가죠?"

"급한 일이 있는 걸 깜박 잊었었소. 바쁜데 마음 쓰지 마시오."

진호는 아리야의 미안해하는 표정을 보자 쑥스러운 듯 미소 지었다.

"심심해서 그렇죠? 조금만 기다리면 나도 좀 자유로워질 거예요. 그러면 여기 와 있는 분들도 소개시켜 드리고 할 텐데……."

"나도 이해하오. 어서 가보시오. 당신을 찾는 것 같은데……."

진호는 헤드테이블에서 도전적인 눈빛으로 자신을 쏘아보는 남자와 눈길이 마주치자 가슴을 활짝 폈다. 타놈이란 남자였다. 그도 자신이 누군 줄 아는 듯 도전적인 눈길을 거두지 않았다.

아리야는 헤드테이블을 바라보았다. 타놈의 쏘는 듯한 눈길이 진호와 자신을 향하고 있는 걸 보자 그녀는 진호를 보내는 편이 낫겠다 싶었다. 타놈의 적대적인 눈빛으로 봐서 행사가 끝난 뒤 어색한 장면이 연출될 우려도 들었다.

"미안해요, 지노!"

"무슨 말을, 괜찮소. 내가 도리어 미안하지. 전화 하리다, 그럼……."

진호가 아리야를 안심시키려는 듯 밝게 미소 지었다.

"꼭 전화 주세요."

"알겠소."

진호는 다시 한 번 타놈의 눈길에 일별하고는 홀을 빠져나갔다.

진호의 뒷모습을 바라보며 아리야는 진호가 자신을 오해하지 않았으면 하고 바랐다. 자신이 ST그룹 회장의 외동딸이라는 걸 일부러 밝히지 않은 건 아니었다. 진호와는 대학 동문으로 만난 순수한 사이였고 지금은 호감을 갖고 만나는 사이였다. 어쩌면 하나도 미안할 게 없었지만 아리야는 왠지 마음이 편치 않았다.

"캉!"

호쾌한 타격 음과 함께 하얀 공이 길게 포물선을 그리며 푸른 페어웨이 위에 떨어졌다.

"나이스 샷!"

"허허, 여전하군. 나이를 거꾸로 먹는 건지, 원."

솜차이는 티잉 그라운드에 티를 꽂으며 너털웃음을 터뜨렸다.

"암, 아직도 청춘이네. 자네도 아직 근력이 좋아 보이는데 멋진 샷을 날려보게."

파타나는 드라이버를 캐디에게 넘겨주며 기분 좋은 듯 웃었다. 그는 솜차이의 오랜 친구로서 예비역 해군 제독이었다.

"제독님께선 군인 출신이시니 아무래도 회장님보다는 근력이 더 좋지 않으시겠습니까?"

타놈이 아부하듯 파타나를 추켜올렸다.

"아니, 타놈! 내가 저 친구보다 못하다는 소린가?"

솜차이는 어드레스를 하다 말고 타놈을 돌아보았다.

"아, 아닙니다. 회장님, 전 단지……."

"잘 보게, 타놈. 누구 근력이 더 좋은지, 허험!"

솜차이는 헛기침을 하더니 다시 신경을 집중시켜 어드레스 했다. 천천히 백스윙 하던 그가 유연하게 허리를 돌렸다. 흠 잡을 데 없는 아크가 만들어지더니 경쾌한 타구 음과 함께 핀 위에 놓였던 공이 창공을 향해 일직선으로 날아갔다.

"아빠! 멋진 샷이에요."

아리야가 환호성을 지르며 박수 쳤다.

"허어, 그 사이 힘이 더 좋아진 것 같군. 오늘 자네를 이기기가 쉽지 않겠네그려."

파타나는 솜차이의 깨끗한 드라이빙 샷에 혀를 내둘렀다.

"자네도 봤지? 난 아직 자네처럼 할아버지 소릴 듣진 않는단 말이야. 허허허……."

솜차이는 드라이브 샷이 잘 맞자 기분이 좋았다. 그는 어젯밤 그룹 창립기념식장에서 평소보다 많은 양의 샴페인이며 와인을 마셨지만 오랜 지기와 약속한 골프 시합을 취소할 수는 없었다. 다소 무거운 몸을 일으켜 골프장에 나온 솜차이는 푸른 페어웨이를 보자 피곤함이 싹 가시는 것 같았다.

"할아버지라? 그렇지. 하지만 자네는 손주 놈 재롱떠는 걸 보는 재미가 어떤지 모를 거야, 허허……. 이봐, 타놈!"

"예, 제독님."

"자네와 아리야는 언제 결혼할 건가? 이 친구도 손주 볼 나이가 지났잖은가?"

"아! 예……."

타놈은 어색한 눈길로 아리야를 보았다. 아리야는 못 들은 척 여자용 티잉 그라운드로 걸어갔다.

"얘, 아리야야!"

파타나는 티잉 그라운드에 선 아리야를 불렀다.

"네, 제독님."

"송끄란 전에는 결혼해야지?"

송끄란Songkran은 태국의 정월 초하루였다. 불기를 쓰는 태국의 특성상 태국의 가장 큰 명절인 송끄란은 4월 13일이었다.

"전 아직 결혼하고 싶은 생각이 없는데요."

아리야는 공손히 대답했지만 기분은 썩 좋지 않았다.

"여자 나이가 너무 늦으면 안 좋은 법이란다. 네가 벌써 스물여덟이지?"

파타나는 아리야의 심정을 모르는지 계속 그녀의 신경을 건드렸다. 그는 아리야와의 결혼이 무산될까 노심초사하는 타놈으로부터 결혼 이야기가 잘 이루어지도록 미리 지원 요청을 받았던 것이다. ST그룹의 차기 총수 자리를 거머쥐기 위해선 아리야와의 결혼이 필수적이었다.

"얘가 나이만 먹었지 아직 철부지야. 타놈도 제 몫을 잘하고 있고 나도 더 이상 나이 먹기 전에 뒷일들을 마무리해 놓고 싶은데…… 허험!"

솜차이는 파타나의 말을 이어 아리야에게 서운한 감을 내비쳤다.

아리야는 괜히 나왔다 싶었다. 오랜만에 부녀지간에 함께 골프를 치자는 부친의 제안에 부친의 친구들만 나오는 줄 알았던 그녀는 타놈이 합세하자 왠지 께름칙하기는 했었다. 아니나 다를까, 첫 홀에서 티오프도 하기 전에 세 사람이 의도적으로 자신과 타놈의 결혼 이야기를 꺼내며 압력을 가해 오자 기분이 잡쳤다. 그렇다고 어른들과 함께 하는 자리에서 대놓고 부인할 수 도 없어 그저 냉가슴만 앓고 있을 수밖에 없었다.

그녀는 핀 위에 공을 올려놓고 매섭게 노려봤다. 하얀 골프공이 점점 커지더니 타놈의 얼굴로 변했다. 아리야는 최대한 백스윙을 하더니 있는 힘껏 후려쳤다. 그러나 통쾌한 순간도 잠시뿐이었다. 몸에 힘이 너무 많이 들어간 탓인지 빗맞은 볼은 십여 미터 앞에 떼구루루 굴러가서 멈춰 섰다. 아리야는 아무래도 좋은 기분으로 골프를 즐길 수 없을 것 같았다.

사방이 적으로 포위된 채 전쟁터 한가운데 달랑 혼자 놓인 것 같은 느낌이 들자 아리야는 진호를 그려보았다. 그와 함께라면 이 많은 적들을 물리칠 수 있을 것인지……. 확신할 수는 없었지만 그래도 그나마 위안이 되었다.

“전 따로 만나는 남자가 있어요.”

아리야는 어렵게 입을 열었다.

“딴 남자를 만난다고? 타놈이 아닌 다른 남자를 말이지?”

솜차이는 잘못 들었는가 싶어 재차 물었다.

"네."

"그래? 그 사람이 누구니?"

아리야의 모친인 순타나 여사가 반색하며 물었다. 그녀는 타놈이 여자관계가 복잡하다는 걸 알고 내심 아리야와의 결혼을 못마땅하게 생각하고 있었다.

"허어! 당신은 좀 가만있구려. 어쨌든 넌 타놈하고 결혼해야 돼."

"왜 그래야 하죠, 아빠? 전 타놈이 싫어요."

"이미 오래전에 정해진 이야기 아니냐?"

"제 의견은 물어보지 않고 결정하신 거잖아요?"

"아리야야! 넌 타놈과 아주 잘 지내오지 않았느냐. 그런데 왜 이제 와서 타놈을 거부하는 게야? ST그룹을 너에게 물려주려면 가장 믿을 수 있는 타놈이 네 곁에 있어야 해. 그런데 지금 와서 다른 남자를 만난다니……. 믿을 수 있는 가문의 자식이냐?"

"……."

"여보! 너무 다그치지 마세요. 얘도 다 생각이 있겠지요."

순타나가 아리야의 어깨를 감싸 안으며 변호했다.

"누구냐니까?"

"아직 말씀드릴 단계는 아니에요. 아빠! 하지만 분명한 건 결혼은 제 의사대로 할 거고 타놈은 절대 아니에요. 그런 줄 아세요. ST그룹을 누구에게 넘겨주시든 전 상관 안 해요. 그건 아빠가 이루신 거니까 제가 관여할 문제가 아니라고 생각해요."

아리야는 난생 처음 부친의 명을 거역했다.

"뭐, 뭐라고?"

"여보, 좀 더 시간을 갖고 얘기합시다. 나도 타놈이 요즘 들어 별로 탐탁지 않아요. 소문에는 영화배우와의 사이에 아이가 생겼다는데……."

"허어, 당신은 소문만 믿소? 타놈이 그런 면이 좀 있다는 건 나도 들었소. 하지만 그건 단지 소문일 뿐이오."

"아니 땐 굴뚝에 연기가 나겠어요?"

"저…… 이만 제 방에 올라가 보겠어요."

아리야는 소파에서 일어섰다.

"어쨌든 타놈 이외에 대안은 없다."

솜차이는 단호하게 선을 그었다. 그러나 아리야는 들은 척도 않고 뒤돌아 계단을 올라갔다.

"휴우, 자식이란 게 저것 하나뿐이니……."

솜차이는 한숨을 내쉬었다. 그로서는 자신의 사후에 피땀으로 일군 ST그룹의 향배도 걱정해야 했다. 한숨 쉬는 그의 이마에 깊은 주름살이 하나 더 늘어난 것 같았다.

아리야는 침대에 엎드려 꼼짝하지 않았다. 내일 모레면 서른이지만 그녀는 상대가 타놈이 됐건 누가 됐건 아직까지 결혼에 대해 심각하게 생각해 본 적이 없었다. 불과 1년 전까지만 해도 타놈과 결혼하는 게 당연한 듯 여겨왔기 때문이었다. 그러나 타놈의 불륜을 소문이 아니라 자신이 직접 확인한 이후에는 달랐다. 타놈이 대상에서 제외된 후 그녀는 일에만 집착했다. 그러던 중 진호를 만난 것이다. 외국인이란 것에 대한 거부감은 없었다. 신경이 쓰이고 호감 가는 상대지만 그와의 관계에 뚜렷이 설정된 그 무엇도 없었다.

그녀는 침대에서 벌떡 일어나 앉았다. 디너 크루즈에서 진호와 나누었던 키스가 생각났다. 키스는 연인끼리 하는 것이었다. 분위기에 휩싸여 남녀지간에 그럴 수 있다고 하더라도 자신은 물론 진호도 서로에게 입술을 허락할 정도의 깊은 감정을 갖고 있었다고 봐야 했다. 갑자기 진호에 대한 그리움이 물밀듯이 밀려들었다. 진호에게 자신에 대한 감정을 묻고 싶었다. 그녀는 셀폰을 들어 진호에게 전화를 걸었다.

"여보세요."

진호의 목소리가 밝게 울렸다.

"……나예요."

"오! 아리야. 그래, 휴일은 잘 지냈소?"

"지노!"

아리야의 목소리가 심각해졌다.

"왜 그러오, 아리야? 무슨 일 있었소?"

"지금 어디 있어요? 만날 수 있나요?"

진호는 아리야의 음성에서 어떤 일이 일어났음을 감지할 수 있었다.

"집에 있소. 무슨 일이오?"

"만나서 얘기해요. 어디가 좋겠어요? 내가 갈게요."

"아니오. 내가 가겠소. 어디서 만나면 좋겠소?"

"타운 인 타운 호텔 건너편에 아담한 카페가 있어요. 거기서 만나요."

"알았소. 지금 곧 가겠소."

아리야는 통화를 끝내자 곧 방문을 나섰다. 카페까지는 불과 5분도 채 안 걸렸지만 갑자기 끓어오르는 진호에 대한 연정 탓인지 마음이 급했다.

카페 앞마당을 훤히 비추는 전조등 불빛에 아리야는 눈이 부셨다. 잠시 후 진호가 카페 문을 열고 들어섰다.

"먼저 와 있었군."

진호는 앙증맞은 화분이 죽 늘어선 창가에 앉아 있는 아리야에게 다가갔다. 테이블 위에는 맥주가 가득 담긴 피처와 스낵이 놓여 있었다. 그녀는 맥주잔을 손에 든 채 입을 열었다.

"금방 왔어요."

실내를 맴도는 태미 위넷의 '스탠드 바이 유어 맨Stand by your man'이 고즈넉한 카페 분위기에 썩 잘 어울렸다.

"후후, 오늘 무슨 바람이 들었기에……."

진호는 짐짓 너스레를 떨었다. 아리야의 표정이 다른 날에 비해 심각해 보였던 것이다.

"지노!"

아리야는 진호를 지그시 바라보았다.

"왜 그러오?"

"어제 미안했어요. 날 나타내고자 했던 건 아니었어요. 난 그저……."

아리야는 마주보는 진호의 눈길을 피해 창가에 놓인 화분을 바라보았다.

"알아요, 아리야. 내가 일찍 떠난 것 때문에 마음 상했다면 미안하오."

진호는 어젯밤 ST그룹 창립기념식장에서의 일 때문이라 생각했다.

"아니에요, 그건. 그것 때문에 그런 건 아니에요. 지노!"

"응?"

"창문이 어느 쪽에 있죠?"

"오른쪽에 있소."

"나한테는 왼쪽에 있는데……. 우린 창문을 같은 쪽에서 바라볼 수는 없을까요?"

"……."

진호는 창문을 바라보더니 그녀의 말뜻을 알아들은 듯 씩 웃었다. 그는 벌떡 일어나 아리야 옆에 가서 앉았다.

"이제 같은 쪽에서 볼 수 있군요."

그는 서슴없이 아리야의 어깨를 감싸 안았다. 그러자 그녀는 기다렸다는 듯 진호의 가슴에 얼굴을 기댔다. 태미 위넷은 컨트리의 여왕이란 칭호에 걸맞게 호소력 있는 목소리로 '디보스Divorce'를 열창하고 있었다.

"좋은 밤이군. 사실 나도 오늘밤 당신이 무척 보고 싶었소."

진호는 맥주잔을 기울여 한 모금 들이켰다. 차가운 한기에 온몸이 짜릿했다.

"……."

"사실 어젯밤 당신 부친이 ST그룹 회장이라는 사실을 알았소. 당신 친구들이 대화하는 걸 듣고 알았다오. 당신이 왜 내내 VIP 테이블에 있었어야만 했는지 이해가 되더군. 하지만 왠지 당신이 솜차이 회장님의 딸이란 사실을 알게 된 순간 기분이 묘해지더군.

당신이 말해주지 않았다 해서 당신을 탓하는 건 아니오. 하여튼 나하고 너무 차이가 나는 것 같은 생각이 얼핏 들었소. 혼자 술을 좀 마시고 싶었고 마시면서 많은 생각을 했었소. 결국 당신이 재벌의 딸이란 사실이 나한테는, 아니 우리 사이에는 아무런 문제도 아니란 결론을 얻었지. 그런 결론을 얻고 나니까 먼저 식장을 빠져나온 나 자신이 바보 같다는 생각이 들더군. 당신한테 사과하고 싶었는데 쑥스러워서 미적대고 있던 참이었지."

아리야는 그제야 허리를 바로 세우고 진호를 바라보았다.

"지극히 당연한 결론에 도달했군요. 난 내가 선택한 부모가 아니었고 내가 선택한 재벌 집 딸도 아니었어요. 난 이 세상에 태어나 성인이 된 이후 내 인생을 선택해서 살아갈 권리가 있다고 생각해요. 그런데 서른이 가까운 지금까지 난 내 의지대로 살아오지 못했던 것 같아요. 나, 조금 전에 아빠하고 다퉜어요. 내 나머지 인생이 걸린 결혼이란 문제 때문에요."

그녀는 목이 마른지 맥주잔을 들어 벌컥벌컥 들이켰다.

“나한테는 타놈이란 약혼자가 있어요. 엄밀히는 정식 약혼자는 아니에요. 내가 어렸을 때 양가 부친이 술자리에서 나눈 농담이었으니까. 그런데 그 농담이 20년이나 지난 지금 내 발목을 잡고 있는 거예요. 어이가 없어서……. 왜 아빠가 타놈과의 결혼에 집착하고 계신지 알아요? 그 사람 부친이 아빠하고 같이 사업을 일으킨 분인데 오래전에 비행기 사고로 돌아가셨어요. 당연히 아빠는 도의적으로 그분의 집안을 돌봐왔고 외아들인 타놈을 친자식처럼 대해 왔기 때문이에요. 그러나 아빠는 아빠고 나는 나 아니겠어요? 난 그 사람이 싫어요.”

아리야는 재차 맥주를 따라 마셨다.

“아리야!”

진호는 뭔가 해줄 말이 없었다.

“지노, 난 어쩌면 좋죠?”

아리야는 다시 진호의 어깨에 머리를 기댔다.

“마음에 들지 않는 상대와 결혼할 필요는 없소. 당신의 선택이 중요한 거요. 그리고…… 난 언제나 당신과 같은 편에 앉아 이렇게 창문을 바라보고 싶소.”

“그……말, 무슨 뜻이죠?”

아리야는 고개를 돌려 진호를 응시했다.

“당신이 동의한다면…… 언제나 당신의 달콤한 입술에 키스할 수 있는 유일한 남자가 되고 싶다는 말이오.”

"호호…… 지노 씨도……."

아리야는 어이가 없다는 듯 진호의 가슴을 두드렸다.

"하하……."

조금 전까지 그들을 짓누르던 고뇌의 무게를 털어버린 아리야와 진호는 서로의 마음을 확인하자 하늘을 날아가는 기분이었다. 감미로운 음악과 짜릿하고 시원한 생맥주의 감칠맛에 취해 버린 그들은 어둠이 깊이 내린 늦은 밤에야 무거운 엉덩이를 일으켰다. 카페에 남은 손님은 그들뿐이었다.

"어머, 비가 오네?"

카페를 나서자 비가 쏟아졌다. 진호는 다시 가게로 들어가 주차장까지 쓰고 갈 우산을 빌렸다. 그들은 서로 꼭 껴안은 채 주차장으로 걸어갔다.

"자, 그럼 조심해서 가요."

아리야가 차 문을 열자 진호가 말했다.

"당신도요."

마주 보는 아리야의 눈빛은 이별을 아쉬워했다. 그러한 아쉬움은 진호도 마찬가지였다.

"아리야!"

그녀의 이름을 부르며 진호의 입술이 가만히 그녀에게 다가갔다. 그러자 기다렸다는 듯 아리야가 진호의 목에 매달렸다. 쏟아지는 빗줄기 속에서 그들은 서로의 입술을 탐닉했다.

"사랑해, 아리야!"

"사랑해요, 지노!"

우산이 바닥에 떨어져 나뒹굴어도 서로의 사랑을 확인한 그들은 쉽사리 떨어질 줄을 몰랐다.

"사랑해요, 지노. 사랑해……."

쏟아지는 스콜은 순식간에 그들의 몸을 적셨다. 온몸이 녹아내리는 듯한 달콤한 사랑에 빠져버린 그들은 지금 당장 세상의 종말이 온다 해도 떨어질 것 같지 않았다.

타놈은 앞에 서 있는 차웽을 보자 짜증이 났다. 차웽은 타놈이 거느린 몇 명의 심복 중 한 사람으로서 마하랏 부동산 주식회사의 사장이었다. 반쯤 벗겨진 대머리가 오십 줄에 들어선 그의 관록을 말해 주고 있었지만 타놈 앞에서는 그저 말 잘 듣는 한 마리 강아지에 불과했다. 타놈의 말 한마디면 자신이 누리고 있는 모든 것을 하루아침에 잃을 수도 있었다.

"이봐요, 차웽 씨! 도대체 일을 어떻게 처리하기에 ST건설 앞에서 시위를 하게 만드는 거요?"

"죄송합니다. 저들이 워낙 강경하게 저항하는 바람에 협상이 쉽지 않습니다."

"협상이라니? 마하랏 회사 땅을 무단 점령한 채 지금까지 살아온 사람들과 무슨 협상이란 말이오? 정신이 있소, 없소?"

타놈은 소리를 버럭 질렀다. ST그룹은 비자금 조성이나 돈 세탁 등에 필요한 대여섯 개의 유령회사를 설립해서 유지해 오고 있었다. 이번 일처럼 재개발 지역의 땅을 유령회사 명의로 매입한 후 주민을 이주시키기 위해 전면에 내세우는 경우도 있었다. 지금도 마카산의 철거 대상 지역주민들이 완강하게 버티고 있어 ST건설이 그 지역에 대규모 오피스 빌딩을 세우려는 계획이 차질을 빚고 있었던 것이다.

"지, 지금 시청 관계자들과 함께 협상 중이니 조금만 시간을 더 주십시오."

차웽은 안절부절못했다.

"이봐요, 차웽 씨. 이미 두 달을 넘게 시간을 허비했소. 더 이상은 곤란하단 말이오."

"하지만……."

"그 땅은 우리 땅이오. 우리 땅을 불법으로 점령하고 있는 불한당들에겐 우리도 불법으로 맞설 수밖에 없소. 알겠소?"

"부…… 불법을 쓰다니요?"

"잘 들으시오. 다른 회사들도 간간이 써오던 수법 있잖소? 거 왜, 2년 전에 프라친 개발에서 썼던 수법 있잖소? 흐흐……."

타놈은 음흉스럽게 웃으며 의자에 깊숙이 몸을 기댔다.

"프, 프라친 개발에서 썼던……?"

차웽은 등줄기에서 식은땀이 났다. 그 역시 그 사건을 생생하게 기억하고 있었다. 프라친 개발은 재개발 지역주민들을 내쫓기 위해 새벽녘에 마을에다 방화를 했던 것이다. 많은 사상자가 났던 그 방화 사건은 누전에 의한 화재로 결론이 났고 그 지역에 빽빽이 들어

찼던 판잣집들이 몽땅 새카맣게 타버린 것이었다. 그 후 불과 일주일 만에 불도저가 들이닥치더니 깨끗하게 밀어버렸던 것이다. 타놈은 차웽이 그러한 방법을 쓸 것을 종용하고 있었다.

"그렇소. 일주일 시간을 주겠소. 그렇게 하든지 아니면…… 당신이 책임져야 할 거요. 당신 자리를 노리는 사람들은 얼마든지 있소."

싸늘한 타놈의 최후통첩에 차웽은 입술을 깨물었다. 잠시 생각에 잠기던 차웽은 크게 한숨을 내쉰 후 입을 열었다.

"알겠습니다. 곧 시행하겠습니다."

"잘 생각했소. 이번 일만 잘 마무리되면 방콕 크레딧 앤드 파이낸스로 영전해 갈 수 있을 거요. 하하……."

차웽은 대부업을 주로 하는 방콕 크레딧 앤드 파이낸스 사장 자리를 주겠다는 타놈의 제의에 입이 헤벌어졌다. 그의 얼굴에서 조금 전까지 망설였던 갈등은 도저히 찾아볼 수 없었다. 악마와 타협한 그는 영혼까지 저당 잡혀버린 것이었다.

진호는 아리야의 허리를 자연스럽게 안은 채 좁은 골목길을 걸어갔다. 조그만 우산으로 몸을 가린 그들은 웅덩이를 피해 걸음을 옮기기가 쉽지 않은 듯 진호는 이미 몸의 절반이나 비에 젖어 있었다. 일요일인 오늘 골프 치러 가자는 아리야의 요청을 진호는 철거민 정주협의회에 가기로 약속돼 있었기 때문에 들어줄 수 없었다. 그러자 가끔씩 철거민 정주운동에 관해 진호의 설명을 들어왔던 그녀가 없는 자들의 투쟁에 관심을 갖고 회의에 참석해 보기를 원했던 것이다.

"여긴 비만 오면 이렇게 질퍽해져. 걷기 힘들지?"

"괜찮아요. 덕분에 당신과 이렇게 꼭 붙어 있을 수 있잖아요? 후후……."

"그렇게 생각해 주니 고맙군. 자, 다 왔소. 여기요."

그들은 부겐빌레아가 만발한 이층집 앞에 다다랐다.

"꽃이 예쁘게 피었네요."

"자, 들어갑시다."

마당에 들어서자 집 안 여기저기에서 진호를 반기며 인사 소리가 들려왔다. 진호는 어느새 그들과 한 배를 탄 동지가 돼 있었다.

"어서 오세요."

완타니가 2층에서 내려오며 반갑게 맞았다.

"안녕하세요. 이쪽은 전화로 말씀드렸던 아리야 양입니다. 아리야, 이분은 이곳의 회장님이신 완타니 부인이야."

진호의 소개에 완타니와 아리야가 서로 인사를 나누었다.

"참 잘 오셨어요. 자, 저쪽으로 가시지요."

그들은 넓은 탁자가 놓인 테라스로 걸어갔다. 테라스로 들어서자 작업실에서 친타나가 나오며 반갑게 인사했다.

"오빠 오셨어요?"

"응, 친타나로구나."

"이 학생이 당신이 말했던 그 친타나란 학생이군요?"

아리야가 호기심 어린 눈길로 물었다.

"그렇소. 내 하나밖에 없는 여동생이지."

"질투 나는데요? 난 아리야라고 해요. 만나서 반가워요."

"네. 말씀 많이 들었어요. 친타나라고 해요."

친타나는 합장하며 인사했다.

"나에 대해 뭐라고 했는지 궁금한데요? 호호……."

아리야는 나이 차이가 많이 나는 친타나지만 왠지 모르게 진호의 동생으로 여겨지기보다는 같은 여자로서의 라이벌 의식이 느껴졌다. 그런 생각이 들자 자신이 너무 과민하다 싶었는지 피식 웃음이 나왔다.

"자, 다들 모이세요. 회의를 시작하겠습니다."

완타니가 소리치자 아래위층에서 회원들이 모습을 나타내며 테라스로 모였다. 이십여 명의 회원들이 모이고 따뜻한 재스민 차가 한 잔씩 돌려지자 완타니가 아리야를 소개했다.

"오늘 이 자리에 새로운 분이 참석하셨습니다. 지노 씨의 대학 동문이신 아리야 씨입니다."

박수 소리가 울리자 아리야는 자리에서 일어나 인사했다.

"저는 철거민 정주운동에 대해서는 아무 것도 모르는 사람이지만 여기 계신 지노 씨의 말씀을 듣고 안목을 넓히고자 따라왔습니다. 잘 부탁드립니다."

"짝짝……!"

아리야가 자리에 앉자 다시 완타니가 입을 열었다.

"여러분도 우리가 온 힘을 기울여 투쟁해 온 마카산 지역의 화재 사건을 보도를 통해 들으셨을 줄 압니다. 열세 명이 죽고 세 명이 실종됐습니다. 부상자는 백여 명에 이르고요."

좌중은 며칠 전에 발생한 최악의 화재 사건을 기억해 내자 표정이 굳어졌다. 불과 나흘 전에 발생한 화재는 한밤중에 강한 동남풍의 영향을 받아 삼백여 채의 판자촌을 순식간에 쓸어버렸던 것이다.

"당국에서 정확한 원인을 조사 중이지만 방화일 가능성이 높습니다."

"그럴 가능성이 높은 게 아니라 분명히 마하랏 부동산 회사의 고의적인 방화입니다."

현장에서 철거민과 함께 투쟁에 참여했던 수드라친다가 단정 짓듯 말했다.

"전에도 이와 유사한 사건이 몇 번 있었습니다. ST건설의 사주를 받은 마하랏 부동산 회사의 고의적인 방화가 틀림없습니다."

평소 침착함을 잃지 않았던 삭센까지 단정 짓듯 말했다.

"잠깐! 마하랏 부동산이 그럴 수 있다고 가정하더라도 ST건설이 그럴 이유가 있을까요?"

진호는 ST그룹의 계열회사가 거론되자 난감했다. 입장이 거북하기는 아리야도 마찬가지였다.

"겉으로 보기에 마하랏 부동산은 건축주고 ST건설은 시공사이지만 사실 마카산 일대는 ST건설이 마하랏 부동산을 내세워 매입한 지역입니다. 마하랏 부동산 사장인 차웽은 5년 전까지만 해도 꽁떠이 시장에서 놀고먹던 건달이었습니다."

"그렇다고 해서 그 사람이 부동산 회사 사장이 되지 말라는 법은 없지 않습니까?"

"마하랏 부동산 회사는 5년 전에 설립됐는데 ST파이낸스와 ST화학에서 자금이 흘러 들어갔습니다. 그리고 설립 당시 차웽이 사장으로 임명됐습니다. 일자무식에 건달패인 차웽이 무슨 연줄을 잡았는지는 모르지만 상식적으로 이해될 수 없는 일이지요."

"ST그룹 계열사에서 자금이 투자됐다고 해서 모든 걸 ST그룹 책임으로 몰고 갈 수는 없잖아요? 단순한 투자 목적으로 주주가 되는 경우는 허다하니까요."

논의 문제가 심각해지자 잠자코 있던 아리야는 자신이 나서야 할 문제라고 생각했다.

"그게 그렇지 않습니다. ST파이낸스와 ST화학이 20퍼센트의 주식을 갖고 있고 나머지는 후아막 무역, 타리펫분 유통 등 다섯 군데 회사에서 지분을 나눠 갖고 있는데, 이 회사들 역시 ST그룹의 계열사들이 출자해서 설립한 회사들입니다."

삭센은 그동안 마카산 재개발 지역에 얽힌 회사들의 이면을 상세하게 조사해 놓고 있었다.

"그럴 리가? ST그룹에 그런 회사들이 있단 말인가요?"

아리야는 후아막 무역이나 타리펫분 유통 등 듣도 보도 못한 회사들이 ST그룹에서 투자한 회사란 사실에 놀라움을 금치 못했다.

"그렇습니다."

삭센이 단정 짓듯 대답했다.

"그럴 리가 없어요. 뭔가 오해하신 걸 거예요."

아리야는 도리질을 치며 큰 소리로 말했다. 그녀의 과민한 반응에 좌중은 찬물을 끼얹은 듯 조용해졌다.

"아리야 씨는 ST그룹과 어떤 연관이 있으신가요?"

침묵을 깨고 완타니가 조심스레 물었다.

"네. ST바이오닉스라는 회사에 다니고 있습니다."

진호가 대신 대답했다. 아리야가 모르는 회사들이 ST그룹에 있는 게 사실이라면 보통 문제가 아니었다. 그녀는 ST바이오닉스에 재직하고 있었지만 그룹의 중요한 문제에는 거의 모두 관여하고 있었던 것이다.

"그랬군요. 하지만 유감스럽게도 지금까지 드린 말씀은 모두 사실입니다."

삭센은 유감을 표명했다.

"아닐 거예요. 만약 그 말이 사실이라면 ST건설의 사주로 마하랏 부동산에서 그토록 끔찍한 방화를 저질렀다는 추론도 가능하겠지만 어떻게 인간의 탈을 쓰고 그럴 수가……."

"있어요!"

아리야의 말이 채 끝나기도 전에 친타나의 입에서 생각지도 않았던 말이 튀어나왔다.

"분명 있었어요. 제가 열세 살 때였어요. 우리 집은 치앙마이 시내 동쪽의 성문 밖에 있었어요. 사유지의 판자촌이었죠. 땅주인은 치앙마이에서 빌딩도 몇 채씩 갖고 있던 갑부였어요. 대형 백화점을 세운다며 그 사람은 자신의 땅에 살고 있던 우리에게 무조건 한 달 안에 나가라고 경고했어요. 십년 넘게 그곳에 모여 살던 주민들 덕분에 그 주위가 번잡해지고 발전하다 보니까 땅값도 많이 올랐겠지요. 남의 땅에 사는 것도 불법적인 일이지만 땅주인이나 시에서는 판자촌 주민들 덕분에 그 지역이 발전해 온 사실을 인정해 줘야 했어요.

로이 끄라통 축제가 시작되기 일주일 전에 그 땅주인은 부하 두 명을 데리고 판자촌에 와서 최후통첩을 했지요. 사흘 안에 모두 자신의 땅에서 떠나라는 경고문을 붙였던 거예요. 하지만 그곳에 사는 사람들은 달리 갈 데가 없었어요. 백여 가구나 되는 빈민들이 시청에 대책을 요구했지만 사유지에서 벌어지는 일이라 신경 쓰지도 않았어요.

경고문이 나붙은 지 나흘째 되는 늦은 밤이었어요. 저는 저녁을 잘못 먹었는지 배가 아파서 화장실에 갔었지요. 가는 길목에서 플라스틱 통을 들고 담벼락 여기저기에 뭔가 뿌려대는 두 명의 남자와 마주쳤어요. 전 그때 어려서인지 그 남자들이 하고 있던 행동이 뭘 뜻하는지도 몰랐어요. 아리야 씨 말씀대로 인간의 탈을 쓰고 할 짓이 아니기 때문이죠. 전 그들을 지나쳐 화장실로 가는데 저를 보고 놀라서 한쪽 벽에 붙어선 남자가 눈에 익었어요. 나중에 기억났는데 땅주인과 함께 왔던 부하 중 한 명이었어요. 휘발유 냄새가 주변에서 진동하더군요. 제가 사라진 후 불길이 치솟았어요. 화장실은 동네 어귀에 있어서 저는 천운으로 살아남을 수 있었어요. 그러나 부모님은……."

친타나의 맑은 눈동자가 붉게 충혈됐다. 끔찍했던 과거가 되살아나는 모양이었다. 슬픔을 억누르며 친타나는 다시 말을 이었다.

"불길 속에 갇혀 돌아가셨답니다. 무섭게 타오르던, 그때 제 눈엔 세상이 온통 불바다였었지요. 그 불길 속에서 여섯 명의 귀한 목숨이 희생되었습니다. 그 여섯 명 중 제 부모님이 포함되었던 거죠. 전 어른들에게 분명히 땅주인의 부하가 했던 행동을 말했고 어른들은 시청이며 경찰서로 찾아가 고발하고 항의해 봤지만 제 이야기는 받아들여지지 않았어요. 객관적 근거가 없다는 거죠. 문제의 그 남자도 이미 어디론가 사라져버린 후였고요. 결국 화재는 늘 그래왔듯이 누전 때문으로 결론이 났어요."

친타나는 말을 마치자 끝내 눈물을 떨구고야 말았다. 진호와 아리야에게 친타나의 과거는 충격적이었다.

"그랬었구나, 친타나."

진호가 해줄 수 있는 말은 그게 전부였다.

"정말 믿지 못할 이야기군요. 만약 마카산 화재의 배후가 여러분 말대로라면 그에 대한 충분한 보상과 사후 처리를 하겠어요. 이건 제가 약속드릴 수 있어요. 하지만 먼저 조사 결과를 지켜보도록 하겠어요."

아리야는 이루 말할 수 없이 큰 충격을 받았다.

"그렇게 말씀해 주시니 감사합니다만 아리야 씨가 보상을 약속할

만한 위치에 계시지 않아 유감입니다."

삭센이 정중하게 말했다.

"그럴 만한 위치에 있는 사람입니다. 그건 여기 계신 지노 씨가 보증하실 수 있습니다."

그녀의 호언에 참석자들의 시선이 집중되었다.

"그렇습니다. 제가 아리야 씨의 말씀을 보증합니다."

"지노, 머리가 좀 어지럽군요. 이만 갔으면 좋겠어요."

아리야는 자리에 앉아 있기조차 힘들었다.

"그럽시다. 아무래도 충격이 큰 것 같소."

그는 일어서며 아리야를 부축했다.

"그럼, 이만 가보겠습니다."

진호는 완타니를 돌아보며 말했다.

"네. 그러시지요. 오늘 괜한 걸음을 하신 것 같습니다."

완타니가 걱정스러워했다.

"별 말씀을. 그럼 안녕히 계십시오."

진호와 아리야는 마당으로 내려섰다. 빗방울은 아직도 추적추적 뿌려대고 있었다.

"잠깐만 기다려요, 아리야."

진호는 우산을 아리야에게 넘겨주고 친타나에게 다가갔다.

"친타나야! 뭐라고 위로의 말을 해야 할지 모르겠구나. 녀석도…… 그런 아픔이 있는 줄도 모르고……."

"아니에요, 오빠. 먼 과건데요, 뭐. 어서 가세요. 아리야 언니가 기다리잖아요."

친타나는 손끝으로 눈가를 훔쳤다.

"앞으로는 그런 가슴 아픈 일은 없을 거야. 오빠가 널 지켜줄게, 알았지? 용기를 갖자꾸나."

"네. 고마워요, 오빠."

"그래, 그럼 나중에 전화해라."

"네."

진호는 조금 더 친타나의 아픈 과거를 어루만져 주고 싶었지만 아리야 때문에 지체할 수가 없었다. 그는 다시 빗속을 뛰어 아리야에게 다가갔다. 자그마한 우산 아래 서로를 감싸 안으며 걸어가는 그들의 뒷모습을 바라보던 친타나는 왠지 자꾸만 서러움이 북받쳐 올랐다. 혼자 있는 자리라면 그냥 마구 울고 싶은 심정이었다.

인간이란 사랑받기 위해 태어난 존재다.
그리고 물건이란 사용되어지기 위해 만들어진 것이다.
그런데 지금 이 세상이 혼돈 속에 빠진 이유는
물건이 사랑을 받고 있고
사람들이 사용되어지고 있기 때문이다.

- 달라이 라마 -

혼돈의 세월

"여어! 어서 오시오. 무슨 바람이 불어서 내 사무실까지 오셨소? 허허……."

아리야가 들어서자 타놈은 의외라는 듯 반색하며 맞았다. 아리야는 방에 들어서자 말없이 타놈을 바라보았다. 여전히 여유 만만하고 거만한 기색은 있었지만 음흉한 구석은 별로 찾아볼 수 없었다. 아리야는 어제 정주운동 본부에서 들은 이야기가 기우이길 바라며 소파에 앉았다.

"우리 ST그룹에 내가 모르는 회사가 몇 개나 있나요?"

아리야는 단도직입적으로 물었다.

"무슨 소리요?"

타놈은 반문하며 아리야와 마주 앉았다.

"마하랏 부동산 회사, 타리펫분 유통 회사들은 뭐지요?"

"당신이 어떻게 그걸?"

타놈은 순간 당황했다.

"우리 그룹 계열사들이 투자해서 설립한 회사들이 맞나요?"

"맞소."

"그런데 왜 계열사에 편입이 안 된 거죠?"

"그건 그 회사들의 설립 목적에 우리 그룹의 이익을 위한 공개할 수 없는 중요한 역할이 있기도 하고 우리 계열사들의 지분이 경영권을 장악할 만큼 많지 않아서 그렇기도 하오."

"그 중요한 이익이 뭘 뜻하나요? 마카산 방화 사건을 사주하는 그런 것도 포함되나요?"

아리야는 타놈을 주시하며 그의 표정 하나하나를 뚫어지게 지켜봤다.

"아니, 무슨 그런 악담을? 이봐요, 아리야! 말이 지나치군. 우리 그룹뿐 아니라 웬만한 대기업들은 그런 유령 회사쯤은 몇 개씩 갖고 있소. 로비를 위한 비자금 조성이나 가끔씩 정계로부터 요청받는 정치자금 세탁, 영업실적 확대를 통한 거액 대출 등 사업을 해 나가면서 정상적인 업무 이외에 편법을 사용해야 할 일들이 많소. 그 회사들은 그러한 일들을 원활하게 처리하기 위한 도구일 뿐이오."

타놈은 아리야가 마카산 화재를 거론하자 뜨끔했지만 순간적인 기지를 발휘해서 아리야의 의구심을 피해 갔다.

"경영권을 장악할 만큼 지분이 많지 않다는 이야기도 믿을 수 없어요. 당신이 말하는 유령 회사들의 지분은 교묘하게 분산해서 투자하기는 했지만 모두 우리 그룹에서 자금이 동원된 거예요. 아니라고 부인할 수는 없을 텐데요?"

아리야의 날카로운 추궁에 타놈은 식은땀이 흘렀다.

"무슨 근거로 그런 이야기를 하는 거요?"

타놈은 끝까지 버틸 요량이었다.

"무슨 근거? 마카산 주민들을 도와주던 철거민 정주협의회 사람들이 그러더군요. 그 사람들은 나보다 더 자세히 우리 그룹 사정을 알고 있었어요."

"당신이 어떻게 그들과……?"

타놈으로선 도저히 이해가 안 됐다. 아리야와 철거민들 사이에 그 어떤 연관성도 찾아볼 수 없었던 것이다.

"친구 소개로 우연히 그들을 알게 되었어요. 그들이 근거 없는 말을 했다는 건가요? 난 그렇지 않다고 생각해요. 당신이 올바로 알려주지 않더라도 나 나름대로 알 수 있는 방법은 많이 있어요."

"……."

"회장님도 알고 계신 회사들인가요?"

"몇 개는 알고 계시오."

타놈은 더 이상 버틸 수가 없었다.

"그럼, 그 몇 개 이외에는 당신이 임의대로 설립한 회사들이군요. 그리고 나도 믿고 싶지 않은 일이지만 마카산 화재 사건은 우리 그룹 계열사인 ST건설이 사주한 방화 사건이라는 설이 제기되고 있어요. ST건설이 그런 일을 저질렀다면 그룹의 이미지에 금이 가는, 아니 그룹 전체가 주저앉아 버릴지도 몰라요.

타놈! 당신한테 경고하고 싶군요. 지금 당장 그 유령 회사들을 없애 버리고 마카산 지역주민들에게 도의적으로라도 최대한 보상해 주세요. 그리고 경찰의 조사 결과에 따라 뒷일을 말끔히 정리하세요, 그럼."

아리야는 말을 마치자 벌떡 일어섰다.

"아리야, 그들의 요구를 들어주면 우리가 방화했다는 걸 시인하는 꼴이 되오."

타놈은 정신이 없었다. 단단히 약점을 잡힌 셈이 되었다.

"타놈! 도의적으로 심심한 위로의 차원에서 말이에요. 당신 말대로 그런 짓을 안 했다면 말이에요."

아리야는 타놈을 쏘아보곤 이내 방문을 나섰다. 타놈은 울화가 치밀었다. 어떻게 그런 중요한 비밀이 아리야에게 들어갔는지…….

그는 이빨을 갈더니 수화기를 집어 들고 어디론가 전화를 걸었다.

"끼엥삭?"

"아, 예. 타놈 상무님이시군요. 어쩐 일로?"

끼엥삭은 마헤삭 경찰서의 형사반장이었다. 그는 오래전부터 타놈의 개인적인 일을 해결해 주고 그때마다 대가를 받아 오곤 했었다.

"철거민 정주협의회라고 아시오?"

"철거민 정주협의회라? 허허…… 갑자기 그런 사회단체는 왜?"

"철거민 정주협의회가 어디 있는지, 그리고 우리 회사에 아리야란 임원이 있는데 언제 그들을 찾아갔었는지 빨리 좀 알아봐 주시오. 그리고 그녀를 정주협의회에 데려가 소개한 사람이 있는 것 같은데 그 사람이 누군지 꼭 좀 알아봐 주시오."

타놈은 따발총을 쏘듯 빠르게 지시했다.

"꽤 급하신 모양이군요. 알겠습니다. 최대한 빠르고 정확히 알아보겠습니다."

"고맙소, 그럼."

통화를 끝낸 타놈은 회전의자에 깊숙이 몸을 기댄 채 아리야를 정주협의회에 소개한 사람이 누군지 나름대로 유추해 보았다. 그러나 자신이 아는 아리야 주변 사람들 중 그런 불순 단체에 연관될 만한 사람은 없었다. 도대체 어떻게 알았단 말인가? 타놈은 머리가 지끈지끈 아파 오기 시작했다.

교정에는 수업이 끝난 후의 나른함이 감돌고 있었다. 왕궁 앞에 자리 잡은 T대학은 1973년에 군사 정권에 대항하여 학교 내에서 농성 중인 대학생들을 무차별 학살한 '피의 일요일' 사건으로 인하여 민주화의 성지로 이름이 높았다. 그런 까닭에 T대학 졸업생이나 재학생들은 선배들의 값진 희생정신을 이어받아 다른 어느 대학교 학생들보다 민주화 투쟁의 열기가 높았다. 지금도 모두 하교한 조용한 시간이었지만 친타나를 비롯한 몇몇 학생들이 모인 학생관의 한 동아리 방에선 늦은 오후의 나른함 대신 젊은 학생들이 내뿜는 열기로 후끈 달아올라 있었다.

"다음 달 중순경부터 전국적으로 시위가 벌어질 거야. 더 이상 수친다 무리의 국정농단을 두고 볼 수 없어서이지. 우리나라가 언제까지나 군인들에 의해 휘둘러질 수는 없는 거야. 우리나라는 밥 먹듯이 되풀이돼 온 쿠데타 때문에 발전이 늦어졌어. 총칼로 정권을 잡은 군인들이 가장 먼저 하는 건 나라의 이권을 독점하고 차관을 빼돌리는 일이야. 전 국민의 3퍼센트밖에 안 되는 기득권층이 전체 부의 80퍼센트 이상을 나눠 갖고 있는 기현상이 대를 이어 고착되고 있어. 이제 더 이상 쿠데타는 없어져야 해. 목숨을 걸고 우리의 선배들이 이 나라의 민주주의를 바로 세우려 했듯이 우리 학생들이 지금의 군사 정권에 맞서 그 선봉에 서야 마땅해."

수탓은 20여 명의 학생들을 둘러보며 열변을 토했다. 그는 2년 전 T대학을 졸업한 후 조그만 중소기업에 취업했었다. 그러던 중 순톤 합참의장과 수친다 육군사령관이 군을 동원해 당시 수상이었던 찻차이 춘하반 수상을 연금한 후 정권을 장악하자 미련 없이 사표를 내고 군사 정권에 맞서 민주 진영에 가담했던 것이다.

육군사령관 수친다가 주도한 국가평의회가 부정선거로 정권을 잡고 수상으로 취임하자 태국 전역에서 반정부 시위가 산발적으로 일어나기 시작했다. 수친다 정권이 강압적인 진압 정책을 취하자 민주 진영은 유명한 청백리인 잠롱 스리무앙 방콕 시장을 중심으로 단결해 조직적으로 반정부 투쟁을 전개하고 있었다. 이 혼란의 와중에서 수탓은 과대표와 반독재 투쟁에 관심이 있는 후배들을 모아 민주화 투쟁의 한 축을 담당하도록 설득하고 있는 중이었다.

"군사 정권의 폐해가 어제오늘의 문제가 아니잖아요? 저는 정말 이 나라에 태어난 게 불행이라 생각될 때도 있어요. 우리나라만큼 쿠데타가 빈번하게 일어난 나라는 없잖아요?"

기계공학과 대표인 탁신이 고개를 가로저었다.

"빈번한 쿠데타는 우리나라 정치사의 특징인 '카나'라고 하는 정치집단 때문이야. 첫 군사 쿠데타가 일어난 1934년 이후 군, 정, 관계의 인사들이 혈연, 학연, 지연 등으로 뭉쳐 각 집단의 이익만을 도모했기 때문이지. 그런 '카나'끼리의 헤게모니 쟁탈전이 쿠데타로 표출되고 정통성 없는 정권이 계속 들어서다 보니까 시민의식이 충분히 깨어 있는 이 20세기 끝 무렵에도 대다수 국민을 우롱하는 무리들이 설치게 되는 거야."

수탓은 정치외교학과 출신답게 태국의 군사 쿠데타 발생 배경과 그에 따른 군부 독재의 악순환을 설명했다.

"그런 군사 정권에 부역하는 몇몇 기생충들 때문에 법질서가 문란해지고 가난하고 소외된 자들이 그들의 인간으로서의 최소한의 권리마저도 박탈당하는 걸까요?"

유심히 대화를 경청하던 친타나가 수탓에게 물었다.

"바로 맞췄어, 친타나. 정통성 없는 군사 정권이 유지되려면 그들에게 빌붙는 매판 자본가나 관리들에게 그들의 이익을 보장해 줘야 하고 또 그들의 비리를 적당히 눈감아 줘야 할 필요가 있지. 매판 자본가들은 불법적인 거래를 통해 통치자금을 조달해 주고 관리들은 법을 유리하게 적용해 가면서 그들의 비리를 감싸 주지. 네가 관심을 갖고 활동하는 철거민 문제만 해도 그래. 몇 십 년을 통해 군사 정권이 반복적으로 들어서다 보니 국민의 기본권 자체가 무시되고 마는 거야. 국민을 우습게 아는 거지. 정권 타도를 외치면 쥐도 새도 모르게 끌려가 인간으로선 견딜 수 없는 치욕적인 고문을 받는 건 예사고 노동법에 명시된 정당한 권리를 주장하는 노동자는 그날로 해고되는 게 다반사야. 너도 철거민과 시위를 벌여 봤으니까 있는 자들이 공권력을 어떻게 남용하는지 잘 알 거야."

"그렇다면 철거민 정주운동 같은 사회운동보다는 반독재 투쟁 같은 민주화 운동을 통한 민주 정부 수립이 사회개혁에 더 효과적이란 말씀이네요?"

"그래, 잘 봤어. 정부가 국민의 요구를 들어주고 봉사하는 자세가 돼 있어야 시민운동이 활발해지고 국민들도 비로소 권리를 찾을 수 있는 거야. 그러니 너도 민주화 운동에 동참하는 게 나을 거야. 너 같은 열정만 있다면 저 간악한 수친다 정권도 금방 두 손 들 거야."

친타나는 수탓의 설명을 듣고 깊은 생각에 잠겼다. 그의 말은 아주 지당했다. 그러나 자신이 선뜻 민주화 투쟁에 동참할 용기가 있는지는 의문이었다.

강진호는 콧노래를 흥얼거리며 실롬가로 들어섰다. 토요일 오후라서 그런지 도심 한복판임에도 거리는 한산했다. 그는 천천히 방콕 은행 본점 건물 앞에 정차했다. 앞뒤를 살펴보던 그는 저만치서 다가오는 친타나를 발견했다.

"안녕하세요."

조수석에 오르며 친타나가 반갑게 인사했다. 화려한 열대의 기하학적인 무늬가 알록달록 새겨진 흰색 티셔츠에 하체에 꼭 달라붙는 블루진 차림의 친타나는 평소와는 전혀 다른 섹시하고 발랄한 모습이었다. 진호가 기억하는 그녀는 항상 단정한 단발머리에 수수한 대학생복 차림이었다.

“응, 잘 지냈니? 오늘은 아주 다른 사람 같은데 멋진 남자하고 데이트라도 하기로 했니?”

“훗, 휴일이라 그냥 편하게 입어 봤어요.”

“옷이 날개라더니 교복 입을 때보다 훨씬 나은데? 이렇게 발랄하게 차려입고 다니면 남학생들이 줄줄이 따를 거야. 하하…….”

“아이! 그만 놀려요, 오빠.”

친타나의 얼굴이 빨개졌다.

“그래, 그래.”

진호의 벤츠는 사톤 대로로 접어들어 탁신 대교를 건너갔다. 그들은 좁은 도로를 이리저리 끼고 돌아 철거민 정주협의회 근처의 공터에 도착했다. 더 이상 차가 들어갈 수 없는 빈민촌이기에 진호는 올 때마다 항상 그 공터에 주차시키곤 했다. 좁은 골목길로 그들이 사라지자 저만치 공터 한 편에 도요다 코롤라가 조용히 따라와 섰다. 검게 선팅 된 창문이 스르르 열리자 끼엥삭의 얼굴이 나타났다. 그는 며칠 전부터 철거민 정주협의회를 조사한 결과 강진호가 관련된 사실을 알아냈고 아리야를 정주협의회에 데려갔던 장본인이라는 걸 확인할 수 있었다.

그는 강진호가 철거민 정주협의회에 관여하고 있다는 증거를 잡기 위해 며칠 전부터 미행하며 사진을 찍어 왔던 것이다. 그는 소형

카메라를 바지 주머니에 쑤셔 넣고 차에서 내려 진호가 사라진 골목을 향해 어슬렁어슬렁 걸어갔다.

"어느 나라든지 법은 있지만 있는 자들에게 유리하게 적용되기 마련입니다."

진호는 완타니와 삭센 등 정주협의회의 몇몇 간부들과 꽁떠이 재개발지역 철거민을 위한 보다 효율적인 시위를 계획하고 있었다.

"하지만 시위를 하는 형식에 있어서 물리적으로만 맞설 게 아니라 그래도 법 테두리 내에서 해결되기를 바라는 방향으로 나가야 합니다. 시위의 궁극적 목표는 이주에 따른 보상금을 더 받자는 게 아니지 않습니까? 물리적으로 맞서다 보면 상대에 대한 격한 감정이 고조되기 마련이고 결국 힘없는 우리만 무참하게 당하게 됩니다. 그러므로 철거민을 지원하는 시민단체들과 협의해서 각 단체가 갖고 있는 특성들을 살려 역할을 분담해야 합니다.

한 가지 문제를 여러 방면에서 이슈화하자는 이야기지요. 언론도 적당히 이용해서 시민들의 관심을 유도하고 변호사의 조언을 받아 도시 빈민인 철거민들에게 정착지의 매입과 주택 건설의 장기 저리 융자, 상·하수도, 전기, 도로 등의 제반 시설에 관한 관계 법령을 들춰내서 시 당국을 꼼짝 못하게 만들어야 합니다. 누구보다 법을 지켜야 하는 관리들인 만큼 그들이 빠져나갈 수 없도록 해야 우리가 승리합니다. 재개발 지역의 땅주인이나 철거 회사, 시공사들과는 되도록 마찰을 피해야 합니다. 어차피 버텨봤자 밀려날 건데 며칠 더 버티려다가 많은 사상자를 낼 우려가 있으니까요.

원래가 남의 땅이니 내놓긴 내놓아야 하는 것이고 시유지가 됐든 사유지가 됐든 관계 법령과 방콕시 조례를 철저하게 연구해서 철거민들의 정착촌 이주 시 기본 권리를 찾는 데 철거민 정주운동의 초점이 맞춰져야 할 것입니다."

진호는 자신이 한국에서 경험했던 철거민 정주운동의 사례를 담담하게 이야기했다.

"참 좋은 말씀이오. 우리 태국에서는 시민운동이 태동한 지 일천한지라 체계적인 투쟁 방법을 세우지 못했습니다. 선례가 없는 시민운동을 해 나가니 만큼 시행착오가 있다는 점을 부인할 수는 없겠지요."

삭센이 진호의 발언에 동의하듯 고개를 주억거렸다.

"시 당국도 도시 빈민들이 방콕시에서 맡고 있는 역할의 중요성을 간과해선 안 된다고 생각해요. 그들이 없다면 방콕시는 쓰레기가 넘쳐 나고 교통이 마비되는 건 물론 농수산물의 유통 및 하역에도 막대한 지장이 올 거예요. 그런 사회 밑바닥에서 고된 일을 하는 그들을 우대하지는 못하더라도 최소한의 생존권마저 박탈할 수는 없는 일이에요."

완타니의 주장은 세계 어느 도시를 가든 공통적인 문제였다. 지방에서 먹고살 것을 찾아 도시로 찾아드는 농민들이 도시의 밑바닥 일을 하면서 하나둘씩 모여 살게 된 것이 지금의 빈민촌을 이루었다. 근본적인 대책 없이 그들을 내몬다는 것은 도시의 어느 한구석에 또 다른 빈민촌을 형성하게 만드는 악순환만 되풀이될 뿐이었다. 그들을 더 이상은 천덕꾸러기 취급을 하지 말아야 하고 시민의 일원으로 포용하는 획기적인 정책이 필요했다. 정주협의회 회원들은 강진호와의 토론에서 많은 것을 배울 수 있었다. 진지하게 토론에 임하는 그들의 모습에서 진호는 이 나라의 시민운동이 그리 비관적이지만은 않다는 느낌이 들었다.

"그런데 친타나야! 물론 네가 하는 말도 일리가 있어. 하지만……."

진호는 친타나가 잠롱의 민주 캠프로 옮겨가서 민주화 투쟁을 하겠다는 의향을 밝히자 걸음을 멈추고 그녀를 지그시 응시했다.

"네가 상상할 수 없을 정도의 고통이 따를 수도 있을 거야. 물론 태국의 현실이나 군부의 대처 방법이 한국과 다를 수도 있겠지만 군사 정권의 본질은 같은 거야."

"하지만 지금 국민 모두가 궐기해서 수친다 정권에 맞서고 있잖아요? 나 하나쯤은 하고 자신의 안위만 생각한다면 영영 군사 독재의 폐단에서 벗어나지 못할 거예요."

진호는 마치 11년 전 수경과 마주 서서 이야기하는 느낌이 들었다.

"나도 네가 이 나라를 위해 민주화 운동에 투신하는 걸 막자는 건 아니야. 다만 네가 지금처럼 네 자리에서 시민운동의 한 축을 담당하는 것도 이 나라를 위하는 길이란 얘기야. 그리고 난 너에게 어떤 일이 생길까 봐 불안하단다."

"수경 언니처럼요? 걱정 마세요. 그런 일은 절대 없을 거예요."

"근본적인 사회 개혁에 동참하려는 네 마음은 이해하지만…….

친타나야! 하나밖에 없는 오빠를 위해 그 생각을 접을 수는 없겠니? 부탁이다."

진호의 눈빛은 안타까움으로 가득했다. 그런 그의 눈빛을 친타나는 거부하기 힘들었다.

"알았어요, 오빠."

"그래, 고맙구나. 내가 널 얼마나 생각하는지 모를 거야."

진호는 친타나가 주장을 굽히자 마음이 놓였다. 그들은 어느새 공터에 다다랐다.

"그럼, 나 먼저 간다."

진호가 차 문을 열며 말했다.

"네. 전 사원에 좀 들렀다 갈게요."

"그래라. 그럼 전화 자주 하고……."

"네."

진호의 차가 출발하자 친타나는 차가 시야에서 사라질 때까지 지켜보았다. 왠지 아쉬움이 남은 것 같은 생각에 그녀는 가볍게 한숨을 내쉬고는 뒤로 돌아 사원으로 걸어갔다. 언제부터인가 습관이 되다시피 한 한숨 소리는 친타나 자신도 그 원인을 찾기 어려웠다. 다만 진호와 헤어질 때면 항상 공허한 아쉬움이 남았고 뜻 모를 미련에 자신도 모르게 한숨이 새어 나오곤 했다. 그렇게 무거운 발걸음으로 좁은 골목을 휘청거리듯 친타나가 걸어가자 그제야 공터 한쪽에 서 있던 도요타가 소리 없이 진호가 사라진 방향으로 따라 움직였다.

사무실의 분위기는 착 가라앉아 있었다. 타놈은 연신 줄담배를 피웠다.

"수고했소. 그놈이 아리야를 그런 불순 단체에 끌어들였다는 얘기지? 끼엥삭 씨! 여기 이놈을 어떻게 처리할 수 있는 방법이 없겠소?"

타놈은 테이블 위에 놓인 강진호의 사진을 가리키며 물었다.

"방법이야 있지요. 상무님께선 어느 정도까지 원하십니까?"

끼엥삭이 코를 실룩거리자 왼쪽 눈 밑의 검은 사마귀도 따라서 실룩거렸다.

"우리나라에서 추방돼서 두 번 다시 들어올 수 없게 할 수 있겠소?"

타놈이 은근한 표정으로 물었다.

"추방이라? 가능하죠. 철거민 정주협의회가 불법 단체는 아니지만 외국인 신분으로 국내 사회단체에 깊숙이 관여하고 있다면 꽤 껄끄러운 문제죠. 충분히 문젯거리를 만들 수 있을 겁니다. 헤헤……."

"그래요? 어떻게든 이놈을 꼼짝달싹 못하게 추방시켜 주시오. 사례는 톡톡히 하리다."

"이 녀석한테 감정이 많으신 모양이군요. 염려 마십시오. 당장 서에 돌아가서 이놈에 대한 정보를 정리해서 연행하도록 하겠습니다."

"고맙소!"

타놈은 앓던 이가 빠진 기분이었다. 그는 강진호의 사진을 집어 들고 매섭게 노려보았다.

'너도 이젠 끝장이야!'

타놈은 담뱃불로 진호의 얼굴을 지져댔다. 인화지가 타들어 가는 매캐한 냄새와 함께 진호의 얼굴에 커다랗게 구멍이 뚫렸다.

"이봐, 강진호! 여긴 태국이지 한국이 아니야. 당신은 왜 그런 불순 단체에 관여해서 그들을 선동하고 자금을 지원했나?"

촉 낮은 백열전구가 위태롭게 대롱대롱 매달려 있는 좁은 취조실에 강진호와 마주 앉은 끼엥삭이 고압적인 자세로 다그쳤다.

강진호는 사무실에서 갑자기 들이닥친 경찰들에 의해 마헤삭 경찰서로 연행되었었다. 영문을 알 수 없던 강진호는 오후 내내 유치장에 처박혀 있다가 저녁 무렵에야 끌려나와 취조받는 중이었다.

"선동하다니? 난 선동한 적 없소. 그들에게 한국에서 있었던 철거민 정주운동의 성공적 사례에 대해 이야기해 주었을 뿐이오. 그리고 난 자금이라고 불릴 만큼 거액을 희사한 적도 없소. 어느 나라, 어느 사회에서든지 어렵고 소외된 사람들을 위해 좋은 일 하는 단체에 기부금을 내는 일은 흔한 일이오. 형사 나리께서 너무 과민하신 것 같소."

강진호는 침착하게 대답했다.

"외국인이 그런 불순 단체에 관여하면 법에 저촉된다는 걸 몰랐단 말이야?"

"그 단체가 왜 불순 단체요? 잘못된 정부 시책에 반기를 들면 모두 불순 단체란 말이오? 아니면 군사 정권 타도를 외치는 민주 단체라 그렇다는 말이오?"

진호는 어이가 없어 빈정거리듯 말했다.

"강진호! 군사 정권이라니? 말을 함부로 하면 어떻게 되는 줄 알아?"

"군사 정권이라는 말에 너무 민감하시군. 내 말은 집 없이 쫓겨난 빈민들을 구제하는 단체가 왜 불순 단체라는 거요? 태국 법에는 그런 단체가 불법 단체라고 명시돼 있소? 나 참! 당신도 이 나라 국민이고 국민의 세금으로 월급을 받는 공무원인데 어떻게 그렇게 하는 말마다 권력 있고 돈 있는 자들이 하는 말하고 똑같은 말만 하는 거요? 도저히 이해할 수가 없구려."

"이, 이런……! 너하고 말장난할 만큼 한가하지는 않아. 너에 대한 증거는 모두 모아져 있어. 네가 진술을 거부한다 해도 우리가 모아 놓은 증거들이 너의 불법적인 행위들을 뒷받침해 줄 거야. 넌 재판받고 추방당할 거야. 도저히 빠져나갈 수 없도록 해 놨거든, 하하하……."

끼엥삭은 뭐가 그리 통쾌한지 크게 웃음을 터뜨렸다.

"변호사에게 연락해 주시오!"

진호는 추방이란 말에 가슴이 덜컹했다.

"변호사? 내일쯤 연락해 주지. 면회도 물론 허락하고, 흐흐……."

"지금 당장 해 주시오."

진호는 단호하게 요구했다.

"아, 지금은 안 된다니까? 나도 퇴근해야 하니까 내일 하자고. 그럼 더 이상 제대로 불 것 같지 않으니까 유치장으로 가야겠군."

끼엥삭은 서류를 챙겨 들고 문을 열었다. 손목을 채운 수갑의 차가운 감촉에 몸서리치며 진호는 앞장서서 유치장을 향해 걸어갔다. 그는 오전 10시에 연행되어 지금까지 변호사는커녕, 면회도 거부당한 채 지내 왔던 것이다. 군사 정권하에서는 이처럼 경찰서에서도 버젓이 불법 감금이 이뤄지고 있었다. 이곳에서 진호는 약자였다. 그의 요구는 묵살되었고 재판이 시작되지도 않은 상태에서 아무런 권리도 없는 일개 형사로부터 이미 추방이란 선고까지 받은 셈이었다.

다시 유치장의 차가운 콘크리트 바닥에 주저앉은 진호는 마치 11년 전 한국의 경찰서에서 받았던 수모와 법을 수호해야 하는 형사들로부터 거리낌 없이 자행되는 불법적인 행위들을 다시 겪는 것 같았다. 담배를 피워 무는 그의 뇌리에 태국의 유치장이 단 한 가지 한국의 경찰서 유치장보다 나은 점이 떠오르자 피식 웃음이 나왔다. 그것은 그 절망의 순간들을 잠시나마 잊을 수 있도록 자유롭게 담배를 피울 수 있다는 점이었다.

아침부터 추적추적 내린 비는 늦은 오후가 되자 더욱 세차게 내리기 시작했다. 12월로 접어들어 우기 철이 지났음에도 올해는 유난히 우기가 긴 것 같았다.

책상에 앉아 서류를 뒤적이던 아리야는 창문을 두드리는 빗소리에 눈길을 돌려 창밖을 내다보았다. 유난히 비를 좋아하는 강진호의 미소 짓는 모습이 빗줄기에 투영되었다.

'지금 뭘 하고 있을까?'

아리야의 입가에 미소가 번지는가 싶자 그녀의 손은 어느새 전화기의 버튼을 누르고 있었다.

"삐리릭…… 삐리릭……!"

웬일인지 진호의 셀폰은 신호만 갈 뿐 받지를 않았다. 고개를 갸웃거린 그녀는 진호의 회사로 전화를 걸었다.

"안녕하세요. 리젠트 여행삽니다."

몇 번 진호의 사무실에서 본 적이 있는 강수정의 목소리였다.

"네. 아리얀데요, 진호 씨…… 계세요?"

"어머! 아리야 씨. 제가 연락 드리려고 했는데 연락처를 몰라서……. 큰일 났어요! 지금 사장님께서 마헤삭 경찰서에 계세요."

"뭐라고요? 아니, 무슨 일 때문에 경찰서에……."

수정의 다급한 목소리에 아리야는 진호에게 심상치 않은 일이 일어났음을 느꼈다.

"어제 아침 10시경에 마헤삭 경찰서에서 경찰 두 명이 와서 사장님을 연행해 갔어요. 지금까지 면회도 안 되고 어디 연락할 데도 없어서 끙끙 앓고 있던 참이었어요. 어쩌면 좋죠?"

수정은 금방이라도 울음을 터뜨릴 것만 같았다.

"무슨 이유로 연행됐나요?"

아리야는 일단 진호의 행방을 알자 침착해졌다.

"자세한 건 모르겠는데 아마 철거민 정주협의회 때문에 그런 것 같아요."

"그래요? 그게 왜 연행 이유가 될까? 알았어요. 지금 내가 가 보죠."

"저도 지금 가겠어요."

"그래요. 그럼 경찰서에서 만나요."

"네."

아리야는 통화가 끝나자 곧 어디론가 전화를 걸었다.

"나라왓 변호사님? 저, 아리야예요."

"오, 아리야 양! 오랜만이군요. 그래, 내가 뭐 도울 일이라도?"

나라왓은 아리야의 전화에 반색했다. 그는 ST그룹 고문 변호인단의 대표였다.

"아주 친한 친구 한 사람이 어제 마헤삭 경찰서로 연행됐어요. 지금까지 면회도 거부된 채 감금돼 있나 본데 무슨 일 때문인지 알아봐 주세요. 그 사람은 한국인인데 이름은 강진호라고 해요. 시민단체인 철거민 정주협의회의 후원잔데 그 일 때문에 연행됐다는 이야기가 있어요."

아리야는 침착하게 상황을 설명했다.

"알겠습니다. 곧 알아보고 연락드리죠."

"그리고 지금 저를 만나실 수 있으면 곧 마헤삭 경찰서로 와 주시겠어요? 전 지금 그곳에 갈 거예요. 그리고 무슨 일이 있어도 그 사람을 석방시켜야 해요. 알았죠?"

그녀는 나라왓이 궁극적으로 해야 할 일을 못 박았다.

"호오, 이것 참. 그 친구가 아리야 양에게 아주 중요한 분인 것 같군요."

“나라왓 씨의 모든 역량을 동원해서 멋지게 해결해 보세요. 부탁드려요.”

“노력해 보지요. 그럼 잠시 후에 뵙죠.”

수화기를 놓자마자 아리야는 핸드백을 챙겨들고 사무실을 나섰다. 조급한 그녀의 마음은 벌써 경찰서에 날아가 있었다.

진호는 벽에 기대어 잠들어 있었다. 자신에게 주어진 혹독한 환경에 신경이 날카로웠지만 쏟아지는 잠을 막을 수는 없었다.

“강진호, 일어나!”

유치장 문을 여는 요란한 금속성 소리에 진호는 퍼뜩 고개를 들었다. 유치장 입구에서 문을 연 채 끼엥삭이 노려보고 있었다.

“나와!”

다시 취조가 시작됐음을 알아차린 진호는 천천히 일어나 철창을 나섰다.

“아주 기가 막힌 배경을 갖고 있었군. 희멀겋게 생겨서 여자 후리는 재주는 있는 모양이군. 따라와!”

“…….”

진호는 이제까지와는 달리 수갑을 차지도 않았고 끼엥삭을 앞서 걷지도 않았다. 그건 곧 있을지도 모를 도주에 신경 쓰지 않겠다는 뜻이었다. 진호는 끼엥삭이 말한 배경과 여자라는 단어에 퍼뜩 아리야를 떠올렸다.

그들은 계단을 한 층 더 올라가 서장실로 들어섰다. 서장실로 들어서자 뚱뚱한 서장과 아리야, 수정 그리고 반백의 노인이 자리에서 일어났다.

"한국인 강진호를 데려왔습니다."

끼엥삭이 절도 있게 경례를 붙이며 서장에게 보고했다.

"수고했어. 가 봐."

"네."

끼엥삭이 나가자 아리야가 다가섰다.

"지노! 몸은 괜찮아요?"

진호의 초췌한 모습에 그녀의 두 눈엔 걱정이 가득했다.

"괜찮소. 수정이도 왔구나."

진호는 수정을 돌아봤다.

"네, 오빠. 고생 많으셨지요?"

"아니, 괜찮아."

"진호 씨! 여기 계신 나라왓 변호사께서 당신의 신원을 보증하셨소. 그래서 이번에는 특별히 석방하겠소. 두 번 다시 그런 불순 단체에 연루되지 않기를 바라오."

아랫배가 통통하게 튀어나온 서장이 진호에게 젊잖게 경고했다.

"……."

"지노 씨, 난 나라왓이라고 하오. ST그룹의 고문 변호사인데 아리야 양의 부탁으로 당신을 보증했소. 이 나라에서 아직까지는 외국인이 국내 문제에 연관되는 걸 좋아하지 않는다오. 그래서 앞으로 이런 민감한 문제가 다시 발생하지 않도록 당부 드리겠소."

진호는 나라왓의 당부에 아리야를 바라보았다. 그녀의 눈빛이 대답을 종용했다.

"알겠습니다. 앞으로 그런 일이 없도록 하겠습니다."

"허허…… 좋소. 그럼, 여기 서명해 주시오. 서명만 하면 이 방에서 나가도 좋소."

서장은 종이 한 장을 내밀었다. 그 종이엔 이미 두 번 다시 태국의 사회단체에 연관을 갖지 않겠다는 내용이 타이핑 돼 있었다. 진호는 뭔가 못마땅한 듯 잠시 주저하더니 이내 펜을 들어 서명했다. 사회단체에 도움을 주는 방법은 또 찾으면 되겠지만 이 나라에서 추방돼 버린다면 자신이 지금까지 이뤄 놓은 사업이며 모든 기반이 송두리째 물거품이 될 게 뻔했다.

"자, 그만 가요, 지노."

아리야는 진호의 팔짱을 끼었다.

"고맙소, 서장."

나라왓은 서장에게 사의를 표명했다.

"별 말씀을…… 제가 도와드릴 일이 있으시면 언제든지 말씀하십시오."

서장은 두 손을 맞잡으며 겸손해했다. 나라왓은 정·재계뿐 아니라 군·경 쪽에도 발이 넓었다. 그는 절친한 왕실 근위대장에게 진호의 석방을 부탁했었다. 초급 간부 교육을 함께 받기 때문에 군부와 경찰의 계급 체계가 동일한 독특한 태국에서 막강한 권력의 왕실 근위대장의 한 마디는 경찰청장의 한 마디보다 더 권위가 컸던 것이다.

밖으로 나온 아리야와 진호는 나라왓과 수정과 헤어진 뒤 아리야의 차에 올랐다. 경찰서 문을 나서자 한창 퇴근 시간이었다. 아리야의 차는 쏟아지는 빗속에 꼬리를 물고 이어져 있는 차량들 틈에 끼어들었다. 빗방울은 앞이 안 보일 정도로 쏟아지고 있었다. 천장을 두드리는 빗방울 소리가 요란했지만 차 안에는 한동안 정적만이 감돌았다.

"고마워요, 아리야."

진호가 정면을 바라본 채 입을 열었다.

"고맙긴요? 일찍 알았더라면 좋았을걸……."

진호를 바라보는 그녀의 두 눈에 정이 듬뿍 담겨 있었다.

"후후…… 이 정도는 아무것도 아니오. 그 옛날 한국에서는……."

진호는 학생운동 하던 시절 경찰서에 끌려가 겪었던 고초가 떠올랐다. 그때는 어떻게 그 모진 수치심과 고문을 견뎌 냈었는지…… 꿈만 같았다. 그는 동생 수경이 죽은 후 신군부에 반대하는 시위에 적극적으로 참가했었다. 티 없이 맑고 순수했던 수경의 죽음을 그는 한동안 현실로 받아들이지 못했다. 결국 과격한 시위대에 참여했던 그는 경찰서에 끌려가 온갖 고초를 겪다가 군에 강제 징집되었던 것이다. 군에서도 특별 감시 대상이었던 그는 제대 후 미련 없이 한국을 떠나 미국으로 유학을 떠났던 것이다.

"지노, 어려운 사람들이나 사회단체를 돕는 길은 여러 가지가 있어요. 실망하지 말고 나타나지 않으면서 보다 효율적으로 도울 수 있는 방법을 연구해 봐요."

그녀는 살며시 진호의 손을 잡으며 위로했다. 진호도 고개 돌려 아리야를 바라보았다. 무엇보다 그녀가 어렵고 소외된 계층에 관심을 갖게 되었다는 사실이 반가웠다. 진호는 그런 그녀가 무척이나 사랑스러웠다.

"아리야, 당신이 그런 말을 할 줄……. 당신이 나를 조금이나마 이해해 주는 것 같아 기쁘군. 아리야!"

진호의 팔이 아리야의 어깨를 두르자 그녀의 붉은 입술이 자연스럽게 다가왔다. 요란하게 쏟아지는 빗줄기가 키스에 열중하는 그들만의 공간을 만들어 주었다.

"빠방!"

그들만의 사랑의 공간에 안주해 있던 진호와 아리야는 뒤차에서 클랙슨을 울려대자 후다닥 떨어졌다. 신호등이 파란색으로 바뀌어 앞에 서 있던 차들은 벌써 저만치 떨어진 교차로를 넘어서고 있었다.

부리나케 액셀러레이터를 밟은 아리야는 쏜살같이 빗속을 달려 교차로를 건너갔다. 곧이어 나타난 다음 교차로를 향해 달려가던 아리야는 신호등이 빨간색으로 바뀌자 급히 멈춰 섰다. 아리야는 진호를 바라보았다. 진호도 고개 돌려 두 사람의 눈길이 마주치자 누가 먼저랄 것도 없이 깔깔대며 웃음을 터뜨렸다.

"하하!"

"호호호!"

빨간 신호등을 보자 조금 전 키스에 열중했던 순간이 떠올랐기 때문이었다.

진호는 생선초밥을 접시에 담아들고 테이블에 앉았다.

"자, 이것도 들어."

진호는 마주앉은 친타나 앞으로 접시를 내려놓았다.

"네. 오빠도 같이 드세요."

진호와 친타나는 오랜만에 일식 뷔페식당인 오이시에서 점심을 먹고 있었다.

"이렇게 둘이 식사해 본 지도 꽤 오래된 것 같은데? 오빠가 정주협의회에 나가지 않더라도 네가 자주 전화도 해야 한다, 알았지?"

"네, 오빠."

"그래야 오빠가 너하고 이렇게 오붓한 시간을 가질 수 있지."

친타나를 바라보는 진호의 눈길엔 오빠로서의 자애로움이 가득했다.

"그나저나 오빠가 저희 때문에 그런 고생을 하셔서 미안해요."

"고생이라니? 그리고 그게 내가 좋아서 정주협의회에 갔던 거지 누가 시킨 게 아니잖니. 그분들께도 절대 미안한 마음 갖지 마시라고 전해 드려라. 알았지?"

"네."

진호는 와사비를 매콤하게 푼 간장에 생선초밥을 찍어 입에 넣었다. 콧구멍에 매운 기가 싸하니 올라왔다.

"성탄절이 가까워졌구나. 열대 지방이라 성탄절 분위기는 별로지만 그래도 세계적인 명절인데 그냥 보낼 순 없지. 우리 그날도 만나서 저녁 식사나 하자꾸나. 아리야도 같이 말이야."

불교 국가인 태국이었지만 외국인이 많이 상주하고 있었고 종교의 자유가 있는 나라였기에 12월로 들어서자마자 백화점, 호텔 등에는 오색 등불을 밝힌 크리스마스트리며 캐럴이 흥겹게 흘러나오고 있었다.

"네."

친타나는 그저 진호와 같이 있는 것만으로도 좋았다. 그가 비록 정주협의회에 나오지는 못했지만 자신은 언제든지 연락하고 만날 수 있었다.

"어디서 하는 게 좋을까?"

진호는 친타나와 의남매를 맺은 이후 처음 맞는 성탄절이었기에 그녀의 추억에 남을 수 있는 곳을 생각해 보았다. 그런 그의 고민을 풀어 주기라도 하듯 셀폰이 요란스럽게 울렸다.

"여보세요?"

"지노, 나예요. 뭐해요, 지금?"

아리야였다.

"오, 아리야. 지금 친타나와 점심 식사 하고 있소. 당신은 식사 했소?"

"당신이 없으니 먹고 싶은 생각도 없네요."

"이런……. 그럼 이리 오겠소? 오이시에 있는데."

"후후, 됐어요. 귀여운 여동생하고 오붓한 시간이나 보내세요. 난 조금 있다 손님 만나러 나가야 해요."

"그럼 뭐라도 간단하게 들고 나가구려. 식사를 건너뛰면 건강에 안 좋소."

진호가 걱정해 주자 아리야는 마음이 뿌듯했다. 행복은 결코 큰 걸 바라거나 먼 데 있는 걸 찾는 게 아니었다.

"알았어요. 당신이나 많이 들어요. 그런데 이번 크리스마스이브에 뭐 하실 거예요?"

"허어! 족집게군. 안 그래도 지금 친타나를 크리스마스이브에 어디로 데려갈까 궁리 중인데 당신이 좋은 곳을 추천해 보시오."

진호는 아리야와 뭔가 통하는 데가 있다는 생각이 들었다.

"어머! 실망스럽군요. 난 적어도 당신이 멋진 곳으로 안내할 줄 알고 잔뜩 기대했는데, 동생이 먼저였군요?"

아리야의 목소리가 새쭉해졌다.

"하하, 아니오. 어떻게 당신과 친타나를 똑같이 놓고 비교할 수 있겠소? 나한테는 모두 소중한 사람들인데. 그리고 당연히 당신도 함께 그날을 즐겨야지, 어떻게 당신을 떼어 놓을 수 있겠소? 그러니 어서 좋은 곳을 말해 봐요."

"정말 그날 나도 초대하려고 했어요? 내가 투정 부리니까 괜히 말 돌리는 거 아니죠?"

"절대 아니오. 내가 좋은 곳을 생각해 낸 후 당신한테 전화하려고 했소. 정말이오."

"한번 믿어 볼까요? 다른 데 찾느라고 고민할 것 없이 D호텔로 가요. 챠크리 홀에서 갈라 디너파티Gala dinner party가 열리니까 우리 회사 이름으로 초대할게요. 유명 연예인들도 출연하니까 꽤 마음에 들 거예요."

"오, 그것 참 좋은 생각이군. 어차피 나도 그날은 어느 호텔이 됐든 갈라 디너파티가 좋다고 생각했었으니까. 좋소, 그렇게 합시다."

"그래요. 7시에 시작이에요."

"알았소. 친타나와 함께 가겠소."

"사랑해요, 지노!"

"후후, 당신은 내가 얼마나 당신을 사랑하는지 모를 거요. 아리야."

진호와 아리야는 마헤삭 경찰서에서 나온 이후 매일 서로의 사랑을 확인하곤 했다. 만나지 못하는 날에는 이처럼 전화로 사랑을 속삭이며 그리움을 삭였다.

그러나 진호와 아리야의 사랑이 깊어 갈수록 친타나의 마음은 더욱 아파만 갔다. 자신이 진호와 아리야 사이에 끼어들 여지가 없음에도 그녀의 마음 한구석에 자리 잡은 진호에 대한 연정은 하루가 다르게 깊어만 갔다. 이미 친타나는 자신도 어쩌지 못할 정도로 솟아오르는 진호에 대한 사모의 정 때문에 밤을 꼬박 지새우는 날이 잦았다. 지금도 겉으로는 진호와 아리야의 대화에 태연한 척했지만 속으로는 그들의 사랑의 밀어가 비수가 되어 그녀의 가슴을 헤집고 있었다.

"친타나야, 아리야가 크리스마스이브에 우릴 초대했단다. 아주 근사한 밤이 될 거야."

진호는 셀폰을 식탁 한 옆에 놓았다.

"어머, 그래요? 그런데 제가 가면 두 분이 어색할 텐데요. 오빠 혼자 가세요. 저는 친구들하고 지낼래요."

친타나는 아무렇지도 않은 표정으로 말했다.

"아니야, 너도 함께 초대했으니까 같이 가야 해."

"아니에요, 오빠."

"허어, 넌 내 동생이야. 당연히 그런 특별한 날에 같이 지내야지. 그리고……."

진호는 손가방에서 봉투 두 개를 꺼내 친타나 앞에 놓았다.

"뭐예요?"

"응, 이건 정주협의회 후원금이고 이쪽 것은 네 용돈이야. 어서 넣어 둬."

"용돈요? 됐어요, 오빠. 전 괜찮아요."

친타나가 봉투 한 개를 진호 앞으로 밀어냈다.

"얼마 안 돼. 넣어 둬. 연말도 다 됐는데 돈 쓸 일도 많을 테니, 어서!"

진호는 친타나 앞으로 봉투를 밀었다.

"오빠……."

"임마, 오빠가 네 뒷바라지 다 해 줄 테니 염려 말고 공부나 열심히 해."

"고마워요, 오빠."

친타나는 진호가 오빠로서의 역할에 충실하려 할수록 진호가 자신의 마음과 점점 더 멀어지는 것 같았다. 결국 그들의 관계가 오누이로 고착되어 버릴 것이라는 데 의심의 여지가 없었지만 친타나의 마음 한구석에서는 자꾸만 진호의 옆자리에 아리야 대신 서 있는 자신을 그려 보곤 했다. 그렇게 친타나는 소리 없이 열병을 앓고 있었다.

크리스마스는 기독교인이 아니더라도 모든 사람의 마음을 들뜨게 만드는 그 무엇인가가 있었다. 독실한 불교 신자인 아리야도 예외는 아니었다.

평소와 다름없는 아침이었지만 크리스마스 전날이라는 한 가지 이유만으로도 괜히 마음이 들떠 있었다. 그녀는 14층에서 엘리베이터를 내렸다. 타놈의 사무실로 걸어가던 그녀는 반대편에서 걸어오는 한 남자를 보더니 고개를 갸웃했다.

'어디서 본 사람인데?'

아리야는 왼쪽 눈 밑에 검은 사마귀가 달려 있는 남자를 스쳐 지나가며 왠지 낯설지 않다고 느꼈다. 복도를 걸어가던 그녀는 타놈의 방에 이르러서야 그 남자가 마헤삭 경찰서장 방에 진호를 데려왔던 그 경찰이라는 걸 기억해 냈다.

'그 경찰이 여긴 웬일일까?'

타놈의 방문을 노크하던 아리야는 문이 열리자 이내 그 경찰을 기억에서 지워 버렸다.

"오, 아리야. 웬일로 내 방을 다 찾았소? 들어오시오."

타놈은 뜻밖이라는 듯 손을 들어 소파를 가리켰다.

"하얼빈哈兒濱의 따싱大興 농업개발공사와의 합작 투자 건은 어떻게 돼 가나요?"

아리야는 소파에 앉으며 물었다.

"아, 그 건 때문에 오셨군. 그 문제는 시간이 조금 걸리겠소. 그룹 차원에서 관심도 대단하고 전폭적인 투자가 이루어질 중요한 사업이라 지금 기조실에서 세밀히 검토하고 있는 중이오. 아마 내년 초에 그룹 5인 위원회로 상정될 것 같소."

그룹 5인 위원회는 그룹 차원의 중요한 안건을 결정하는 다섯 명으로 구성된 그룹 내 최고 의사결정 기구였다. ST그룹의 최고위층인 다섯 명은 회장인 솜차이, 부회장 타나폰, ST축산 회장 시리랏, 기조실 사장 마누타하랏, ST철강 회장 칫타라퐁이었다.

"그래요? 우리 그룹의 미래가 걸려 있는 중요한 사업이니 철저한 검토가 필요할 거예요. 하지만 ST바이오닉스에서 올린 그대로 진행될 거예요. 내가 이미 검토를 끝냈으니까."

"어련하시려고. 당신이 총지휘해서 만든 사업 계획인데……."

아리야는 향후 그룹의 미래가 달려 있는 DNA 합성과 유전자 조작을 통한 농산물 품종 개량 연구에 박차를 가하기 위해 중국 하얼빈에 있는 유명한 농업 전문 회사인 따싱 농업개발과 합작으로 첨단 연구소를 설립하려는 계획을 세웠다. 이제까지 해 온 연구를 바탕으로 유전자 조작 농산 품종 연구에 많은 노하우knowhow를 쌓아 온 따싱 농업개발과 합작해서 지금까지와는 전혀 다른 획기적인 밭작물 품종 연구를 할 예정이었다.

논농사 위주인 태국보다는 중국의 동북 지방이 밀, 옥수수, 보리 등 주요 밭작물 경작에 용이했고 지금까지의 연구 성과에 대규모 투자를 하면 1년 이내에 세계가 놀랄 만한 유전자 변형 품종이 개발될 수 있다는 걸 확신했다. 그 사업이 성공하면 2년 후부터는 만주 지방에서 생산되는 밀의 생산량이 미국 전체에서 생산되는 밀의 생산량을 훨씬 초과할 것이었다.

그렇게 되면 ST그룹은 명실상부하게 식량의 무기화를 꿈꿀 수 있을 정도의 파워를 가지게 되는 셈이었다. 또한 ST바이오닉스가 생산해 내는 제초제에만 저항성을 갖는 유전자 조작 농산물 종자를 개발해서 종자와 농약을 동시에 독점 판매한다는 궁극적인 사업 목표는 태국의 국가 전략과도 일맥상통하는 중요한 사업이었다.

"우리 그룹만 좋자고 하는 게 아니잖아요? 이 사업만 계획대로 돼 나간다면 우리나라도 핵폭탄 가진 강대국이 부럽지 않을 거예요."

"당신 계획대로 된다면 더 바랄 나위 없겠지."

타놈은 오랜만에 자신의 사무실을 찾아온 아리야의 방문에 한결 고무된 표정이었다. 그녀의 환심을 사려는 아부성 짙은 발언이 자주 그의 입에서 튀어나왔다. 지금 사이만 같아도 아무 걱정이 없으련만 타놈은 실오라기 같은 희망을 놓치지 않으려 무척이나 애썼다.

사랑은 모두가 기대하는 것이다.
사랑은 진정 싸우고
용기를 내고
모든 것을 걸 만하다.

- 에리카 종 -

하얼빈 세레나데

예정보다 10여 분 늦게 시작된 갈라 디너는 300여 명의 참석자들로 성황을 이루었다. 챠크리 홀의 중앙 무대에서는 12인조 밴드가 흥겨운 캐럴을 메들리로 연주하고 있었다. 무대 옆의 대형 크리스마스트리를 비롯해 홀 전체를 온통 크리스마스 장식으로 단장한 탓인지 제법 북국의 겨울 기분이 물씬 풍겼다.

진호와 아리야는 무대에 가까운 테이블에 자리 잡고 있었다. 가족 단위의 참석자들이 많아서인지 머리에 고깔모자를 쓴 아이들이 눈에 많이 띄었다.

“난 갈라 디너는 태국에 와서 딱 두 번짼데 크리스마스이브에는 처음이오. 당신 덕분에 좋은 구경을 하는군.”

진호는 훈제 연어를 머스터드소스에 찍으며 아리야에게 윙크를 보냈다.

“그래요? 첫 번째가 아니라 유감이네요. 첫 번째는 누구하고였어요?”

아리야는 슈림프 칵테일shrimp cocktail을 뒤적이며 두 눈을 치켜떴다. 그녀의 눈빛에 장난기가 어렸다.

"나도 이번이 첫 번째가 아닌 걸 유감으로 생각하오. 재작년 구정 때 랜드마크 호텔에서 회사 직원들과 함께 보냈었지. 한국에서도 구정이 가장 큰 명절이거든. 한국에 가고 싶어도 겨울 성수기 한복판이라 직원 모두 방콕에서 꼼짝 못했지. 눈코 뜰 새 없이 바빴지. 지금도 전쟁 중이야."

진호는 머스터드소스를 너무 많이 찍었는지 훈제 연어를 한 입 물고는 얼굴을 찡그렸다. 와사비나 고추장과는 또 다른 매운 맛이 콧속을 자극했다.

"그러고 보니 한창 바쁘겠군요?"

아리야가 와인 잔을 들며 물었다.

"지금부터 내년 2월 말까지 한국에서 관광객이 몰려와 눈코 뜰 새 없지. 나도 한동안 당신 얼굴 못 볼지도 몰라. 거의 매일 저녁 한국에서 온 여행사 직원들과 정산도 해야 하고 거래처 사장들도 자주 오니까 접대도 해야 하고……."

"술 많이 마시지 말아요. 챙겨 주는 사람도 없는데……."

"그럼, 챙겨 주는 사람 하나 만들어 놔야겠는걸? 당신이 남 말하듯하니 말이오."

"그런 게 아니라……."

"아니긴? 친타나야, 입으로만 걱정하는 게 사랑하는 사람이니?"

내내 조용히 음식을 들고 있던 친타나는 진호의 물음에 퍼뜩 고개를 들었다.

"후후, 그런 게 아닐 거예요. 아리야 언니는 오빠를 돌봐 주고 싶어도 여의치 못하니까 걱정돼서 그러시는 거예요."

"너도 아리야 편이구나. 하긴……."

"이봐요, 지노! 당신이 바쁜 거지 내가 바쁜 게 아니잖아요? 내가 매일 퇴근 후 당신을 따라다니며 잔소리하라는 거예요?"

아리야는 친타나의 응원에 힘을 얻었는지 목소리에 힘이 들어갔다.

"아, 아니오. 당신도 바쁠 텐데 뭘. 그냥 매일 전화 통화만 해도 감지덕지하오. 허허."

"그 정도야 기꺼이 해 드리죠."

아리야는 진호의 항복을 너그럽게 받아들였다. 그러나 식탁의 화기애애한 분위기는 와인 잔을 들고 다가서는 한 남자에 의해 금세 가라앉았다.

"여어, 아리야! 여기 계셨군. 처음 보는 분들과 함께 계시는데 실례가 되지 않을지 모르겠소."

그는 타놈이었다. ST그룹은 임원 가족을 위해 100명분을 갈라 디너에 예약해 놓았던 것이다. 타놈은 다른 임원 가족과 식사하는 도중 아리야를 발견하고 찾아온 것이었다. 아리야는 정중한 말투로 나오는 타놈을 진호와 친타나에게 소개시키지 않을 수 없었다.

"인사하세요. 이쪽은 강지노 씨 또 이쪽은 동생인 친타나 양. 이쪽은 우리 그룹 기조실의 타놈 상무예요."

"만나서 반갑습니다."

진호는 손을 내밀어 악수를 청했다.

"구면인 것 같군요."

타놈은 진호의 손길을 본 척도 하지 않았다. 머쓱해진 진호는 아리야를 한 번 보더니 손을 내렸다.

"네, 그런 것 같군요."

"친타나 양이라고 했나요? 미인이신데 꽤 어려 보이는군요."

타놈은 권하지도 않았는데 빈 의자에 앉았다.

"네, T대학에 다니고 있어요."

"지노 씨는 외국인인데 어떻게 태국인인 친타나 양과 남매 사이가 되는지 모르겠군요."

그는 예의를 차리는 듯했지만 말투는 듣기 거북할 정도로 거만했다.

"저……."

"아, 내가 괜한 걸 물었군요. 처음엔 누구나 그렇게 남매 관계로 시작하지요, 하하."

"타놈, 이제 그만 자리 좀 비켜 주겠어요?"

타놈의 말투가 지나치다 싶자 아리야가 제동을 걸었다.

"우린 당신이 생각하는 그런 사이가 아니오, 타놈 씨!"

진호는 당황해 하는 친타나를 보고 타놈을 매섭게 쏘아보았다.

"허허, 나이 차이가 많이 나는 것쯤은 요즘 시대에 아무것도 아니지 않소? 이봐요, 친타나 양. 아리야 씨하고 내가 결혼할 때 부케를 받아 주겠소? 진심으로 청하는 겁니다."

"타놈, 쓸데없는 소리 하지 말고 당신 자리로 돌아가요!"

아리야의 목소리가 격해졌다.

"아, 알았소. 내 가리다. 그럼 두 분의 사랑을 위하여!"

타놈은 진호와 친타나를 번갈아 보며 와인 잔을 들어 올려 보였다. 그는 일부러 진호와 친타나의 관계를 왜곡되게 만듦으로써 진호와 아리야의 관계를 어색하게 만들고자 했다.

끼엥삭의 보고서에 따르면 친타나와 진호의 사이가 연인 사이로 보일 때도 있다고 쓰여 있었다.

"미안해요, 지노."

타놈이 능글맞은 웃음을 흘리며 사라지자 아리야는 어쩔 줄 몰랐다.

"괜찮소. 저 사람이 당신이 말한 그 남자군?"

"그래요."

"위기의식을 느끼는 모양이지? 하지만 나도 기분은 그리 썩 좋지 않군. 친타나야!"

친타나는 말없이 고개를 숙이고 있었다.

"친타나, 미안해. 기분 나빴겠지만 저 사람이 오해해서 그런 거니까……."

"괜찮아요, 언니."

그제야 고개를 든 친타나의 두 뺨은 수치심 때문인지 붉게 상기돼 있었다. 그런 친타나의 표정을 보자 진호는 얼른 그곳을 나가는 게 좋으리라 생각했다.

"아리아, 그만 가봐야겠소. 아무래도……."

진호는 눈짓으로 친타나를 가리켰다. 진호의 의도를 알아차린 아리야도 그 편이 나으리라 생각했다.

"그래요."

"친타나야, 이제 그만 일어서야 할 것 같구나."

친타나는 대답 대신 눈을 들어 진호를 응시했다. 그녀는 '진호와의 사랑을 위하여'라는 타놈의 말이 오해에서 비롯된 것이라 하지만 듣기에 거북하지는 않았다. 듣기 거북했다기보다는 그렇게 인정받고 싶은 마음에 얼굴이 상기되었던 것이다. 그러나 현실은 현실이었다.

그녀는 진호를 따라 일어섰다. 무대에서는 식사에 이어 유명 가수가 나와 본격적인 크리스마스이브 파티가 시작되고 있었다.

"친타나를 바래다주고 전화하겠소."

로비로 나올 때까지 말이 없던 진호가 따라 나온 아리야를 돌아보며 말했다.

"미안해요, 지노. 전화 기다릴게요."

"미안하긴? 당신이 뭘 잘못했다고."

진호는 미안해하는 아리야의 뺨을 부드럽게 어루만졌다. 아리야는 진호의 입술에 살며시 키스했다.

"사랑해요!"

진호는 대답 대신 물끄러미 반짝이는 그녀의 두 눈을 바라보았다. 맑고 투명한 그녀의 눈빛은 진정 사랑에 빠진 연인의 눈빛이었다. 진호는 가볍게 그녀를 끌어안았다. 그리고 그녀의 귓가에 나지막이 속삭였다.

"사랑해, 아리야!"

저만치 호텔 현관 앞에 서 있던 친타나는 그들의 다정한 모습을 보지 않으려 애썼다. 그러나 그녀의 눈길은 부러움을 가득 담은 채 그들의 모습에 박혀 있었다. 그리고 언제부터인가 습관이 되다시피 한 한숨이 도톰한 입술 사이로 새어 나왔다.

새해로 접어들었지만 정국은 혼미를 거듭하고 있었다. 수도인 방콕뿐 아니라 전국의 주요 도시에서 산발적으로 일어났던 반정부 시위는 새해 들어 보다 조직적인 양상을 보여 갔다. 그러한 반정부 시위로 혼란한 틈을 타고 남쪽의 말레이시아와 국경이 맞닿은 나라티왓에서 반정부 시위를 가장한 이슬람 분리주의자들의 격렬한 시위가 발생했다.

말레이계 주민들이 많이 살고 있는 태국 남쪽의 4개 주에서는 심심찮게 이슬람 분리주의자들의 테러가 발생하곤 했었다. 하지만 이번 나라티왓에서의 시위는 대다수 선량한 주민들을 이용한 이슬람 분리주의자들의 조직적이고 도전적인 시위였다. 수친다 정권은 그들의 저의를 알아차리고 강경 진압을 명령했다.

첫 시위 현장 발포가 발생했고 수많은 사상자가 피 흘리며 거리를 뒹굴었다. 그 사건은 국민들에게 수친다 정권의 본질을 다시 한

번 깨닫게 해 주었고 산발적이던 시위가 더욱 조직적이고 대규모로 이루어지도록 하는 계기가 되었다. 수도 방콕도 겉으로는 평온했지만 구시가인 라차담넌 대로, 왕궁 앞의 사남루앙 공원 등에서는 연일 반정부 시위가 계속되고 있었다. 그렇게 수친다 정권과 잠롱을 중심으로 뭉친 민주 진영의 세 대결은 브레이크를 제거한 기관차처럼 서로를 향해 돌진하고 있었다.

"나라티왓에서 다섯 명이 죽었대."

렉이 흥분하며 떠들어댔다.

"그들의 시위는 분리 독립을 위해서였어. 우리와 달라."

솜퐁이 냉정하게 대꾸했다. 여섯 명의 남녀 대학생들이 T대학 교양학부 앞마당의 보리수 그늘 아래 모여 앉아 시국 토론에 열중하고 있었다.

"어쨌든 목표는 같아. 수친다 정권의 퇴진이잖아?"

렉은 지지 않았다.

"렉! 문제의 본질을 잘 살펴봐야 해. 우리가 반정부 투쟁을 벌이는 건 우리나라에 더 이상 군사 정권이 들어서서는 안 된다는 데 있어. 나라티왓 사건은 말레이계 주민들의 독립 시위란 말이야. 그들은 우리의 혼란한 정국을 자신들에게 유리하게 이용한 거야."

친타나는 또박또박 끊어서 말했다.

"하지만 맨손뿐인 시민을 향해 발포했잖아?"

"수친다도 그 시위가 이슬람 분리주의자들이 선동한 과격한 시위가 아니었다면 발포하지 않았을지도 몰라."

솜퐁은 끝내 나라티왓 시위에 대한 자신의 주장을 굽히지 않았다.

"어쨌든 이 정국이 오래가진 않을 것 같아. 람푼, 너 수탓 선배 밑에서 일한다며?"

친타나는 부리부리한 눈매의 람푼을 바라보았다. 그는 잠롱 진영에서 수탓의 지시를 받고 있었다.

"응, 아직은 잔심부름이나 하는 정도야."

겸손한 말투였지만 그의 목소리에는 민주화 운동에 동참했다는 자부심이 넘쳐 있었다.

"야! 너 그럼, 잠롱 선생님을 매일 보겠구나?"

솜퐁이 부러운 듯 물었다.

"매일은 아니야. 아주 가끔씩 먼발치에서 뵐 뿐이야."

"그 정도만 해도 어디니?"

솜퐁은 갑자기 람푼이 잠롱과 같은 민주 투사로 보였다.

"잠롱 선생님 밑으로 기라성 같은 민주 투사들이 많이 모였어. 그 분을 중심으로 모든 민주 투사들이 모였다는 사실이 중요해. 뿔뿔이 흩어져서 산발적으로 시위하던 때와는 확연히 달라졌어. 나도 그런 분들과 함께 이 나라의 군부 독재와 싸우는 게 자랑스러워."

람푼의 상기된 모습에 함께 자리한 학생들은 그가 부러웠다. 그러나 반독재 투쟁에 참여한다는 건 쉬운 일이 아니었다. 무엇보다 흔들리지 않는 용기를 필요로 했다. 그 점이 대다수 학생들이 주저하는 이유였다.

친타나는 그럴 용기는 있었다. 하지만 진호의 부탁을 저버리기 힘들었다. 그녀는 일면식도 없었지만 머릿속으로 수경을 그려 보았다. 그녀라면 어떻게 했을까?

두 평 남짓한 쪽방 천장에는 30촉짜리 백열전구가 대롱대롱 매달려 있었다. 그 희미한 불빛 아래 다섯 명의 남녀 대학생들이 머리를 맞댄 채 서서 정일의 이야기에 귀 기울이고 있었다.

"너희들은 잘 모르겠지만 박통 때 우리가 경제 발전을 이루기 위해서 노동자들은 엄청난 희생을 감수해야만 했어. 잘 먹고 잘 살자는 취지는 좋았지만 경제 발전이란 미명 하에 근로자들은 노동법에 명시된 근로기준법조차 제대로 적용받지 못했지."

방 안에는 K대 '민학길' 조장인 서정일의 낮지만 힘 있는 목소리가 맴돌았다. 그는 이형직과 함께 '민학길'에 새로 들어온 강수경을 비롯한 두 명의 신입생들에게 군부 독재의 폐단을 설파하고 있었다.

"박봉에 시달리면서도 늦은 밤까지 거의 강제로 일을 해야 했어. 회사에서 시키는 대로 하지 않으면 그나마 쫓겨나게 되기 때문이지. 청계천의 의류 제조 공장 같은 아파트형 공장에서의 노동력 착취는 극에 달했어. 정해진 시간이 아니면 화장실에도 가지 못했고 공장에서 주는 밥이래야 보리와 조가 반씩 섞인 밥이었고 소금에 절인 김치 몇 조각이 반찬의 전부였어. 생선 쪼가리라도 올라오면 금상첨화였지.

창문 하나 없이 사방이 꽉 막힌 좁은 방에서 밤늦도록 미싱을 돌리고 나면 세수도 못하고 그냥 쓰러져 잠들곤 했어. 근로자들은 인간이면서 인간다운 대접도 못 받고 정신적, 육체적으로 황폐해져 갔지. 일만 시킨다면 박봉이지만 그래도 돈 버는 재미에 모든 걸 참을 수 있었을 거야. 하지만 그들은 못 배웠기 때문에 인격적으로 모독당했고 근로자로서의 최소한의 권리마저도 박탈당한 채 지내야 했지. 노동법이란 건 미국 같은 잘사는 나라에나 있는 건 줄 알았기에 자신들의 의사를 표현한다거나 어떻게 하면 인간적 대우를 받을 수 있는지도 몰랐어. 그래서 나는 군대 가기 전에 노동 현장에 직접 뛰어들었던 거야. 난 그들을 위해 셀 모임Cell Technique을 정기적으로 갖고 그들의 권익을 찾을 수 있도록 도와주는 데 노력했어. 하지만 3개월도 안돼서 업무 과장한테 발각돼서 쫓겨났지."

서정일은 목이 타는지 물을 한 모금 마셨다.

"어느 사회나 단체건 회사에 아부하는 놈들은 있게 마련이야. 우리 모임에도 그런 놈이 한 명 잠입했었지. 그놈은 고자질한 대가로 주임으로 승진했어. 왜 그런 놈들이 있잖아? 같은 동료를 팔아 쥐꼬리만 한 대가를 받고 그 맛에 길들여져서 그마저 잃지 않으려고 더욱 동료를 감시하며 고자질하는 쥐새끼 같은 놈들 말이야."

"맞아! 어느 사회나 다 그런 놈들이 있지. 친일파 같은 놈들!"

이형직이 정일의 말에 맞장구 쳤다.

"얘들아, 생각해봐. 사람은 기계가 아니야. 그렇지? 그런데 지금도 대다수 공장에서는 근로자들이 기계가 결정한 작업 속도에 맞춰 일을 해야 한단다. 기계가 멈추지 않으면 도저히 쉴 틈이 없는 거지. 게다가 잠시 한눈이라도 팔면 찰나의 순간에 손가락이 날아

가고 소매가 끼어들어 팔뚝 한 개가 뭉그러지는 위험에 처하게 된단다. 공장 노무자들은 박봉과 장기 근로, 작업 공해뿐 아니라 사주의 교묘한 노동법 적용에 자신도 모르게 서서히 죽어 가고 있는 거란다."

"형 이야기를 들으니 우리나라가 도대체 법이 존재하는 법치국가인지 의문이 가요."

수경은 화가 났다. 그녀뿐 아니라 나머지 신입생들도 분노에 찬 표정이었다.

"그게 다 군사 정권의 불도저식 밀어붙이기 정책 때문이란다. 그래서 이 땅에 두 번 다시 군사 정권이 들어서지 못하도록 해야 하는 데 우리의 목적이 있는 거란다. 지금 전O환 일당이 호시탐탐 정권을 노리고 있는데 우리 백만 학도들이 단결해서 그들의 음모를 분쇄해야 하는 거지."

서정일의 결의에 찬 목소리가 모두의 가슴을 뜨겁게 만들었다.

"정일아, 대충 공부한 것 같은데 우리 목이나 축여 가면서 하자, 응?"

두 시간여에 걸쳐 사회주의 입문과 노동 현장에 대해 설명한 뒤라 오늘밤의 목적은 달성한 뒤였다.

"그럴까?"

정일의 동의에 수경 등 신입생들의 표정이 밝아졌다. 모임의 주제 자체에 심한 압박감을 느끼고 있었기 때문이었다.

"네, 그래요."

"술이 없으면 뜨거운 젊음이 무슨 의미가 있겠어요? 그나마 술로 달래야지요."

"아쭈, 짜식! 이제 금방 대학 들어온 놈이 술꾼처럼 말하네? 하하."

형직이 한마디 하자 모처럼 밝은 웃음소리가 좁은 방 안에 울려 퍼졌다. 그들은 주머니를 털어 돈을 모았다.

"누가 갔다 올래?"

"형, 제가 갈게요."

수경이 앞으로 나섰다.

"그럴래? 그럼, 수고 좀 해."

"네."

수경은 지폐와 동전을 받아 바지 주머니에 쑤셔 넣고 밖으로 나섰다. 안방에선 코미디 프로를 보는지 집주인 내외가 깔깔대는 소리가 마당까지 새어 나왔다.

수경은 철문을 열고 골목길을 걸어갔다. 30여 미터 앞은 4차선 도로였고 도로를 건너면 바로 슈퍼였다. 수경은 한적한 도로를 건너 슈퍼 문 앞에 섰다. 손잡이를 잡는 순간 저만치 앞에서 몇 대의 차량이 빨간 경광등을 번쩍이며 달려오고 있었다.

'어디 사고라도 났나?'

수경은 별 생각 없이 문을 열고 슈퍼 안으로 들어갔다. 그녀는 액수에 맞춰 소주 몇 병과 쥐포, 새우깡 등 안주 몇 개를 챙겨 들었다. 셈을 치르고 밖으로 나온 수경은 난데없는 고함 소리에 놀라 그 자리에 우뚝 멈춰 섰다.

"놔! 이 개새끼들아, 우리가 뭘 잘못…… 악!"

이형직이었다. 서너 명의 경찰들이 그를 끌고 골목에서 나왔다. 그가 반항하자 무자비하게 구타하기 시작했다.

"이 빨갱이 새끼가 입만 살았나?"

"이런 새끼들은 재판 없이 몽땅 사형시켜야 해."

몇 번의 주먹과 발길질에 널브러진 형직을 경찰들이 질질 끌어 차에 실었다. 뒤를 이어 서정일과 두 명의 신입생들이 경찰에 의해 끌려나왔다. 그들이 닭장차에 오르자 검은 지프가 경광등을 번쩍이며 앞장서서 달렸다. 그들이 검거된 시간을 전후해서 전국적으로 민총련 간부 및 불순 학생 조직에 대한 일시 검거가 실시되고 있었다.

경찰차가 어둠 속으로 사라지자 수경은 그제야 정신이 들었다. 그녀는 마치 꿈을 꾸고 있는 것 같았다. 갑자기 두려움이 몰려오자 그녀는 사방을 두리번거리며 가게 앞의 공중전화 부스로 들어갔다. 술과 안주를 담은 비닐봉투를 들고 바닥에 주저앉은 수경은 금방이라도 누군가가 뒷덜미를 낚아챌 것 같은 두려움에 머리끝이 쭈뼛쭈뼛했다. 온몸이 사시나무 떨 듯 덜덜 떨리자 그녀는 비닐봉지에서 소주병을 꺼내 들었다. 그녀는 주저 없이 이빨로 병마개를 땄다. 어금니가 시큰거렸지만 아픔을 느낄 정신이 없었다. 소주병을 입에 대고 꿀꺽꿀꺽 나발 불었다. 빈속에 소주가 들어가자 배 속이 뜨뜻해지는 느낌이 들었다. 술기운에 오한이 조금 사라지자 그녀는 100원짜리 동전을 꺼냈다. 정신은 말짱했지만 동전 투입구에 동전을 넣는 그녀의 손끝이 자꾸만 헛손질을 해 댔다. 그녀는 도저히 그곳을 벗어날 용기가 없었다. 누군가가 자신을 잡기 위해 감시하고 있을 것만 같았다. 그래서 그녀는 자신이 가장 믿을 수 있는 오빠인 진호를 부르려는 것이었다. 동전을 넣은 수경은 다이얼을 돌렸다. 서너 번 벨 소리가 울린 후에야 누군가가 받았다.

"여보세요."

전화선을 타고 들려온 목소리는 진호였다.

"오빠! 흐흑……흑……!"

그녀는 왈칵 몰려드는 반가움에 말을 잇지 못하고 하염없이 눈물만 흘렸다.

"이렇게 얼굴보기 힘드니 걱정이에요."

아리야는 아몬드 가루가 먹음직스럽게 뿌려져 있는 스펀지케이크를 포크로 잘랐다.

"무슨 걱정?"

진호는 카페오레를 한 모금 넘기며 아리야를 바라보았다.

"내가 오해할 소지가 다분하다 이거예요."

케이크 조각을 입에 넣은 그녀는 입술을 오물거리며 부드럽고 고소한 케이크의 맛을 음미했다.

"허허…… 아리야. 절대 그런 생각하지 마오. 요즘이 한창 바쁠 때라 그렇소. 그래도 적어도 3, 4일에 한 번쯤은 만나고 있지 않소?"

관광 성수기에 접어들자 진호는 눈코 뜰 새 없이 바빴다. 매일 밀려드는 관광객을 위해 가이드 배정, 호텔, 차량, 식당, 보트 등의 예약부터 한국에서 따라오는 투어 컨덕터tour conductor와의 관광비 정산까지 모든 걸 확인해야 했다. 더구나 한국의 거래처 사장들이 단체를 인솔해 오는 경우에는 따로 골프를 친다든가 술대접을 해야 하는 날들이 많았다.

"그것 갖고 성에 차지 않으니까 그렇죠."

"그래서 아침 출근길에 이렇게 매일 만나자는 거요?"

아리야는 새벽녘에 진호에게 전화 걸어 출근길에 진호 회사 근처에 있는 카페에서 꼭 만나고 싶다고 했었다. 무슨 일이 있나 싶어 간밤에 마신 알코올 기운이 채 가시지도 않았지만 진호는 평소보다 일찍 집을 나선 것이었다. 그러나 진호는 그냥 갑자기 보고 싶어 전화했다는 그녀의 천진난만한 표정에 울지도, 웃지도 못한 채 카페 오레만 홀짝이고 있었다.

"그럼 안 되나요?"

되묻는 아리야의 눈빛이 진지했다.

"안 될 것은 없소만……."

진호는 그녀의 마음을 충분히 이해할 수 있었다.

"후훗, 대답은 그래도 표정은 그리 달갑지 않아 보이는군요."

"아, 아니오. 난 방금 아주 중요한 사실을 한 가지 깨달았소."

아리야의 눈길은 그게 뭐냐고 묻고 있었다.

"중국말에 이런 표현이 있소. '이디스즈易地思之'라고 말이오. 상대방의 입장이 돼서 생각해 보라는 뜻이지. 나를 그리워하는 당신을 보고 나도 새삼 당신을 그리워하고 있다는 걸 깨달은 거요. 오늘 아침 우린 아주 잘 만난 것 같소. 내 기쁜 마음으로 이렇게 매일 아침 일찍 당신을 만나러 나오리다."

"말만 들어도 행복해요. 지노, 안 그래도 돼요. 내가 욕심을 부려 봤어요. 사랑하는 당신을 좀 더 편하게 해 줘야 하는데……."

"아니오. 일을 핑계로 내가 당신에게 조금 소홀했던 것 같소. 하루를 시작하기 전에 아름다운 당신 얼굴을 보면 아주 기분 좋게 하루를 보낼 수 있을 것 같소."

진호는 손을 뻗어 그녀의 손을 잡았다. 그녀의 따스한 사랑이 손을 통해 느껴지는 체온을 따라 그의 마음을 편하게 만들었다.

"그런데 당신, 중국어 잘하세요? 발음이 좋은데요?"

진호의 손등을 쓰다듬으며 아리야가 물었다.

"중국 어디를 가든 굶지 않을 정도는 돼요. 왜 그러오?"

"예전에 D호텔에서 삼타펭 씨 만났을 때는 인사만 할 정도라고 하더니."

"그게 그거지 뭐. 음식점 가서 '요메이요有沒有' 하고 음식 이름 대면 되는데."

"후후, 그럴 듯해요. 발음이 좋은 걸 보니 생각보다 중국어 잘할 것 같아요. 실은…… 나 얼마 후에 중국 하얼빈으로 출장 좀 다녀와야 할 것 같아요."

"하얼빈에? 언제?"

"2, 3일 예정인데 구정날 밤에나 돌아올 것 같아요. 중국에선 구정 연휴가 보름 이상 되기 때문에 그때는 늦고 또 구정 바로 전에야 그쪽 준비가 끝날 것 같아서요."

진호는 실망스러운 표정이었다.

"왜 그래요?"

갑자기 굳어진 진호의 표정에 아리야는 의아했다.

"아, 아니오."

"아이, 말해 봐요. 그동안 내가 보고 싶을까 봐서요?"

"구정 전날이 내 생일이거든. 내가 전에 구정 전날 직원들과 갈라 디너파티에 참석했었다고 하지 않았소? 그게 내 생일 파티 겸해서 했던 거라오. 그런데 당신이 그때 중국에 가 있으면 나 혼자 쓸쓸하게 생일을 보내야 할 것 아니겠소?"

"어머, 그래요? 이거 어쩌죠? 내가 출장 날짜를 맞출 수 있으면 몰라도 중국의 파트너 회사하고 일정을 맞춰야 하는데……."

아리야는 자신의 출장 기간에 진호의 생일이 겹치자 난감했다. 다른 건 몰라도 사랑하는 사람의 생일날엔 꼭 같이 있고 싶었다.

"할 수 없지 뭐. 신경 쓰지 마시오. 내년도 있으니까."

"그런 말 하지 말아요. 내 마음이 지금 어떤지 알아요? '이디스즈!' 바로 그런 마음이라고요. 아참 지노, 구정 때면 관광 시즌이 거의 끝나가잖아요?"

무슨 생각이 들었는지 그녀의 눈빛이 반짝였다.

"그렇긴 하지. 한국도 방학이 끝나고 휴가 시즌도 끝나가니까."

"됐어요, 그럼. 우리 같이 가요, 네?"

"같이, 중국에?"

"네, 여행 겸해서 그곳에서 우리 둘만 오붓하게 지내다 와요. 당신 생일도 멋지게 지내고……."

"당신 회사 일에 지장 없을까?"

"괜찮아요. 당신도 우리 회사 직원으로 행세하면 되잖아요. 그러면 낮에도 항상 같이 있을 수 있고요. 하얼빈의 유명한 얼음조각 축제도 구경하고……. 어때요, 근사한 생각이죠?"

아리야는 탁자에 팔꿈치를 대고 두 손으로 턱을 괴었다.

"그래, 아주 근사한 생각이야. 어차피 시즌 끝나면 아무 생각 없이 며칠 쉬려고 했으니까. 당신 말대로 아주 멋있는 아이디어야."

그는 손바닥으로 아리야의 볼을 가볍게 쓰다듬었다. 부드럽게 자신의 뺨을 부드럽게 만지는 진호의 손에 아리야는 가볍게 입을 맞췄다. 그녀는 오늘 하루를 아주 즐겁게 지낼 수 있을 것 같았다.

하늘에서 내려다본 지평선은 끝이 없었다. 그 넓은 만주 벌판이 온통 반짝반짝 빛나는 순백의 세계였다.

"이제 거의 다 온 것 같군."

진호는 비행기의 항적을 나타내는 비디오 모니터를 보며 말했다.

"그런 것 같군요."

아리야는 테이블 위에 놓인 서류에서 눈길도 떼지 않고 대답했다.

"여자도 일에 열중할 때의 모습이 아름답다는 걸 당신을 보고 느꼈어."

"이해해 줘서 고마워요. 우리 그룹으로선 대단히 중요한 사업이거든요. 이번에 내가 저들과 어떻게 합의하느냐에 따라서 합작 방향이 정해지기 때문에 나로서도 신경이 많이 쓰여요."

"그럴 테지. 그 사업이 본궤도에 오르면 저 아래 만주 벌판에서 수확되는 밀의 생산량이 미국 전체에서 생산되는 양보다 많아진다는 얘기지?"

"그래요. 소리 없는 전쟁의 시작이죠. 유전자 재조합 기술에 의한 새 품종 개발이 우리뿐 아니라 미국, 영국, 독일, 일본 등 선진국에 의해 극비리에 진행되고 있어요. 다른 나라들은 실험용 쥐를 이용해서 돼지, 양 등 주로 동물의 유전자 변형, 복제 등을 연구하지만 우리는 농산물 등 식물 쪽의 유전자 연구를 하는 게 차이점이죠. 빠르면 2, 3년 내에 이 분야에서 타의 추종을 불허하는 유전체학의 선두주자가 돼 있을 거예요."

아리야의 목소리는 확신에 차 있었다.

"그렇게 되면 선진국들의 코가 납작해지겠군."

"물론 넘어야 할 산도 아직 많아요. 이를테면 유전자 조작 농산물 GNO의 안전성에 대한 우려의 목소리가 그것이죠."

"안전성? 유전자 조작 농산물이 인체에 나쁜 영향을 끼칠 수 있다는 얘기요?"

"인체에 직접적인 해는 거의 없다고 봐도 돼요. 다만 예상치 못했던 독성 물질이 생겨날 수 있다는 거죠. 그래서 수많은 실험이 필요한 거고요. 또 환경 파괴에 대한 우려도 있어요. 해충에 저항성이 큰 유전자 조작 농산물이 개발되면 이에 대응하는 슈퍼 해충이 자생적으로 탄생할 수 있고 이것은 더욱 강력한 농약 개발로 이어질 수 있다는 얘기죠."

"허어, 그런 점도 있겠군."

"그보다 더 큰 문제점은, 아니 남들한테는 커다란 문제가 되겠지만 우리한테는 가장 바람직한 이점이 되겠죠. 그것은 우리가 독자적인 유전자 조작 기술을 갖고 있음으로써 전 세계 농업 및 식량 수급을 독점할 수도 있다는 것이죠. 놀랍잖아요? 바로 핵폭탄보다 더 무서운 식량의 세계화를 이루는 거죠. 안 먹고 살 수는 없으니까요."

"엄청나구먼!"

진호는 아리야의 설명에 소름이 끼쳤다.

"8년 후인 2000년에는 세계 종자 시장의 규모가 약 210억 달러로 예상되는데 그중 유전자 조작 품종은 7분의 1 수준인 30억 달러 정도가 될 거예요. 그러나 그보다 10년 후인 2010년에는 300억 달러로 예상되는 종자 시장의 3분의 2인 200억 달러를 유전자 조작 품종이 차지할 거예요. 어마어마하게 성장할 사업이죠."

아리야의 목소리는 사업의 중대성에 어울리지 않게 담담했다.

"대단하군, 대단해! 이 계획을 당신이 주도한다니 정말 다시 봐야겠군."

진호는 새삼 아리야의 능력을 높이 평가했다.

"후후, 고마워요. 하지만 나 혼자 하는 건 아니잖아요? 그리고 난……."

진호를 바라보는 아리야의 눈빛이 반짝 빛났다.

"당신한테는 그저 평범한 여자이고 싶어요."

사랑하는 사람 앞에서는 그 어떤 명예도, 부도, 자존심도 필요 없었다. 태국 최대의 기업인 ST그룹 회장의 외동딸이며 세계를 쥐고 흔들지도 모를 엄청난 사업을 이끌어 가는 커리어 우먼인 아리야도 사랑하는 남자 앞에서는 한낱 보호받고 사랑받고 싶어 하는 연약한 여자에 지나지 않았다.

"아리야! 난 정말 당신의 그런 점이 좋아. 당신은 내가 당신을 사랑하지 않을 수 없게 만드는군."

진호는 손을 뻗어 그녀의 어깨를 꼬옥 감싸 안았다. 기내 방송에서는 북국의 고향에 다 왔음을 알려 주었다. 눈과 얼음의 고향, 하얼빈에.

헤이룽장黑龍江성의 성도인 하얼빈은 일찍이 동방의 모스크바라고 불릴 정도로 옛 제정 러시아 시대의 모습이 시내 곳곳에 그대로 남아 있었다. 19세기 말에 서구 열강의 침략으로 인해 여의주 잃은 늙은 용으로 전락한 청나라는 러시아와 불평등 조약을 맺을 수밖에 없었다. 그리고 그 조약에 따라 둥칭東清 철도가 건설되면서 제정 러시아의 지배를 받아온 탓에 거리 곳곳에 추린궁스秋林公司, 성 소피아 교회 등 유명한 유럽풍 건축물들이 늘어서 있어 마치 유럽의 어느 도시에 온 것 같은 착각을 불러일으켰다.

진호와 아리야는 쑹화松花 강변의 글로리아 호텔에 여장을 풀자

마자 따싱 농업개발공사를 방문하여 합작 투자 회사 설립에 관해 이야기를 나누었다. 이미 대략적인 합자 문제에 대해서 합의를 본 상태였기 때문에 아리야는 다음 날 따싱 측의 연구 결과와 실험 농장 등을 자세히 살펴보았다. 실험 농장이 있는 따싱 생명공학연구소는 하얼빈 시에서 남쪽으로 약 20킬로미터 떨어진 핑팡취平房區에 있었다. 일제의 만주 침략 당시 일본군이 세균 병기를 개발했던 악명 높은 731 부대가 있던 곳으로 유명한 핑팡취의 따싱 생명공학연구소는 생각보다 시설이나 규모가 훌륭했다.

이틀간에 걸친 시찰 결과에 아리야는 무척 만족했고 어젯밤 따싱 농업개발공사 사장인 완리훙이 주최한 만찬 석상에서 양해 각서에 서명했던 것이다. 모든 일이 순조롭게 풀리자 아리야와 진호는 그제야 긴장을 풀고 밤늦은 시간까지 따싱 측이 마련한 술과 음식을 마음껏 즐길 수 있었다.

아리야는 잠결에 옆자리를 더듬었다. 옆에 있어야 할 강진호가 없자 그녀는 퍼뜩 눈을 떴다. 진호는 나이트가운을 걸친 채 창가에서서 조용히 쑹화 강을 바라보고 있었다. 이미 환하게 밝아 오는 창밖과는 달리 그의 몸 전체가 유리창 가득 검은 실루엣을 그리고 있었다.

아리야는 그의 사색을 방해하지 않으려고 소리 없이 침대에서 일어났다. 태어날 때의 모습 그대로 아리야의 잘록한 허리와 곧게 뻗은 각선미가 아직은 희미한 어둠에 싸여 있는 방 안에 조용히 모습을 드러냈다. 그녀는 가만히 진호에게 다가가 뒤에서 그의 허리를 두 팔로 감은 채 머리를 기댔다.

"오, 벌써 일어났군."

진호는 천천히 뒤로 돌아섰다. 아리야는 말없이 그의 허리를 감싸 안은 채 가슴을 파고들었다. 진호는 그녀를 껴안은 팔에 힘을 주었다.

"아……!"

행복에 겨운 신음 소리가 아리야의 입에서 새어 나왔다.

"아리야, 당신이 가장 아름답게 보일 때가 언제인 줄 알아?"

진호는 그녀의 귀에 대고 속삭였다. 진호의 품에서 얼굴을 든 아리야의 눈빛이 대답을 종용했다.

"지금처럼 잠자리에서 부스스한 모습으로 눈을 뜰 때야."

아리야의 입가에 쑥스러운 미소가 번졌다. 그녀는 진호의 허리에 두른 팔을 올려 목을 감아 쌌다. 그녀는 허리를 강하게 조여 오는 진호의 포옹에 탄식하듯 입술을 벌렸다. 그 틈을 놓치지 않고 진호의 입술이 그녀의 벌려진 입술 사이로 파고들었다. 마주친 입술 사이로 부드러운 혀끝이 격렬하게 오갔다. 아리야는 숨이 막혔다. 그러나 떨어지기는 더욱 싫었다.

그녀의 두 손이 아래로 내려가 끈을 풀고 진호의 나이트가운을 풀어 헤쳤다. 불덩이 같은 진호의 그것이 그녀의 아랫배를 자극했다. 그녀는 혀끝을 부드럽게 놀려 진호의 목덜미부터 애무하기 시작했다. 믿음직스러운 진호의 가슴을 지나 천천히 무릎 꿇은 아리야는 눈앞에 우뚝 서 있는 진호의 물건을 두 손으로 소중히 받쳐 들었다. 가만히 눈을 감은 아리야가 금방이라도 터질 듯 부풀어 오른 그것을 한입 가득 머금었다. 그녀가 부드럽게 혀를 놀려 애무를 시작하자 등줄기를 훑어 내리는 쾌감에 진호는 가볍게 탄성을 토해 냈다.

꽁꽁 얼어 버린 쑹화 강 위로 북간도의 매서운 바람이 불어왔다. 진호와 아리야는 오전 내내 호텔 방에서 늑장을 부리다가 조금 전에야 늦은 점심을 먹고 강변으로 산책 나왔다. 강 건너 타이양다오太陽島 공원은 온통 새하얀 눈 속에 잠겨 있었다.

"눈이 내리려나 봐요. 하늘이 온통 찌푸려 있는데요."

아리야는 진호의 팔짱을 낀 채 꼭 붙어서 걸었다. 1년 내내 30도가 넘는 열대 기후에 익숙해 있는 그녀에게 북간도의 매서운 바람은 견디기 어려웠다.

"응, 그럴 것 같군. 많이 춥지?"

진호는 손을 들어 아리야의 터틀넥 니트의 목 부분을 잘 여며 주었다.

"괜찮아요. 나 혼자 왔으면 꽤나 추웠을 것 같아요."

진호를 바라보는 그녀의 눈빛은 하얼빈에 오기 전보다 훨씬 더 각별한 의미를 담고 있었다. 하얼빈에 도착한 첫날밤은 서로를 더 잘 알게 해 주었고 정신적으로나 육체적으로 완벽하게 합쳐진 날이었다. 진호의 따스한 품 안에서 아리야는 비로소 여자가 된 듯한 느낌이었다. 물론 진호가 처음은 아니었지만 사랑하는 마음을 동반한 육체적 결합은 이제까지 느껴 보지 못한 황홀한 엑스터시를 느끼게 해 주었다.

"내가 같이 오길 정말 잘한 것 같아. 이런 추위인 줄 모르고 당신 혼자 보냈다면 두고두고 원망받았을 거야."

"맞아요. 그랬다면 당신과 나 사이도 이렇게 쑹화 강의 얼음처럼 꽁꽁 얼어 버렸을 거예요. 호호……."

쑹화 강의 매서운 바람도 그들의 열정을 얼어붙게 할 수는 없었다. 그들은 스탈린 공원에서 쑹화 강을 배경으로 몇 장의 사진을 찍고 중양따지에中央大街 쪽으로 올라갔다. 요이루友誼路를 지나자 화강암을 벽돌 크기로 잘라 촘촘히 깔아 놓은 중양따지에가 시작되었다. 보행자 전용 도로인 중양따지에에는 중국의 56개 소수 민족을 나타내기 위하여 좌에서 우로 56개의 화강암이 한 줄로 박혀 있었다. 마치 파리의 생 제르망 데 프레를 연상케 하는 화강암 도로를 중심으로 양옆으로는 제정 러시아 시대에 만들어진 유럽풍의 오래된 건물들이 어깨를 맞대고 늘어서 있었다. 구정 전날이라서인지 거리는 넘쳐나는 인파로 활기를 띠고 있었다. 진호와 아리야는 고급 패션숍들이 늘어선 초입을 지나 천천히 걸어가며 구경했다. 어디를 보든지 이제는 자본주의에 흠뻑 물든 시민들의 밝은 표정과 풍부하게 쌓인 물품들을 구경할 수 있었다. 아직 한국과는 수교하지 않았지만 변방 도시까지 이렇게 자본주의의 물결이 밀어닥친 것으로 보아 머지않아 중국은 한국의 중요한 무역 파트너가 될 것을 진호는 믿어 의심치 않았다.

그들은 개인 상점이며 백화점들을 천천히 둘러보았다. 살 만한 물건은 별로 눈에 띄지 않았지만 그냥 둘이 붙어 이리저리 다니는 것만으로도 족했다. 하얼빈에서 가장 번화한 중앙따지에를 둘러본 그들은 왼쪽으로 돌아 자오린지에兆麟街로 접어들었다. 저만치 앞에 넓은 광장이 보였고 그 광장 한복판에 웅장한 성 소피아 교회가 우뚝 서 있었다. 러시아 정교 교회인 그 성당은 높이가 53미터를 넘는 거대한 건축물로서 제정 러시아 병사들의 종군용 교회로 지어진 것이었다.

"우와, 모스크바의 성 바실 성당보다 큰 것 같아요."

아리야는 성 소피아 교회를 보자 탄성을 터뜨렸다.

"글쎄? 예술적인 건축미는 좀 떨어지지만 크기는 만만치 않은 것 같군."

진호는 성당 정면의 비잔틴 양식의 첨탑과 그 뒤의 둥그런 돔 양식의 지붕을 바라보았다. 붉은 벽돌의 외벽에 오랜 세월 동안 비바람을 이겨내며 쌓여온 연륜이 지붕이며 처마에 내려앉은 티 하나 없는 순백의 눈과 어울려 성소로서의 위엄을 보여 주는 듯했다.

성당을 배경으로, 거리를 지나가는 트롤리버스를 배경으로 그리고 거리 곳곳을 배경 삼아 사진 찍으며 그들은 자오린지에의 완만한 경사를 따라 내려가 북쪽 끝에 맞닿은 자오린지에 공원에 다다랐다. 이미 날이 저물어 어둑해진 거리는 곳곳에 불을 밝힌 오색 등불들로 밤 단장을 하기 시작했다.

진호는 입장권을 끊어 공원으로 들어갔다. 공원 안에는 쑹화 강에서 잘라 옮겨온 얼음을 이용해서 조각해 놓은 얼음 조각 축제가 한창이었다. 세계적으로 유명한 삿포로의 눈 조각 축제에 버금갈 정도로 유명한 하얼빈의 얼음 조각 축제를 보기 위해 중국 각지는 물론 세계 각국에서 관광객들이 몰려와 있었다. 공원 곳곳에는 투명한 얼음들이 조각가들의 섬세한 손놀림에 의해 톈안먼天安門, 런민따후이탕人民大會堂, 톈탄天壇의 지녠쩐祈年殿 등 중국 유수의 건물들뿐 아니라 파리의 에펠탑, 스핑크스, 자유의 여신상 등 세계 각국의 유명 건축물들로 다시 탄생해 그 위용을 자랑하고 있었다. 그리고 그 조각품들은 빛의 마술사들이 조화를 부려 놓은 듯 영롱한 오색 불빛을 받아 화려하게 빛나고 있었다.

"어머! 눈이 오네요."

아리야는 콧등에 살포시 내려앉은 눈꽃송이가 녹아 촉촉한 느낌이 들자 하늘을 바라보았다. 어두운 하늘 가득 탐스러운 함박눈이 내리기 시작했다.

"올해 처음 보는 눈이군."

진호는 겨울이 지난 다음에야 한국에 갈 일이 생겼었기에 지난겨울에는 눈 구경을 하지 못했던 것이다.

"내리는 눈을 맞아 보기는 참 오랜만인 것 같아요. 3년 전에 융프라우에 갔을 때 이후 처음인 것 같아요."

아리야는 떨어지는 눈꽃송이를 잡느라 이리저리 뛰어다녔다.

"지노!"

아리야는 눈을 뭉쳐 진호에게 던졌다. 진호는 살짝 몸을 움츠렸지만 눈뭉치는 그의 허리에 맞았다. 진호도 얼른 눈을 뭉쳐 던졌다. 서로 쫓고 쫓기며 눈을 뭉쳐 던져 댔다. 얼음 조각을 구경하던 다른 사람들도 함박눈이 내리자 곳곳에서 눈싸움을 벌이며 좋아했다.

진호는 눈을 한 움큼 쥐고 아리야를 쫓아갔다. 진호가 깔깔대며 피하는 아리야의 허리를 감아 안자 그들은 눈 위로 미끄러지며 넘어졌다.

"하하…… 호호……!"

눈 위에 널브러진 진호의 얼굴 위로 함박눈이 내려앉았다. 아리야는 상체를 일으켜 손바닥으로 진호의 얼굴에 녹아내린 물방울을 닦아 주었다. 그러곤 살며시 고개 숙여 촉촉한 진호의 입술에 가볍게 입맞춤했다. 매서운 북국의 삭풍은 자취를 감춘 지 오래였다. 검은 하늘을 온통 하얗게 덧칠하며 내리는 함박눈마저도 이 순간만은 그들을 위한 장식에 지나지 않았다.

격자무늬 창가에 마주 앉은 진호와 아리야는 잠시도 눈길을 떼지 않은 채 마주 보고 있었다. 손에 든 포크로 조금 전 식욕을 돋우기 위해 애피타이저appetizer로 나온 달팽이 요리인 에스카르고Escargot를 찍으면서도 그들의 눈길은 허공에서 얽혀 있었다. 훈훈한 벽난로의 열기 때문인지 약간 상기된 그들의 표정은 이 세상의 행복을 모두 독차지한 듯 얼굴 가득 미소를 머금고 있었다.

"아주 훌륭한 곳이군."

진호는 눈길을 돌려 레스토랑을 둘러보았다.

"마음에 들어요?"

아리야는 버터가 가득 묻은 달팽이를 포크로 찍어 진호의 입에 넣어 주었다. 프랑스의 부르고뉴 식으로 달팽이를 익힌 후 소금과 후추, 에샬로트, 파슬리 등을 섞어 만든 향신 버터를 듬뿍 넣어 오븐에 구운 에스카르고 특유의 오톨도톨 씹히는 감촉이 아주 그만이었다.

"마음에 들다마다. 당신이 내 생일을 위해 이렇게 멋진 곳을 찾아낼 줄 몰랐어. 역시 당신다운 선택이야."

아리야가 따싱 측에 부탁해서 알아낸 화메이華梅 레스토랑은 중양따지에 중간쯤에서 골목으로 약간 들어간 곳에 있는 하얼빈 최고의 서양식 레스토랑이었다. 그리 크지 않은 아담한 정통 프랑스 레스토랑인 화메이에 들어선 순간 진호는 마치 파리 샹젤리제의 어느 고급 레스토랑에 들어선 느낌이 들었다.

전체적으로 육중한 느낌의 다크 브라운 톤이었지만 식탁을 장식한 적과 백의 체크무늬 식탁보와 거리에 면한 격자무늬 창 그리고 유럽풍 은촛대 위에 함초롬히 불을 밝힌 양촛불로 인해 무척 로맨틱한 분위기를 연출하고 있었다. 그곳에서 아리야는 진호의 생일만찬을 단둘이 오붓하게 즐기기로 마음먹었던 것이다.

"마음에 든다니 나도 기분이 좋군요."

레스토랑 안에는 분위기에 걸맞게 사라사테의 '치고이네르 바이젠'의 부드러운 선율이 맴돌았다.

"레스토랑 주인이 꽤 운치 있는 사람인 모양이군. 음식도, 음악도 아주 훌륭하게 이곳 분위기에 어울리는군."

전채 요리에 이어 웨이터가 부드러운 소고기 안심 요리인 스칼로피네를 식탁에 내려놓았다.

"먹음직스럽군."

"많이 들어요. 우리 건배할까요?"

아리야가 샴페인 잔을 들어올렸다.

"그럽시다."

"당신 생일, 진심으로 축하해요."

부딪치는 샴페인 잔에서 맑은 소리가 울렸다.

"고맙소. 평생 못 잊을 생일이오."

진호는 반쯤 담긴 샴페인을 단숨에 들이켰다.

"샴페인은 역시 드라피어가 최고야. 당신이 오늘밤을 위해 선택한 한 가지, 한 가지가 나를 감동시키는구려."

아리야가 주문한 드라피어는 프랑스 지방에서도 최상의 지질과 기후 조건을 갖춘 샹파뉴 지방이 원산으로 '샴페인의 왕'으로 불릴 정도로 유명한 샴페인이었다. 아리야도 음료 메뉴를 보기 전까지는 이런 변방 도시에 이토록 훌륭한 샴페인이 준비돼 있을 줄은 몰랐다. 마치 그 모든 것들이 자신들을 위해 오래전부터 준비돼 있는 듯한 느낌이 들었다. 식욕을 돋우는 먹음직스러운 음식과 감미로운 음악, 혀끝에 감도는 샴페인, 따스하고 격조 있는 분위기 속에서 진호와 아리야는 사랑을 속삭이고 정을 쌓아 갔다. 격자무늬 창밖에 소복이 쌓이는 함박눈처럼…….

챠크리는 짐을 가득 실은 카트를 밀며 타이 항공 탑승 카운터로 다가갔다. ST그룹 북경 지사장인 그는 춘지에春節라 불리는 중국 최대 명절인 구정 연휴를 맞아 가족들과 함께 태국으로 돌아가는 길이었다. 그는 카운터 앞에 길게 늘어선 줄 끝에 카트를 세웠다. 카운터 앞은 열흘이 넘는 구정 연휴 기간 동안 태국 관광에 나선 중국 관광객들을 비롯해 챠크리처럼 가족과 함께 연휴를 보내려고 귀국하는 베이징 주재 태국인들로 혼잡스러웠다.

"위랏, 자꾸 뛰어다니지 말고 얌전히 있어!"

챠크리는 카트 사이를 이리저리 뛰어다니는 일곱 살 난 아들을 타일렀다.

"위랏, 넌 왜 자꾸만 말썽이니? 아빠가 부르시잖아."

위랏보다 두 살 위인 챠크리의 큰딸 수타이랏이 동생을 나무라며 손짓해 불렀다. 챠크리는 혼잡한 승객들 틈에서 혹시라도 아들을 잃지나 않을까 염려되어 위랏을 데리러 앞으로 걸어갔다.

"이리와, 위랏. 아빠하고 우리 줄에 서서 순서를 기다려야지."

챠크리는 위랏을 번쩍 들어 안았다. 위랏을 안고 일어서는 그의 눈에 퍼스트 클래스 전용인 옆 카운터에 낯익은 얼굴이 보이자 얼굴 가득 반가운 기색이 번졌다.

'어, 회장님 따님 아니야? 하얼빈 일은 잘되셨나?'

챠크리는 ST바이오닉스가 하얼빈의 따싱 농업개발과 새로운 합작 사업을 위해 그룹 회장의 딸인 아리야를 하얼빈으로 보낸다는 사실은 알고 있었지만, 그룹 본사에서도 비밀로 추진하고 있는 사업이라 베이징 지사도 아직까지는 관여하지 않고 있었다.

챠크리는 눈도장을 찍을 절호의 기회란 생각이 들자 줄 끝에 서 있는 아내에게 뛰어가 아들을 맡겼다. 아리야에게 다가가던 그는 그녀와 함께 서 있는 남자를 보자 걸음을 멈출 수밖에 없었다. 아리야와 그 남자는 일견 보기에도 보통 사이가 아닌 듯 매우 다정해 보였다. 그는 고개를 갸웃했다. 아리야는 곧 기조실 상무인 타놈과 결혼할 사이였다. 그런 사실을 그룹 내에 모르는 사람이 없었다. 그런데 다른 남자라니?

멀찌감치 떨어져 아리야와 남자를 관찰하던 챠크리는 어쩌면 이 기회가 자신의 출세에 유리하게 작용할지도 모른다는 생각이 들었다. 챠크리는 그녀가 아리야라는 확실한 물증이 필요했다. 그도 아리야를 본 지 2년이 넘었기에 잘못 볼 수도 있었다.

그는 그들의 탑승 수속이 끝나기를 기다렸다. 일등석이라 그런지 그들은 금방 탑승 수속을 마치고 출국 심사대 쪽으로 걸어갔다. 그들이 출국 심사대를 통과하는 걸 확인한 챠크리는 얼른 퍼스트 클래스 탑승 카운터로 다가갔다.

"실례합니다. 예약 손님 중에 아리야 송끄라퐁 나 아유드야란 여자 승객이 탑승했는지 확인해 볼 수 있을까요?"

챠크리는 유창한 중국어로 항공사 직원에게 물었다.

"죄송합니다만 보안관계상 확인해 드릴 수 없습니다."

"전 그 여자의 사촌오빠인데 오늘 태국으로 돌아간다고 해서 공항에서 만나기로 했었거든요. 그런데 제가 좀 늦었는데 약속 장소에 보이지 않아 그렇습니다. 기다리다 탑승했는가 싶어서요."

싹싹하게 부탁하는 챠크리의 행동이 그럴 듯했는지 여직원은 힐끗 한번 쳐다보더니 키보드를 두드렸다.

"네, 탑승하셨습니다."

"아, 그래요? 이거 내가 늦게 나오는 바람에 그만……."

챠크리는 멋쩍은 웃음을 흘리며 카운터를 벗어났다. 그는 아리야가 확실함을 확인하자 쏜살같이 전화 부스로 달려갔다.

"타놈 상무님? 저는 베이징 지사의 챠크리입니다."

"오, 챠크리 지사장. 오랜만이오. 그래 어떻게 지내시오? 거긴 춘지에라 연휴가 꽤 길 텐데?"

타놈은 자신이 ST전자 이사로 있을 때 부장이었던 챠크리를 기억해 냈다. 자기 사람이라고는 할 수 없었지만 그래도 꽤나 붙임성 있게 자신에게 잘 보이려고 노력했던 부하 직원이었다.

"네, 상무님. 그래서 지금 저도 가족과 함께 방콕으로 가려고 공항에 나왔습니다. 그런데…… 아리야 씨를 조금 전에 봤습니다."

갑자기 챠크리의 목소리가 은근해졌다.

"아리야? 오, 그러고 보니 오늘이나 내일쯤 돌아오는 날이군. 일이 잘됐다고 하던데……."

"그런데 웬 남자하고 있었습니다."

"남자? 남자라니? 혼자 갔는데……!"

타놈이 놀라는 기색을 보이자 챠크리는 자신의 짐작이 들어맞았음을 직감했다.

"남의 사생활을 말씀드리기는 뭣합니다만 저는…… 아리야 씨가 상무님의 정혼자시고 또 머지않아 결혼하실 사이라는 걸 알기에 부하 직원 된 도리로서 말씀드리지 않을 수 없어서……."

"잘했소. 아주 잘했소. 그래 정말 아리야에게 남자 일행이 있었단 말이오?"

타놈은 직감적으로 진호를 떠올렸다.

"네, 틀림없습니다. 아주 다정하게 보였습니다. 그런데 그 남자는 태국 사람 같지 않아 보이던데요?"

"한국이나 일본인 같아 보이지 않았소?"

"네, 맞습니다. 상무님 말씀처럼 한국인이나 일본인처럼 보였습니다."

'이놈이! 내 가만 놔두지 않으리라.'

타놈은 이빨을 갈았다.

"아주 수고했소. 내 챠크리 지사장의 수고는 잊지 않겠소. 방콕에 돌아오면 한번 봅시다."

타놈은 겉으로는 여유를 부리며 챠크리를 치하했다.

"헤헤, 별 말씀을……. 그럼 방콕에서 뵙겠습니다."

"알겠소. 나중에 봅시다."

수화기를 내려놓은 타놈은 속이 부글부글 끓어올랐다. 더 이상 강진호가 아리야 곁을 맴돌도록 내버려 둘 수 없었다. 따끔한 맛을 보여 줘야 했다.

'감히 내 여자를 넘봐? 하룻강아지 범 무서운 줄 모르는 놈!'

타놈은 시계를 들여다보았다. 오후 4시가 조금 넘어 있었다. 아리야와 진호는 8시 반쯤 도착할 것이었다.

어둠 속에서 빨간 불빛이 확 피어올랐다. 끼엥삭은 차창 밖으로 담배 연기를 내뿜으며 도로 입구를 노려보았다. 캄캄한 어둠을 희미하게 밝히는 가로등이 띄엄띄엄 서 있는 그곳은 유럽풍으로 아담하게 조성된 주택 단지였다.

끼엥삭은 그의 부하 세 명과 함께 강진호의 집 앞에서 그를 기다리고 있는 중이었다. 베이징발 비행기가 도착한 것을 확인한 지 벌써 두 시간이 지났다. 끼엥삭과 그의 부하들은 참을성 있게 기다렸다. 그들은 이런 일에 이골이 난 듯 보였다.

다 핀 담배꽁초를 손가락으로 튕겨 내던 끼엥삭은 도로 입구를 환하게 비추며 들어오는 택시를 보자 재빨리 몸을 숨겼다. 끼엥삭은 자신의 차를 지나치는 택시 안에 강진호가 타고 있는 걸 확인하자 부하들에게 손짓했다. 그의 부하들은 익숙한 몸짓으로 소리 없이 택시로 다가갔다.

강진호는 택시에서 내려 대문에 열쇠를 꽂았다. 택시가 출발하자 소리 없이 다가서던 끼엥삭의 부하들의 몸놀림이 민첩해졌다. 진호는 대문을 열다 말고 자신을 향해 다가서는 세 명의 검은 그림자를 발견하자 흠칫 놀랐다.

"누구요?"

직감적으로 위험을 느낀 진호는 큰 소리로 외쳤다. 그러나 괴한들은 입을 다문 채 진호를 공격하기 시작했다.

"퍽!"

"헉!"

괴한 한 명이 앞차기로 진호의 복부를 강타하자 연이어 나머지 괴한들의 주먹과 발길질이 시작됐다. 진호는 괴한들의 갑작스러운 공격에 손 한번 제대로 못 쓰고 당할 수밖에 없었다. 괴한들은 솜씨가 프로급이었다. 진호는 얼마 견디지 못하고 피투성이가 된 채 땅바닥에 쓰러졌다. 진호가 꼼짝 않자 끼엥삭이 천천히 다가왔다.

"그만!"

그의 한마디에 괴한들은 움직임을 멈췄다.

"건방진 놈, 주제도 모르고……. 그만 가자!"

진호는 무의식중에 들려오는 남자의 목소리가 어딘지 귀에 익었다. 희미한 망막 속에 어둠 속으로 사라지는 괴한들의 모습을 보며 진호는 의아한 생각이 들었다.

'혹시, 그가……? 왜 그가…… 나를?'

목소리의 주인공이 누구인지 짐작이 갔지만 진호는 이내 정신을 잃고 말았다.

우리는 오로지
사랑을 함으로써
사랑을 배울 수 있다.
- 아이리스 머독 -

슬픈 사랑

병실 안은 미등만 켜 놓은 채 침묵에 잠겨 있었다. 친타나는 벌써 두 시간째 침대 옆에 앉아 잠들어 있는 진호를 바라보고 있었다. 그녀는 오랜만에 진호에게 전화를 걸었었다. 그러나 수정으로부터 진호가 병원에 입원해 있다는 소리를 듣고 깜짝 놀라 달려온 것이었다.

강진호의 얼굴은 많이 부어 있었다. 의식을 잃었는지 그는 마치 죽은 사람처럼 꼼짝하지 않았다. 친타나는 잠들어 있는 진호가 깨어날까 싶어 일체의 움직임도 조심했다.

얼마나 아팠을까? 누구에게 이토록 당했는지……. 친타나는 엉망이 된 진호의 얼굴을 보며 연민의 정을 금치 못했다.

"똑똑……."

친타나가 상념에 빠져 있을 때 노크 소리가 들리더니 아리야가 들어왔다.

"오, 친타나가 와 있었구나."

아리야는 어제부터 퇴근한 후 열일 제쳐 놓고 진호에게 달려왔다.

"안녕하셨어요?"

친타나는 의자에서 일어나 인사했다.

"응, 참 오랜만이구나. 지노 씨는 아직 기척이 없니?"

아리야는 침대로 다가가 진호의 뺨을 쓰다듬었다.

"네, 제가 온 지 두 시간쯤 지났는데 아직 의식이 없으세요. 저…… 오빠가 왜 이렇게 됐지요?"

친타나가 조심스럽게 물었다.

"모르겠어. 중국에서 돌아온 날 집 앞에서 세 명의 괴한한테 테러를 당했다는데 누군지 모르겠어. 아주 나쁜 놈들이야! 사람을 이 지경으로 만들어 놓다니……."

"테러요? 혹시 우리 정주협의회 때문이 아닐까요?"

친타나는 테러란 소리에 깜짝 놀랐다. 그녀는 진호가 남들에게 원한이 있다는 걸 믿을 수 없었다.

"거기 손 뗀 지가 언젠데? 그 문제는 아닐 거야. 진호 씨가 시위에 가담했던 것도 아니고……."

강진호는 끼엥삭의 부하들에게 테러 당한 후 귀가하던 옆집 남자가 피투성이가 된 채 쓰러져 있던 그를 발견하고 병원으로 싣고 왔던 것이다. 다행히 골절되거나 장 파열 같은 큰 부상은 없었기에 하룻밤 지난 후엔 의식을 되찾을 수 있었다. 진호는 아리야에게 사태를 설명했지만 나중에 희미하게 들었던 목소리의 주인공을 밝히지는 않았다. 끼엥삭이란 심증은 있었지만 그의 얼굴을 보지 못했기에 함부로 단정 지을 수 없었던 것이다. 행여 잘못 말했다가 아리야가 설치는 날이면 형사인 그에게 되레 자신이 곤란해질 수 있기에 함부로 말할 수 없었던 것이다.

"그럼, 누굴까요? 강도는 아니에요?"

"글쎄? 여행 가방도, 지갑도 모두 다 있다는데……. 도무지 모르겠어. 강도들이 덤벼들었다가 동네 사람들이 나타나자 그냥 도망가 버렸는지도……."

아리야가 진호의 손을 잡자 문이 열리며 간호사가 들어와 불을 켰다. 갑자기 방 안이 환해지자 진호가 깨어나려는지 꿈틀거렸다. 간호사는 익숙한 솜씨로 링거 병을 교환하고 체온을 쟀다. 호스를 막은 조그만 바퀴를 조절하자 다시 노란 링거액이 한 방울씩 떨어져 내려 진호의 손등을 통해 몸속으로 들어갔다.

"으음……."

진호는 몸을 뒤척이더니 부스스 눈을 떴다. 밝은 형광등 불빛에 눈이 부신지 그는 두어 번 눈꺼풀을 껌벅거렸다.

"오, 친타나가 왔구나. 아리야 당신도……."

그의 목소리는 목구멍에서 웅웅거렸다.

"지노, 좀 어때요? 나은 것 같아요?"

아리야가 밝게 미소 지으며 물었다.

"많이 좋아진 것 같소. 온 지 오래되었소?"

"아니에요. 조금 전에 퇴근하고 바로 오는 길이에요."

"나 때문에 고생이 많구려. 회사 일도 바쁠 텐데……."

“그런 말 말아요. 나한테는 당신이 가장 중요하다고요.”

진호를 바라보는 그녀의 눈빛엔 사랑이 듬뿍 담겨 있었다.

“고맙소, 아리야. 친타나 너도 꽤 오랜만이구나. 별일 없었니?”

진호는 눈을 돌려 친타나를 보았다.

“네, 오빠. 전 잘 있어요. 정주협의회 분들도 잘 계시구요.”

꽁떠이 시위 때 삭센이 많이 다쳤지만 친타나는 진호가 염려할까 봐 말하지 않았다.

“오, 그래. 내가 다친 얘기는 하지 마라. 그쪽 일도 신경 쓰기 바쁜데 나한테까지 신경 쓰게 하면 안 되지.”

“네, 알았어요, 오빠. 그런데 아리야 언니, 오빠가 언제쯤 퇴원하시게 되죠?”

“글쎄? 한 4, 5일 후면 될 거야. 타박상 외엔 크게 다친 데가 없다고 하니까.”

아리야는 진호의 머리카락을 쓰다듬었다.

“그래요? 아리야 언니는 바쁘시니까 오늘부터 제가 오빠를 간호할게요.”

친타나는 진호 옆에 있고 싶었다. 이 기회가 아니면 그토록 마음속으로 그리워하던 진호와 함께 긴 시간을 보낼 기회는 두 번 다시 올 것 같지 않았다. 비록 자신의 속내를 감춘 채 곁에서 지켜만 본다 해도 좋았다.

“아니야. 너도 학교 다니랴, 철거민들 도우랴 바쁠 텐데 괜찮아. 여긴 간호사들이 지켜 주니까. 지금처럼 시간 날 때 가끔씩

와 봐도 돼."

아리야는 친타나의 호의가 고마웠지만 왠지 진호 곁에 그녀가 머문다는 사실이 꺼림칙했다.

"아니에요. 지금 방학이에요. 그리고 간호사들이 있다 해도 가족이 같이 있는 것만은 못해요. 제가 정성 들여 간호해 드리면 오빠도 일찍 병상에서 일어나실 수 있을 거예요. 그리고 언니도 제가 여기 있으면 회사에 계실 때나 다른 데 계실 때도 안심하고 일 보실 수 있잖아요?"

친타나는 자신의 주장을 굽히지 않았다.

"그래……. 아리야, 당신도 바쁠 텐데 친타나 말대로 해요. 나야 몸이 좀 불편한 것뿐이니까 말이오. 친타나가 방학이라니까 잘됐소. 여기 있는 동안 나도 회사 일에 등한할 수 없으니까 친타나가 여러모로 도움이 될 거요."

진호는 회사 일로 인한 심부름이나 문서 작성 등에 친타나가 도움이 되리라 생각했다.

"그, 그럴까요? 그래, 그럼. 친타나가 수고 좀 해줘. 간호사들도 있으니까 볼 일 있으면 보면서 시간 나는 대로 지노 씨 좀 돌봐 줘. 나도 시간 나는 대로 들를 테니까."

아리야는 별로 내키지 않았지만 진호가 원하자 어쩔 수 없었다.

"염려 마세요."

자신의 뜻대로 되자 친타나는 무척 기뻤다. 진호가 일찍 병상에서 일어나길 기원해야겠지만 마음 한구석에서는 오랫동안 같이 있었으면 하는 바람이 새록새록 솟아올랐다.

친타나는 나흘 동안 정성껏 진호를 간호했다. 그런 그녀의 정성 덕분인지 진호의 상처가 빨리 아물어 갔다. 매일 저녁 아리야와 수경이 병실로 찾아왔고 그때마다 병실 안은 화기애애하게 웃음꽃이 피곤 했다.

내일 퇴원해도 좋다는 의사의 말에 친타나는 병실 안의 물건들을 챙기기 시작했다. 진호 개인 물건은 별로 없고 거의가 문병 온 사람들이 사온 과일이며 주스 등 음료수였다. 대충 정리가 끝나자 친타나는 오렌지 주스를 한 잔 따라 영자 신문을 보고 있는 진호에게 건넸다.

"오빠, 주스 좀 드세요."

"응, 그래. 이제 대충 정리가 끝난 모양이구나."

"네."

"수고했다. 배고프지?"

시곗바늘은 6시 10분 전을 가리키고 있었다. 잠시 후면 수정과 아리야가 올 시간이었다.

"아니요."

"조금 있으면 아리야도 오고 곧 수정이도 올 테니까 같이 먹도록 하자."

"네."

진호는 다시 신문으로 눈길을 돌렸다. 친타나도 의자에 앉아 자신이 가져온 책을 펼쳐 들었다. 하지만 내일이면 진호와 헤어져야 한다는 생각이 들자 글자가 눈에 들어오지 않았다. 그녀는 손에 펼쳐든 책 너머로 진호의 옆모습을 바라보았다. 완전치는 않았지만 얼굴의 부기는 많이 가라앉아 있었다. 그를 바라보는 친타나의 눈빛은 안타까움으로 가득 차 있었다.

지난 나흘간 친타나는 진호와 떨어져 있던 시간이 거의 없었다. 하루에 한 번 옷을 갈아입으러 이모 댁에 다녀올 때와 구내식당에서 식사할 때를 제외하곤 진호 곁에 꼭 붙어 있었다. 그러한 친타나의 정성을 진호는 처음엔 당연히 받아들였다. 하지만 하루, 이틀이 지나자 그는 왠지 거북함을 느끼기 시작했다. 그도 인간이기에 친타나가 자신을 바라보는 눈길이며 정성을 다하는 행동들이 예사롭지 않다는 걸 느낄 수 있었다. 친타나는 분명 자신에게 동생으로서가 아니라 연인으로서의 감정을 갖고 있다는 걸 느낄 수 있었다.

"삐리리릭!"

상념에 빠져 있던 친타나는 전화벨이 울리자 퍼뜩 놀라 수화기를 들었다.

"여보세요."

"네, 617호지요? 여긴 원무관데 보호자 되시는 분은 잠깐만 내려오시죠?"

"네, 무슨 일로?"

"내일 퇴원하시는 문제 때문에 그런데요."

"알겠습니다. 금방 가겠습니다."

친타나는 조용히 수화기를 내려놓았다.

"오빠, 원무과에 잠깐 다녀올게요. 내일 퇴원하시는 문제 때문이래요."

"그래? 알았어. 다녀오거라."

"네."

친타나는 책을 내려놓고 병실을 나섰다. 복도로 나선 친타나는 크게 기지개를 켰다. 지금 이 순간만큼은 진호의 보호자란 사실이 잠시나마 그녀를 기쁘게 했다. 그래서인지 몰라도 원무과로 향하는 그녀의 발걸음이 가벼워 보였다.

친타나는 원무과에서 병원 이용비 청구서와 엑스레이, CT 촬영 필름 등이 들어 있는 서류 봉투를 받아들고 엘리베이터를 내렸다. 방문객의 발길이 끊긴 저녁 무렵이어서인지 병동은 조용했다. 항상 그래왔던 것처럼 그녀는 소리 나지 않게 조용히 복도를 걸어 병실 앞에 다가섰다. 병실 문을 열려던 친타나는 자신을 거론하는 아리야의 말소리가 들려오자 그 자리에 우뚝 멈춰 섰다.

"친타나가 당신을 바라보는 눈빛이 뭘 뜻하는지 모르세요? 그 아인 당신 동생이 아니라 연인이 되고 싶은 거라고요."

아리야는 친타나가 원무과에 갔다는 진호의 말에 평소의 그녀답지 않게 발끈했다. 자신이 해야 할 일을 친타나가 대신하고 있다는 사실이 기분 나빴고 자신이 올 때까지 기다리지 않은 친타나에 대한 감정이 터져 나왔던 것이다. 거기에는 며칠 동안 눈여겨봐 왔던 친타나의 행동이 미심쩍었던 부분까지 더해졌음은 물론이었다.

“아리야, 무슨 말을 하는지 모르겠구려. 당신이 너무 예민해진 것 같군. 그 아인 절대 그런 생각을 갖고 있지 않소.”

대답하는 진호의 목소리에는 힘이 없었다.

“여자만의 직감이에요. 그걸 무시할 순 없어요. 물론 친타나가 당신에게 연모의 마음을 품게 된 데에는 당신의 모호한 태도도 한몫했을 거예요.”

“아, 아리야! 제발 진정해요. 설사 당신이 그렇게 생각한다 해도 절대 그럴 일은 없어. 내가 사랑하는 건 당신이야. 내 눈을 봐요. 날 못 믿겠어?”

아리야는 지그시 진호의 두 눈을 응시했다. 결코 거짓말하는 눈빛은 아니었다.

“난 당신을 의심하는 건 아니에요. 다만 당신이 친타나를 대하는 태도를 그 아이가 오해할 수도 있다는 거죠. 잘못하면 친타나의 가슴에 상처를 남길 수도 있으니까 말이에요.”

“그 아이나 나나 절대 그럴 일 없소. 당신이 너무 예민한 거요.”

진호는 친타나에 대해 자신이 느낀 것과 똑같은 느낌을 감지한 아리야를 안심시킬 필요가 있었다.

“알았어요. 하지만 앞으로 친타나가 오해를 불러일으킬 수 있는 행동이나 말은 조심하세요.”

“알았소.”

아리야는 진호의 대답에 마음이 놓였지만 한 번 더 다짐받았다.

밖에서 우연히 진호와 아리야의 대화를 듣게 된 친타나는 가슴이 아려 왔다. 남 몰래 혼자 키워 온 사랑이었건만 그마저도 쉽지 않은 현실이 너무나 야속했다. 아리야가 자신의 어떠한 언행에서 이상한 점을 눈치챘는지는 모르지만 앞으로 그녀와 진호가 자신을 대하는 태도에 거리감이 생기리라 여겨졌다. 그러한 거부감은 자신도 마찬가지였다. 당장 병실에 들어간다 해도 평소와 다름없이 그들을 대하기는 어려울 것 같았다.

가볍게 한숨을 내쉰 친타나는 고양이 걸음으로 다시 엘리베이터 쪽으로 걸어갔다. 그러고는 일부러 소리를 내며 병실로 걸어갔다. 가볍게 흥얼거리는 콧노래와는 달리 두 눈에선 금방이라도 구슬 같은 눈물이 뚝뚝 떨어질 것만 같았다. 병실로 다가서는 그녀는 두 주먹을 꼭 쥔 채 태연하려 애썼다. 마치 이제야 엘리베이터에서 내린 것처럼, 그리고 진호와 아리야의 대화는 전혀 들은 적도 없는 것처럼…….

태국 최대의 명절인 송끄란 연휴임에도 축제 분위기에 들뜬 모습은 어디서도 찾아볼 수 없었다. 전 국민의 95퍼센트가 불교 신자이고 불기를 쓰는 태국의 특성상 태국에서는 부처가 태어난 4월 13일을 새해 첫날로 정해 오고 있었다. 그리고 그 새해 첫날부터 3일간을 '송끄란'이란 이름의 국경일로 정했고 송끄란을 전후해서 고향을 찾는 민족적 대이동이 이루어지곤 했다. 그러나 올해 태국 전역에서는 새해를 맞는 시민들의 희망차고 밝은 모습 대신 살얼음판을 걷는 것 같은 일촉즉발의 팽팽한 대치 상황이 잠롱의 반정부 세력과 수친다 정권 사이에 계속되고 있었다.

"수친다 군사 정권은 물러가라!"

"군부 독재 타도하자!"

옛 왕궁 앞의 사남루앙 공원에는 수많은 인파들이 며칠 전부터 모여들어 반정부 시위를 하고 있었다. 그 시위대 전면에 서서 반정부 구호를 외치며 선동하는 리더 중에는 친타나의 격정에 찬 모습도 섞여 있었다. 그녀는 철거민 시위 때보다 훨씬 더 격렬한 몸짓으로 허공을 향해 주먹을 휘둘렀고 목청이 찢어져라 구호를 외쳐댔다.

아직까지 군사 정권이 자신에게 그 어떤 직접적인 피해를 끼치지 않았음에도 불구하고 군사 정권 타도를 부르짖는 그녀의 모습은 마치 부모를 죽인 철천지원수를 향한 증오에 불타는 듯했다.

그녀는 진호가 병원에서 퇴원한 후 곧바로 선배인 수탓을 찾아갔고 잠롱 진영에 합류하게 되었다. 그녀는 그동안 수차례에 걸쳐 근본적인 사회 개혁을 지향해 왔고 그러기 위해선 정부가 민주 정부로 바뀌어야 한다는 수탓의 설득에 민주 진영에 합류하기로 마음먹었지만 그 원인은 진호에게 향한 마음을 다른 곳에 돌리려는 이유도 있었다.

진호와 아리야의 대화에 충격을 받은 그녀는 뭔가 자신의 모든 것을 담아 표출할 대상이 필요했다. 그리고 그녀가 택한 반정부 투쟁은 잠시나마 마음의 상처를 잊게 해 주었다.

사남루앙 공원의 시위 열기는 점점 고조되었고 민주화 투쟁에 가담한 유명 가수와 밴드들의 연주와 노래가 이어졌지만 주위를 포위한 경찰들의 표정은 싸늘했다. 친타나는 잠롱의 민주 진영에서 투쟁에 참가한 대학생들의 시위를 주도하고 있었다. 그런 까닭에 친타나의 일거수일투족은 사방에 몰래 끼어든 경찰 프락치들에 의해 낱낱이 촬영되고 있었다. 비단 그녀뿐만 아니라 시위 주동자 모두의 모습이 카메라와 캠코더에 의해 촬영되고 있었다. 그렇게 시위 주모자들에 대한 체포 작업이 조용히 진행되고 있었다.

친타나는 사방을 둘러보며 불안한 마음으로 수탓을 기다렸다. 경찰의 검거가 시작된 지 나흘 만에 그녀는 겨우 수탓과 접선할 수 있었다. 약속 시간이 10분이나 지났지만 수탓은 만나기로 한 맥도널드McDonald에 아직 모습을 드러내지 않고 있었다.

송끄란 연휴가 끝난 지 일주일도 안 돼 잠롱 진영의 시위 주동자들에 대한 대대적인 단속이 벌어졌다. 그러나 경찰 내부의 제보로 잠롱을 비롯한 수뇌부는 미리 몸을 피했고 시위 형태는 시내 전역에서 산발적으로 이뤄지고 있었다. 민주 진영 수뇌부가 숨을 고를 시간이 필요했지만 시위의 불꽃이 꺼져서는 안 되기 때문에 대학에서 학생들을 중심으로 시위가 계속되었고 이에 동조하는 시민들이 점차 늘어가기 시작했다.

친타나 역시 검거 대상이었고 이미 그녀의 이모 집은 경찰의 감시 하에 놓여 있었다. 오갈 데 없는 신세가 된 친타나는 친구 집에서 하루 이틀을 지냈지만 그 역시 경찰의 추적으로 여의치가 않았다. 이미 그녀에게 방콕은 안전한 곳이 아니었다. 진호에게 연락하고 싶은 생각도 들었지만 일전에 철거민 정주협의회와 관련되어 곤욕을 치른 일이 있었기에 더 큰 부담을 주고 싶지 않았다. 그래서 다급해진 나머지 비밀 연락망을 통해 수탓과 만나기로 했던 것이다.

"오래 기다렸지? 회의가 좀 늦게 끝나서……."

약속 시간에서 20분이 지나서야 운동모에 검은 선글라스로 변장한 수탓이 나타났다.

"괜찮아요. 다른 분들은 무사하세요?"

"응, 거의 다 무사해. 지금 그룹별로 핵심 인사들이 모여서 후속 조치를 논의하고 있는 중이야. 조만간 지도부가 수면 위로 떠올라 전국적인 민주화 시위를 주도할 거야. 그나저나 넌 어떻게 지내니?"

"여기저기 친구 집에서 지냈는데 그것도 힘들어요. 저하고 친한 친구 집에 경찰들이 찾아오고 감시하는 모양이에요."

"그래, 그렇구나. 그럼 잠시 동안 고향에 가 있는 게 어떻겠니?"

수탓은 어린 친타나가 걱정되었다.

"고향에요?"

친타나는 고향인 치앙마이를 떠올렸다. 먼 친척들이 있긴 했다. 하지만 자신이 수배 중인 사실을 알면 선뜻 도와줄 수 있을지 의문이었다.

"응, 네 고향이 치앙마이잖아. 거기 친척집에서 당분간 지내 봐. 여기서 다시 동지들이 집결되는 대로 연락해 줄게."

친타나의 고향인 치앙마이는 태국에서 방콕 다음으로 큰 도시였다. 태국의 첫 왕조인 수코타이 왕조 이전의 란나 타이 왕국의 수도였고 지금도 태국 북부 지방의 중심 도시로서 많은 유적지를 자랑하고 있었다. 그 도시에서 친타나는 도이팡의 라후족 마을에서 일곱 살 때 부모를 따라 이주해 온 후 6년을 넘게 살았었다.

"하지만……."

"왜, 지낼 만한 곳이 없니?"

친타나는 잠시 생각하다 이모 친구인 크리차몬을 떠올렸다. 중학교 교사인 그녀라면 얼마든지 궁지에 몰려 있는 자신을 도와줄 것이란 생각이 들었다.

"있어요. 이모 친구 분인데 철거민 정주운동 하던 저를 적극 지지해 주셨어요."

"그래, 잘됐구나. 잠시만 참으면 될 거야. 그리고 이건 여비에 보태거라."

수탓은 지갑에서 되는 대로 돈을 꺼내 친타나에게 주었다.

"여비 정도는 있어요. 괜찮아요."

친타나는 자신도 도피 생활 중인 수탓이 지갑을 털어주자 황급히 손을 내저었다.

"넣어둬. 난 여기저기서 도와주는 사람이 많으니까 괜찮아."

"……."

"그래, 그럼 몸조심하고 잘 지내. 동지들이 다시 뭉치고 지도부에서 명령이 떨어지면 이모를 통해 바로 연락해 줄게."

"네. 수탓 선배도 몸조심 하세요."

"그래, 그럼 간다."

친타나는 주위를 살피며 인파 속으로 멀어져 가는 수탓을 멍한 눈길로 바라보았다. 그의 뒷모습이 초라해 보이지는 않는 것으로 미루어 민주 세력의 앞날이 그리 어둡지만은 않다는 생각이 들었다.

그녀는 탁자 위에 놓인 지폐를 바라보았다. 꽤 많은 액수였다. 친타나는 돈을 집어 가방에 넣었다. 이제 치앙마이로 떠나기만 하면 되었다. 언제 돌아올지 모르는 기약 없는 도피행을 결심하자 가장 먼저 강진호가 떠올랐다. 전화라도 한 통 해 보고 싶었지만 그녀는 이내 고개를 가로 저으며 자리에서 일어났다. 이왕 그의 당부를 거스른 마당에 정말 민주 투사로서 확실한 자리매김을 한 연후에야 떳떳이 그를 만날 수 있을 것 같았다.

수경은 광주의 이모 댁으로 피신해 있었다. 광주로 내려온 지 이틀이 지난 수경은 부친의 엄명에 의해 방구석에 틀어박혀 꼼짝 않고 있었다. 답답하고 궁금한 심정을 풀 수 있는 유일한 통로는 외사촌 오빠인 김진영밖에 없었다.

전남대 행정학과 4학년인 그는 또래의 대학생들이 그러하듯 안개 속에 갇혀 한 치 앞을 내다볼 수 없는 정국을 한탄하며 시시각각 변해 가는 서울의 상황을 수경에게 전해 주고 있었다.

전국은 평온했다. 서울은 계엄령이 내려져 있는 상태였지만 광주를 비롯한 다른 지방은 지난 며칠간 커다란 시위 없이 평온을 유지하고 있었다. 그러나 신군부는 치밀하게 짜인 정권 찬탈 시나리오에 의해 소리 없이 그리고 신속하게 그들의 야욕을 채워 가고 있었다.

운명의 바로 그날, 5월 17일 밤. 수경은 진영과 마주 앉아 신군부와 껍데기뿐인 최기한 정부를 성토하며 울분을 터뜨리고 있었다. 그들이, 아니 전국의 대학생들이 할 수 있는 것이라곤 두 주먹을 움켜쥐고 시위에 참여하거나 이렇게 삼삼오오 모여 앉아 난국을 걱정하는 것밖에 달리 할 것이 없었다.

수경이 진영과 두 평짜리 골방에서 울분을 터뜨리고 있을 그 시각, 특전사령관 정하용의 비밀 지령을 받은 예하 7공수여단 33대대 병력은 은밀히 전남대에 도착했다. 신군부의 쿠데타가 시작된 것이었다. 밤하늘은 별빛조차 보이지 않는 칠흑 같은 어둠 속에 잠겨 있었다. 국무회의에서 그날 밤 자정을 기해 전국에 계엄령을 확대한다는 결의를 했지만 신군부는 이미 그들의 시나리오에 의해 전국 비상계엄 확대가 의결되기도 전에 전국 주요 지점에 군부대를 투입하고 있었다.

전남대에 도착한 공수부대원들은 곧바로 도서관, 총학생회실 등에 쳐들어가 철야 농성 중이던 학생들을 무조건 구타하기 시작했다. 한마디 말도 없이 시뻘겋게 핏발 선 두 눈을 부릅뜨고 무자비하게 곤봉을 휘두르며 발길질을 해 대는 공수부대원들의 모습은 마치 지옥 야차를 연상케 했다.

"악, 아악……!"

"꽈당탕!"

"아악, 살려줘요!"

시뻘건 선혈이 머리며 입에서, 온몸 곳곳에서 튀어 올라 순식간에 농성장은 피바다를 이루었다.

"이 빨갱이 새끼들, 아주 죽여 버려!"

대위 계급장을 붙인 장교 한 명이 소리치자 공수부대원들은 바닥에 쓰러져 의식 불명 상태인 학생들을 곤봉과 군화발로 사정없이 짓이겼다. 나라와 국민을 보호하고 지켜야 할 군인들이 적에게도 하지 못할 무자비한 행동을 서슴없이 해 댔다.

비명과 선혈이 난무하는 가운데 소수를 제외한 나머지 공수부대원들은 또 다른 사냥감을 찾아 전남대 구석구석을 찾아 헤맸다. 그러한 무자비한 만행은 전남대에 국한된 것이 아니었다. 같은 시각 조선대, 광주 교대를 비롯한 광주 지역의 모든 대학들이 같은 참상을 겪고 있었다. 그렇게 운명의 5월 18일이 비명 속에 다가오고 있었다.

계엄령 전국 확대 소식을 접한 대학생들은 아침 일찍 집을 나서 각자의 학교로 발걸음을 재촉했다. 진영과 수경은 놀란 가슴을 억누르며 전남대에 도착했다.

"오빠, 저기 군인들이 정문을 가로막고 있는데? 학생들을 못 들어가게 하나 봐."

수경은 교문을 가리키며 놀란 표정을 지었다.

"드디어 군바리들이 마각을 드러내기 시작했구나. 개새끼들! 공부하는 학교를 왜 점령해?"

진영은 입술을 깨물며 다리 앞으로 다가갔다. 10시가 거의 다 된 시각이었다. 일요일이라 도서관을 찾은 학생들도 있었지만 대부분이 '일요일 오전 10시에 학교로 집결하자'는 학생회 측의 당부를 좇아 등교한 학생들이었다. 그러나 그들은 교문 앞을 장승처럼 떠억 가로막고 있는 여덟 명의 공수부대원에 의해 출입이 제지당하고 있었다.

"진영아!"

진영과 수경이 다리로 다가가자 반가운 목소리가 그들을 반겼다. 같은 과 친구인 배정덕이었다.

"정덕이구나. 도서관 가려고 왔지?"

진영은 비웃는 듯한 표정으로 대꾸했다. 배정덕은 다른 학생들과 달리 시국 걱정이나 시위와는 거리가 먼, 오로지 공부만 하는, 어떤 면에서는 친구들로부터 따돌림을 받고 있는 학생이었다. 그랬기에 진영은 빈정거리는 말투로 대꾸했던 것이다.

"응. 그나저나 왜 군바리들이 공부도 못하게 저렇게 막고 섰는지 모르겠다."

역시 배정덕은 모든 이유에 우선해서 자신이 도서관에 가지 못하게 된 점에 대해 애석해했다.

"임마! 가서 직접 물어봐, 새끼는? 너 우리나라 대학생 맞니? 지금이 어느 땐데 공부가 되냐?"

진영은 다리 난간에 엉덩이를 걸치며 담배를 피워 물었다.

"헤헤, 어쨌든 내 인생을 위해서는 지금 공부를 열심히 해야지. 그런데 누구……니?"

정덕은 수경을 눈짓으로 가리키며 물었다.

"사촌 동생이야. 서울서 왔어."

그의 대답은 퉁명스럽기만 했다. 그것뿐이었다. 진영은 더 이상 정덕과 이야기하고 싶지 않았다. 그들은 학교에 들어가지도 못했지만 그렇다고 돌아갈 마음도 없었다. 계엄 확대 소식을 들은 교우들이 삼삼오오 다리 앞으로 모여들었고 어느 새 100여 명으로 불어난 학생들 사이에 긴장감이 감돌고 있었기 때문이었다.

몇몇 학생들이 군인에게 다가가 교내 출입을 요구하며 실랑이를 벌이자 수백 개의 눈동자가 그들의 행동을 예의 주시하기 시작했다. 군인들이 출입을 거부하자 학생들이 웅성거리기 시작했다. 그러자 장교 한 명이 앞으로 나서며 경고 방송을 했다.

"학생들은 지금 즉시 돌아가기 바랍니다. 학교는 오늘부터 출입할 수 없습니다."

그러자 학생들이 구호를 외치며 학교 출입을 요구했다.

"우, 군인들은 물러가라! 학교 출입을 허용하라!"

학생들이 시위 양상을 보이자 분위기가 금방 험악해졌다. 학생들이 노래를 부르는 도중 서너 명이 군인들을 향해 돌멩이를 던졌다. 투석전이 시작되자 두 번째 경고 방송이 흘러나왔다.

"지금 즉시 해산하라. 그렇지 않으면 강제 해산시키겠다!"

경고 방송과 동시에 20여 명 가량의 군인들이 가세해서 지그재그로 도열했다. 그들은 무표정한 얼굴로 묵직한 곤봉을 꽉 움켜쥐고 있었다. 돌멩이가 날아와서 자신들을 가격해도 그들은 피를 흘리며 그대로 버티고 서 있었다. 두 번째 경고 방송이 나간 지 1분도 안 됐을 때 갑자기 장교의 명령이 떨어졌다.

"돌격 앞으로!"

명령을 받은 군인들은 주저 없이 100여 명이 넘는 학생들을 향해 쏜살같이 달려갔다.

"악, 으악!"

공수부대원들은 순식간에 학생들 사이를 비집고 들어가 곤봉을 휘두르고 군화발로 짓이기기 시작했다. 교문 앞은 순식간에 아수라장으로 변했다. 학생들은 지금까지 겪어 온 경찰의 시위 진압 방식과는 전혀 다른 무자비한 구타에 겁을 먹고 사방으로 흩어졌다.

"오빠, 얼른 피해!"

수경은 진영의 팔을 붙들고 소리쳤다.

"너부터 피해!"

진영은 얼른 도망가야겠다는 생각을 했지만 지금 눈앞에서 피를 흘리며 쓰러져 있는 배정덕을 목격하자 차마 그를 두고 갈 수 없다는 생각이 들었다.

"너부터 빨리 도망가!"

진영은 수경을 떠밀고 다리 앞으로 다시 달려갔다. 다행히 공수부대원들은 흩어진 학생들을 잡으러 사방으로 흩어지고 있었다. 쏜살같이 달려간 그는 정덕을 들쳐 업고 냅다 달렸다. 그러나 다리에서 불과 10여 미터도 못 가 등짝을 사정없이 후려치는 공수부대원의 곤봉 세례에 앞으로 고꾸라지고 말았다. 수경은 저만치 골목 안에서 그 광경을 보자 온몸에서 힘이 쭉 빠졌다. 무자비한 그들 손에서 온전치는 못하리라는 예감이 들었다.

쓰러진 진영의 머리 위로 재차 곤봉이 날아들었다. 진영은 무의식중에 왼팔을 들어 막았으나 역부족이었다. 뼈가 부러졌는지 극심한 통증과 함께 팔이 축 늘어졌다.

"이 빨갱이 새끼가 막아?"

공수부대원은 재차 곤봉을 들어 진영의 머리를 겨냥했다. 한 방이면 두개골이 박살날지도 몰랐다. 진영은 순간적으로 죽음에 대한 공포를 느꼈다.

'이제 마지막이구나.'

그러나 곤봉을 높이 쳐든 공수부대원의 뺨에서 피가 튀더니 몸을 휘청거렸다. 수경이 던진 돌멩이에 안면을 강타당한 것이었다. 공수부대원이 비틀거리자 언제 몰려들었는지 서너 명의 학생들이 달려들어 공수부대원을 구타하기 시작했다. 그 틈을 이용해 진영과 정덕은 일부 학생의 도움을 받아 그 자리를 벗어날 수 있었다.

"어머! 오빠, 팔 많이 다쳤어?"

진영이 부러진 팔의 통증을 느끼며 신음하자 부축하던 수경이 물었다.

"팔…… 팔이 부러진 것 같아. 우욱!"

진영은 고통을 참기 힘든 듯 얼굴을 찡그렸다.

"이 새끼가 더 많이 다쳤어. 얼른 병원으로 가자."

진영은 다른 학생의 목에 팔을 두른 채 축 늘어져 있는 배정덕을 힐끗 보며 말했다. 미운 놈이지만 어쨌든 같은 과 교우였기에 못 본 체할 수 없었던 것이다. 그들은 정신없이 골목길을 이리저리 빠져나가 택시를 잡았다. 자신은 다행히 지옥을 빠져나와 병원으로 갈 수 있었지만 교문 앞에 피 흘리며 쓰러져 있는 교우들을 생각하자 진영의 마음은 괴롭기만 했다.

"어떻게 군인들이 그런 만행을 저지를 수가 있어? 우리가 적군이냐고. 지 부모 죽인 원수한테도 그러지는 못할 텐데……"

진영은 택시 안에서 울부짖었다. 참을 수 없는 울분이 터져 나왔다.

"똑똑……!"

"들어와요."

강진호는 노크 소리가 나자 들고있던 서류를 책상 위에 내려놓았다. 한국에 수출할 악어가죽 제품의 제원 및 단가 등을 살펴보던 중이었다.

"서울 사무소에서 팩스가 들어왔는데요. 좀 급하게 알아봐 달라고 하네요."

수정은 팩스 용지를 진호에게 건넸다.

"뭔데?"

"서울의 K여행사와 몇몇 여행사가 연합해서 여름 특집 여행 상품을 기획하는데 상품 개발을 의뢰하는 내용이에요."

진호는 팩스 용지를 받아 들고 천천히 읽어 내려갔다. 태국 북부 산악 지역에 살고 있는 소수 민족을 방문하는 여행 상품을 개발해 달라는 내용이었다.

"이제 방콕, 파타야 코스에 만족 할 순 없지. 우리도 자꾸 다양한 관광 상품을 개발해야 돼. 소수 민족 방문이라? 이봐, 수정아!"

진호는 뭔가 생각난 듯 수정을 불렀다.

"네."

"전번에 신문에 났던 그 뭐냐, 김 박사라고…… 우리 고구려의 후예들이 태국 북부 지방에 살고 있다고 한 거. 그것 읽어 봤지?"

진호는 라후족의 문화와 관습에 대해 썼던 기사를 본 기억이 났다.

"네, 읽어 봤어요. 라후족이에요. 우리 고구려의 후손들이라는 설이 있다고 했어요."

수정도 그 기사를 관심 있게 읽었던지 금방 기억해 냈다.

"맞아. 이거 잘하면 히트 상품이 되겠는데? 방콕하고 치앙마이 그리고 그 부근의 라후족 마을 탐방을 엮어 코스를 개발해 봐야겠어. 너, 친타나가 라후족 출신인 줄 몰랐지?"

"그래요? 어머, 잘됐네. 친타나한테 부탁하면 생각보다 쉽게 코스를 개발할 수 있겠는데요?"

"맞아. 이건 내가 직접 하지. 교육적인 측면에서도 유용한 관광 코스가 될 거야."

“‘고구려 후예의 뿌리를 찾아서’라는 타이틀로 치앙마이 부근 관광하고 라후족 마을 방문 그리고 정글 속에서 코끼리 트레킹과 뗏목 래프팅을 곁들이면 멋진 체험 관광이 될 거예요. 여름 특별 테마 관광 상품으론 아주 그만일 거예요.”

“그래, 그럴 거야. 알았어. 그럼 나가 봐. 내가 친타나한테 연락해 볼 테니까.”

“네.”

수정이 나가자 진호는 친타나의 이모 댁으로 전화를 걸었다. 그러고 보니 병원에서 퇴원한 이후 한 번 정도밖에 통화를 못한 것 같았다.

“여보세요.”

“안녕하십니까. 평안하시죠?”

친타나의 이모가 전화 받자 진호는 반갑게 인사했다.

“그 앤 없어요. 전화하지 말아요!”

분명 친타나의 이모였지만 그녀는 마치 진호를 모르는 것처럼 퉁명스럽게 퍼붓고는 일방적으로 전화를 끊어 버렸다. 황당해진 진호는 다시 전화를 걸었다.

“삐리리릭.”

신호는 가는데 받는 사람이 없었다. 불길한 예감이 진호의 뇌리를 스쳐갔다. 그는 다시 정주협의회로 전화를 걸었다.

“여보세요.”

삭센이었다.

"오, 삭센 씨. 강진홉니다."

진호는 오랜만에 삭센의 목소리를 듣자 반가웠다. 마헤삭 경찰서에서 나온 이후로 줄곧 친타나를 통해 정주협의회를 도와 왔기 때문에 그가 직접 전화하거나 그쪽 사람들을 만날 기회가 없었던 것이다.

"오, 지노 씨. 그동안 안녕하셨습니까?"

"네, 삭센 씨. 모두 평안하시죠?"

"네. 얼마 전에 꽁떠이 철거민 시위 때 조금 다쳤었는데 지금은 다 나았습니다. 허허."

"그러셨어요? 다 나으셨다니 다행이군요. 그런데 혹시 친타나 있습니까?"

"친타나요? 소식 못 들으셨군요. 그 애는 지난달에 민주화 투쟁에 합세하겠다면서 잠롱 씨 쪽으로 옮겼습니다."

"민주화 투쟁요? 허어, 이런 세상에……."

진호는 그동안 친타나에게 무심했던 걸 후회했다. 요즘처럼 어지러운 시국에 민주화 투쟁이라니……. 시위대와 경찰이 크게 맞부딪치지는 않았지만 조만간 태국 전역에 소용돌이가 몰아칠 것은 자명한 이치였다.

"우리도 그 아이의 이모 댁 외엔 달리 연락할 길이 없는데요."

"그곳에 전화를 해 봤는데 안 받더군요. 급히 연락할 일이 있는데……. 알았습니다. 제가 계속 연락해 보죠. 그럼, 이만……."

진호는 갑자기 조바심이 났다. 가만히 생각해 보니 친타나에게 무슨 일이 생긴 것 같았다. 아까 전화 받은 사람은 분명히 친타나의 이모였다. 언제나 반갑게 전화 받던 이모가 갑자기 퉁명스러워질 이유가 없었다. 진호는 다시 이모 댁으로 전화를 걸었다. 그러나 신호만 갈 뿐 받는 사람이 없었다. 진호는 수화기를 내려놓으며 친타나에게 아무 일도 없길 빌고 또 빌었다.

"오빠!"

강진호는 친타나의 목소리를 듣자 의자에서 벌떡 일어섰다.

"치, 친타나야! 너 어떻게 된 거냐? 지금 어디 있어?"

"치앙마이에 아는 분 댁에 있어요. 미안해요, 오빠……."

진호와 통화한 삭센은 친타나의 이모 댁을 찾아갔었다. 그 역시 친타나가 한동안 연락이 없어 궁금하기도 했던 것이다. 친타나의 이모를 만나 진호가 급히 연락할 일이 있다고 전하자 이모는 길거리의 공중전화를 이용하여 친타나에게 연락했던 것이다. 친타나의 이모는 집 전화가 도청당할 것을 우려해서 진호의 목소리를 알아들었음에도 일부러 퉁명스럽게 대했던 것이다. 그것은 물론 진호를 위해서였다. 그가 친타나와의 관계 때문에 경찰에게 시달림을 받게 될 것을 우려한 때문이었다.

"너 반정부 투쟁한다면서? 내가 그렇게 말렸는데……."

"미안해요, 오빠. 하지만 정말 보람 있어요. 내 조국을 살리는 데, 이 나라에 민주주의 초석을 놓는 데 조금이라도 도움이 된다고 생각하니까 가슴도 뿌듯하고요."

"너 지금 쫓겨서 치앙마이에 가 있는 거지?"

진호는 슬쩍 넘겨짚었다. 어느 나라든지 반정부 투사들은 고달팠다. 친타나의 처지가 눈에 안 봐도 선했다.

"……."

"녀석, 그동안 힘들었겠구나. 나한테 얘기하지 왜 치앙마이까지 갔어?"

"여기에 이모 친구 분이 계신데 저를 아주 잘 이해해 주세요."

"그래? 내가 널 얼마나 걱정했는지 아니?"

진호의 마음이 그 한마디에 모두 담겨 있었다. 갑자기 친타나는 가슴이 콱 막히는 것 같았다.

"……."

"그리고 내가 널 좀 만나러 가야겠다. 너도 보고 싶고 또 마침 라후족을 탐방하는 관광 상품을 만들어야겠는데 네가 좀 도와줘야겠다. 한국 사람들한테 고구려인의 후손들이 옛날의 문화와 풍습을 유지한 채 태국 북부에 살고 있다는 걸 소개하면 굉장히 센세이셔널 할 거야. 작년에 한국 신문에 라후족의 문화와 풍습이 대부분 고구려 시대의 그것과 같다는 특집 기사도 게재되었던 터라 관심도 높아져 있고 하니 말이야."

"그래요? 그럼 제가 태어난 도이팡으로 가면 되겠군요. 치앙마이에서도 두 시간 거리라 가깝고 친척들도 많이 있어서 많은 도움이 될 거예요."

"그래. 그럼 네가 수고 좀 해 줘야겠다. 그럼 비행기 예약하고 도착 시간 알려줄게. 나중에 전화 한 번 더 해 주렴."

"네, 오빠. 오빠 퇴근 무렵에 다시 전화할게요."

진호는 친타나가 무사하자 마음이 놓였지만 언제까지 도피 생활을 해야 할지 몹시 걱정되었다. 물론 사람들마다 제각기 가야 할 길이 있었다. 친타나가 갈 길이 그 길이라면 아무도 막을 수 없었다. 다만 아무 일 없기를 기원해 주고 힘껏 도와주는 길밖에 달리 방법이 없었다. 그렇게 생각하자 진호는 마음이 조금 가벼워지는 것 같았다. 자신을 합리화시키는 것 같았지만 세상일이란 자신의 뜻과는 정반대로 진행되는 경우도 허다했다.

진호는 담배를 피워 물며 한숨을 내쉬었다. 친타나의 모습 위로 수경의 밝게 미소 짓는 얼굴이 오버랩 되었다. 불쌍한 녀석…….

도로는 비포장 길이라 울퉁불퉁했지만 주변의 경치는 아주 그만이었다. 20~30미터 높이의 대나무들이 하늘을 향해 찌를 듯이 우거진 정글 사이로 빽빽하게 들어찬 열대 우림은 인도차이나 반도 특유의 뱀부 정글bamboo jungle의 진수를 보여 주고 있었다.

꺽다리 코코넛 야자나무 위아래로 원숭이들이 연신 오르락내리락 했고 가끔씩 정글 한가운데에 몸을 숨긴 벌목장에서 들려오는 코끼리의 우렁찬 울음소리에 놀란 이름 모를 새 떼들이 울창한 밀림 위로 날아다니는 모습은 정글이 아니면 느껴볼 수 없는 짜릿한 스릴감도 느끼게 해 주었다. 이런 맛에 오지 탐험을 하는가 보다는 생각에 진호는 비포장 길을 달리면서도 기분은 상쾌했다.

"치앙마이 쪽에 두 번이나 와서 코끼리 트레킹도 해 봤지만 이런 기분을 느껴 보긴 처음이야."

"기분 좋으세요?"

친타나는 오랜만의 귀향길이어서인지 치앙마이 시내를 떠날 때부터 싱글벙글했다.

"좋다마다. 널 봐서 좋고, 정글의 진면목을 구경해서 좋고…….네가 일곱 살 때까지 여기서 살았다고?"

"네, 오빠."

"라후족 사람들은 무지하게 착하겠다. 이런 오지에 사는 사람들은 욕심이 없고 순박하거든. 너도 그렇고."

"맞아요. 제 고향 사람들은 너무 순박하고 착해요. 치앙마이 시 부근의 다른 산악 부족들은 현대 문명의 영향을 많이 받아 세속화됐지만 우리 라후족은 달라요. 라후족 마을은 어디나 산꼭대기에 형성돼 있어서 영향을 덜 받았거든요."

"그래, 맞아. 산의 정령과 가까운 곳에 살려고 라후족 마을은 산꼭대기에 있다고 신문에 쓰여 있더군."

진호는 이곳에 오기 전에 신문에 난 라후족에 관한 기사와 관련 서적을 몇 번씩 읽으며 공부했었다. 그 기사에 라후족은 산신령이 산봉우리에 살고 있다고 믿었기에 되도록 산봉우리 가까운 곳에 마을을 형성하고 화전 밭을 일구며 생활한다고 쓰여 있었다.

"이제 다 왔어요. 저기 저 모퉁이만 돌아가면 돼요."

진호는 치앙마이 공항에서 렌트한 체로키 지프의 스티어링 휠을 익숙한 솜씨로 조작하며 길바닥에 패인 웅덩이를 피해 갔다. 친타나가 가리킨 모퉁이를 돌아서자 50여 미터 앞에 동화 속에나 나옴직한 아기자기한 산골 마을이 나타났다. 이제까지 시야를 가리던 울창한 밀림은 온데간데없고 듬성듬성 남아 있는 대나무 숲 사이로 50여 채의 허름한 가옥들이 여기저기 자리 잡고 있었다.

"이야, 멋있는데? 하늘 아래 첫 동네답구나."

진호는 마을 한가운데 있는 200평 남짓한 공터로 체로키를 몰고 갔다. 낯선 이방인이 모는 지프가 공터에 나타나자 어디서 나타났는지 갑자기 새까만 아이들이 검은 눈동자를 데굴데굴 굴리며 차 주위로 몰려들었다.

진호가 차를 세우고 내려서자 마을 사람들이 모두 몰려나온 듯 공터는 순식간에 마을 주민들로 가득 찼다. 마을 여자들은 전통 복장인 듯 대부분 똑같은 옷을 입고 있었다. 검은 색 윗도리의 소매가 우리나라의 색동저고리처럼 색색의 천으로 이어진 걸 본 진호는 대번에 색동저고리와 같다는 느낌을 받았다. 아래 부분 역시 짧은 검은 색 치마 아래로 여러 가지 색으로 멋을 부린 각반을 차고 있었다.

"안녕하세요."

친타나는 마을 주민들과 인사를 나누느라 정신이 없었다.

"이게 누구야? 생타쿰 딸 친타나 아니냐?"

"그래 맞군! 친타나야, 친타나."

마을 주민들은 용케도 10여 년 만에 찾아온 친타나를 알아보고 반갑게 맞았다.

"백부님, 그동안 안녕하셨어요?"

친타나는 사람들을 비집고 앞으로 나선 부친의 사촌형인 욘트라킷을 보자 반색하며 인사했다.

"오, 이게 누구냐? 친타나구나. 참 많이 컸구나. 이게 몇 년 만이냐?"

"네, 백부님. 참! 인사하세요. 이분은 한국 분인 강진호 씨예요. 저를 많이 도와주시는 분인데 우리 부족의 문화와 풍습에 관심이 많으셔서 제가 모시고 왔어요."

"허어, 그래? 이거 하잘것없는 우리 부족에 관심을 갖고 계시다니 참 영광이군요. 난 이 아이 부친의 사촌형인 욘트라킷이라 하오. 잘 오셨소."

"네, 강진호라고 합니다. 실은 라후족이 한국인과 같은 조상을 두고 있다는 연구 결과가 있기에 그걸 좀 확인해 보려고 왔습니다."

"그러시오? 허허, 우리가 한국인과 같은 민족이라 이 말씀이군요?"

"네. 정확하지는 않지만 그런 설이 있습니다."

"아무튼 잘 오셨소. 천천히 지내면서 알아보시오. 얘, 친타나야! 어서 우리 집으로 가자. 이분도 오시느라 피곤하실 텐데……."

"네, 백부님. 오빠, 백부님 댁으로 일단 가시죠."

"그래, 짐을 좀 내릴까?"

진호는 뒷좌석에 가득 실은 짐을 끌어냈다. 짐이라고 해야 친타나의 권유로 마을 사람들에게 나누어 줄 사탕과 과자가 대부분이었다. 라후족 같은 산악 부족에게 사탕은 가장 인기 있는 선물이었다. 마땅한 선물 감이 없던 진호는 친타나의 말대로 치앙마이 시내의 대형 슈퍼마켓에서 체로키 뒷좌석이 가득 찰 만큼 사탕과 과자를 샀던 것이다.

진호의 조그만 여행용 가방을 제외한 나머지 물건들은 곧 족장 집으로 옮겨졌다. 그곳에서 각 세대별로 나누어질 것이었다. 공동 생산과 공동 분배에 익숙해져 있는 산악 부족 공동체에서 족장의 권위는 절대적인 것이었다. 그의 관장 아래 진호의 선물도 공평하게 분배될 것이었다.

진호는 친타나와 그의 백부를 따라 공터 왼편 위쪽의 초가집으로 들어갔다. 우거진 대나무 숲 아래 야자나무로 기둥을 세우고 야자 잎으로 벽과 지붕을 덮은 작은 초옥이었지만 주변의 경관과 어울려 아주 운치가 있었다. 낮은 울타리로 둘러 쳐진 앞마당엔 두어 마리의 닭들이 모이를 쪼고 있고 집 옆의 외양간에는 우리나라의 황소와 똑같은 누런 소가 있었다. 진호는 그 소를 보자 자신이 생각했던 것보다 훨씬 더 많은 성과를 얻을 수 있으리라는 확신이 생겼다. 태국뿐 아니라 동남아시아의 소들은 반달형의 긴 뿔을 갖고 있고 몸이 바짝 마른 검은 물소 종류가 대부분이었다. 그런데 이곳에는 특이하게 황소가 있었다. 갑자기 그의 마음은 옛 고구려의 뿌리를 찾으려는 조바심으로 가득 찼다.

잠시 욘트라킷과 한담을 나누던 진호는 친타나의 안내로 족장 집으로 향했다. 마을의 가장 큰 어른인 족장에게 인사를 드리고 마을에 머무를 수 있도록 허락도 받아야 했다. 그가 울타리를 나서자 밖에서 기웃거리던 10여 명의 아이들이 재잘거리며 그의 뒤를 따랐다.

진호는 좁은 개울을 따라가다 걸음을 멈췄다. 왼쪽에 있는 초가집 툇마루에 앉아 실뜨기 놀이를 하고 있는 두 소녀를 발견한 것이었다. 여기서 실뜨기 놀이를 볼 줄이야! 진호는 성큼 마당으로 들어섰다. 갑작스런 외지인의 출현에 소녀 아이들은 놀란 얼굴로 실뜨기를 멈춘 채 어쩔 줄을 몰랐다.

"괜찮아, 얘들아. 그거, 실뜨기 놀이 좀 계속해 볼래?"

진호는 아이들에게 웃어 보였다. 아이들은 한번 마주보더니 어색한 손놀림으로 다시 실뜨기 놀이를 시작했다. 진호는 그 모습을 캠코더에 담았다.

"오빠, 이거 할 줄 아세요?"

친타나는 혹시 하는 마음으로 물었다. 진호는 친타나에게 대답 대신 한 번 씨익 웃어 보이더니 한 아이 대신 실뜨기 놀이를 하기 시작했다.

"호호, 오빠가 이걸 어떻게 할 줄 알아요?"

친타나는 익숙한 솜씨로 아이와 실뜨기 놀이를 하는 진호의 모습이 신기했다.

"한국 사람이면 누구나 어렸을 때 하던 놀이야. 내가 한국에서 4천 킬로미터나 떨어진 태국에서, 그것도 첩첩산중에서 20여 년 만에 실뜨기 놀이를 해 보게 될 줄 몰랐어."

진호는 툇마루에서 일어서며 자신도 믿기지 않는다는 듯 고개를 저었다.

"그래요? 태국 사람들도, 다른 산악 부족들도 이 놀이는 몰라요.

우리 라후족만 알고 있는 놀이예요."

"그래, 그럴 거야. 또 다른 놀이가 뭐가 있니?"

진호는 집 밖으로 나서며 물었다. 주위에서 앞서거니 뒤서거니 따라오는 아이들도 진호가 실뜨기 놀이를 하는 걸 보자 친근감이 들었는지 모두들 싱글벙글 웃는 모습이었다.

"으음, 여자아이들은 공기놀이도 하고 팔방놀이도 하고 그래요."

"허허, 이거 대단하군. 그건 내가 어렸을 때 늘상 하던 놀이야. 정말 라후족이 옛 고구려의 후손이란 말이 맞나 보구나. 어떻게 이렇게 노는 게 똑같니!"

진호는 관광 상품 개발이 아니더라도 라후족 마을에 아주 잘 왔다는 생각이 들었다. 애써 와 볼 만한 가치가 있는 여행이었다. 산길을 이리저리 휘도는 진호의 발길은 마치 한국의 어느 시골 동네에 온 것처럼 가벼웠다.

이윽고 공터 오른편 널찍한 곳에 자리 잡은 족장 집에 다다른 진호는 마당으로 들어섰다. 여느 집과 마찬가지로 야자나무와 잎으로 엮어 만든 초가였지만 규모가 약간 큰 게 다른 점이었다. 그들이 들어서자 족장의 아들인 듯한 청년이 반갑게 맞이했다.

"어서 오세요. 자, 안으로 들어가시지요."

서글서글한 눈매의 청년이 앞장서서 진호를 안내했다. 툇마루와 연결된 거실로 올라가자 양쪽으로 방이 있었고 왼쪽의 큰방에는 족장과 너덧 명의 노인들이 앉아 있었다. 방이라 해도 문이 없어서 거실과 방의 구분이 어려운 구조였다.

“처음 뵙겠습니다.”

진호는 정중히 두 손을 가슴에 모으며 인사했다.

“어려운 걸음 하셨소. 앉으시오.”

족장인 듯한 노인이 담뱃대로 방바닥을 가리켰다. 방 안에는 아편 냄새로 찌든 듯 역겨운 냄새가 코를 찔렀다. 라후족도 다른 산악 부족과 마찬가지로 남자들은 불을 질러 화전 밭에서 농사를 짓거나 양귀비를 재배했고 여자들은 온갖 집안일을 도맡아 했다. 남자들은 집에 있을 때도 아편을 피우거나 빈둥빈둥 놀기만 할 뿐 절대 여자 일을 거들어 주는 법이 없었다.

“마을 풍경이 아담하더군요. 여기까지 오는 길도 경치가 아름답고요.”

“살기 좋은 곳이지요. 또 산신령께서 우릴 항상 보호하고 계시니 따로 걱정할 게 없는 곳이지요.”

“네, 그런 것 같습니다.”

“듣자 하니 우리 부족과 젊은이 나라 사람들의 조상이 같다고 하던데 그게 무슨 말이오?”

“네. 아주 오랜 옛날에, 그러니까 한 1,500여 년쯤 전에 우리나라 땅에 고구려라고 하는 나라가 있었는데 이 라후족이 그 고구려 민족의 후손이라는 설이 있습니다. 그 근거로 라후족의 여러 가지 풍습이나 관습 중에 옛 고구려 시대의 그것들과 같은 게 많다는 이야기지요. 얼마 전에 김 박사라는 분이 라후족의 문화며 풍습 등을 조사해서 발표한 적이 있습니다. 저는 그걸 확인하고 관광 상품을 만

들어서 많은 한국 사람들이 이곳에 와 보도록 하고 싶습니다. 그렇게 되면 잃어버린 한민족의 옛 풍습 등을 다시 복원하고 계승 발전시킬 수 있지 않을까 생각합니다."

진호는 차근차근 자신의 방문 목적을 설명했다.

"허, 우린 그런 건 잘 모르겠소. 하지만 뜻 있는 일 같구려. 아무쪼록 젊은이가 찾아온 목적이 이루어지면 좋겠소. 그럼 갈 때까지 편히 지내시구려. 얘, 친타나야!"

"네, 족장님."

"이분을 잘 안내해 드려라. 그리고 선물은 아주 고마웠소. 우리 부족 사람들 모두 흡족해한다오."

"별 말씀을. 그럼, 있는 동안 폐 많이 끼치겠습니다."

진호는 다시 정중히 합장하며 자리에서 일어났다. 마을 어른들과 헤어져 마당으로 내려선 진호는 이제 겨우 두 시간 정도밖에 지나지 않았는데 벌써 한국의 전통 놀이와 같은 놀이를 두 가지나 확인할 수 있었다.

진호는 어디부터 시작해야 좋을지 마을을 한번 휘 둘러보았다. 날은 이미 어둑해지려 했지만 진호는 산봉우리로 이어진 윗길로 힘차게 걸음을 옮겼다.

만 하루밖에 지나지 않았는데도 진호는 라후족과 고구려의 풍습 중 동일한 것을 여러 가지 발견할 수 있었다. 하룻밤을 자고 난 진호는 이른 아침 산책길에서 거리제의 풍습을 발견할 수 있었다. 초가집 창 밑으로 버려져 있는 허름한 옷가지를 그냥 지나치려 했었던 진호는 혹시나 하여 쭈그리고 앉아 헌옷을 살짝 들춰 봤다. 그 밑에는 조그만 쟁반 위에 밥과 반찬이 조그만 종지에 담겨 있었다. 그것을 본 진호는 친타나에게 그 집에 아픈 사람이 있는가 물어보았다. 친타나의 대답은 있다는 것이었다.

친타나는 진호가 집 옆 한구석에 놓인 헌 옷가지와 음식을 보고 그 집에 병자가 있다는 걸 족집게처럼 알아맞힌 데 놀랐고 진호는 조선 말기까지 이어져 왔던 샤머니즘shamanism 형태의 거리제가 시공을 초월하여 지금까지 라후족의 풍습에 전해 내려오고 있는 데 놀랐다. 가족 중에 아픈 사람이 있을 때 병자가 입던 옷가지와 함께 음식을 집 밖에 내다놓으면 병이 낫는다는 거리제를 확인한 진호의 하루는 기쁨과 감동의 연속이었다.

거리제에 이어 공터에서 팔방놀이를 하는 아이들을 보았고 족장 집에서는 족장 아들의 절하는 모습도 보았다. 땅바닥에 칸을 그려 놓고 손바닥만 한 돌을 던진 뒤 정해진 칸을 두 발로 또는 한 발로 뛰어넘는 팔방놀이는 제기차기, 팽이 돌리기, 공기놀이, 자치기 등과 함께 진호의 추억 속에 고스란히 남아 있던 놀이였고 족장 아들이 오른쪽 무릎을 세운 채 오른팔을 가슴 앞에 땅바닥과 평행으로 올려 고개를 숙이는 모습은 지금은 많이 변형됐지만 중국 위나라의 위지동이전魏紙東夷傳에 묘사된 옛 고구려인의 절하는 모습 그대로였다.

족장을 비롯한 노인들과의 대화는 더욱 유익했다. 길흉화복을 점치거나 병자를 낫게 하는 굿을 올리는 샤먼이 지금도 옛 고구려 시대의 무당과 똑같은 모습으로 굿을 했고 매년 정월 초하룻날엔 1년의 평화와 안녕을 기원하는 지신제가 벌어졌다. 노인들의 자세한 설명과 더불어 라후족의 풍습에 남아 있는 전통 모습들이 지금은 한국에서 문헌이나 역사 자료로만 남아 있는 고구려 시대의 모습과 똑같았다. 그런 까닭에 진호는 라후족 마을에 온 지 만 하루밖에 지나지 않았음에도 라후족이 옛 고구려인의 후손이라는 가설을 정설로 믿게 되었다.

"오늘 하루는 내가 타임머신을 타고 1,500년 전의 고구려로 돌아온 것 같아. 어떻게 한두 가지도 아니고 생활 곳곳에 옛 고구려의 풍습이며 문화가 이 시대의 라후족에게 남아 있는지 참 신기해."

진호는 울창한 밀림 너머로 붉게 노을 진 하늘을 바라보았다. 온통 새빨간 하늘은 마치 정글이 불타오르는 것 같았다.

"글쎄 말이에요. 오빠가 알아보고 말씀하시는 걸 보면 저도 신기할 따름이에요. 그러고 보니 나도 한국인이네요?"

친타나는 자신이 진호와 같은 조상을 가진 한민족이라 생각하자 그가 더욱 가깝게 느껴졌다. 그러한 느낌은 진호도 마찬가지였다. 비록 의남매지간이었지만 그도 친타나가 남 같지 않아 보였다.

"그래, 맞아. 너도 한국인이야. 넌 내 동생이니까."

진호는 걸음을 옮겨 친타나의 백부 집으로 향했다. 친타나는 굳이 동생이라 가깝다는 진호의 말에 일순 야속한 생각이 들었다. 동생이기 때문에 사랑할 수 없다는 말과 다름이 아니었다. 그녀는 조용히 한숨을 내쉬며 진호의 뒤를 따라갔다.

진호는 부겐빌레아가 만발한 초가를 지나다가 마치 전기에 감전이라도 된 듯 온몸을 부르르 떨며 멈춰 섰다. 너른 마당 한 편에서 들려오는 노인의 구성진 노랫가락 때문이었다.

"왜 그래요, 오빠?"

친타나는 갑자기 걸음을 멈추며 놀란 얼굴로 노인을 바라보는 진호가 의아했다.

"쉿!"

진호는 검지를 입에 대 보이고는 가슴께 닿는 울타리에 기댄 채 노인이 뽑어내는 구성진 가락에 귀를 기울였다. 노인의 등에는 갓난아이가 엎드려 자고 있었다. 포대기에 싸서 등에 업는 모습은 한국에서만 볼 수 있었다. 그러한 사실을 이곳에서 재발견한 것만 해도 놀라운 일이지만 진호는 그보다 노인의 비쩍 마른 몸에서 토해내는 한 맺힌 음률에 더욱 놀란 것이다.

느린 듯 낮게 맴돌다가 갑자기 고조되어 높은 톤으로 휘감아 도는 노인의 유연한 노랫가락은 바로 정선아리랑 가락이었다. 1,500년 전의 고향을 그리워하는 때문인지 아니면 온갖 고초를 이겨 내며 이곳까지 쫓겨 온 원통함 때문인지 노인이 토해 내는 소리의 마디마디마다 한이 맺혀 있었다. 쭈그러진 주름살만큼이나 흘러간 속절없는 세월에 한 맺힌 듯 절규하는 그 노인은 바로 진호의 할아버지였고 그 할아버지의 조상이었다.

아려서 아리랑인지, 쓰려서 쓰리랑인지 진호는 가슴속에 뭉클하게 느껴지는 고향의 소리에 자신도 모르게 눈가에 이슬이 말갛게 비쳤다.

친타나는 공항 대합실에 앉아 자신을 향해 걸어오는 진호를 물끄러미 바라보았다. 그는 스낵바에서 음료수를 사들고 왔다. 진호를 바라보는 친타나의 눈빛은 이제 곧 그와 헤어져야 한다는 사실에 가늘게 떨렸다.

"자, 시원한 콜라야."

강진호는 캔 콜라를 친타나에게 건넸다. 캔 콜라를 받아 쥔 친타나는 마개를 딸 생각도 않고 그저 두 손으로 꽉 잡고만 있었다.

"어허, 시원하다! 역시 더울 때는 시원한 맥주가 최고야."

진호는 맥주를 벌컥벌컥 들이켰다.

"어? 왜 안마시니?"

진호는 고개를 숙인 채 말이 없는 친타나가 무슨 생각을 하는지 짐작하기에 짐짓 쾌활한 척 너스레를 떨었다. 친타나는 진호의 물음에 가만히 눈을 치켜떴다.

"오빠, 저도 그거 마시면 안 될까요?"

친타나는 눈으로 캔 맥주를 가리켰다.

"오, 이거! 그래, 내가 실수했군. 가만있어. 내 곧 사올게."

진호는 캔 맥주를 홀짝이며 다시 스낵바로 걸어갔다. 친타나는 입에 술이라곤 대 본 적도 없었지만 지금은 왠지 맥주라도 한 모금 해야 할 것 같았다. 별리의 시간은 다가오는데, 이제 헤어지면 언제 다시 볼지 모르는데 도저히 맨 정신으로는 그를 떠나보낼 수 없을 것 같았고 술기운이라도 빌리지 않으면 자신의 마음을 고백하지 못할 것 같았다.

자신의 마음이 받아들여지지 않을 줄 알면서도, 그토록 진호를 그리워하고 사랑해 온 자신의 감정이 물거품이 된다 해도 지금 이 순간 고백하지 않는다면 평생 고백할 기회가 없을 것 같았다. 그런 까닭에 지금은 한 모금의 알코올이 무척이나 필요한 시간이었다.

"자, 우리 건배할까? 3박 4일 동안 여러 가지로 고마웠다."

진호는 캔 맥주 두 개를 들고 와 한 개를 친타나에게 건넸다.

"고맙긴요? 별로 도와드린 것도 없는데……."

말끝을 흐린 친타나는 캔을 부딪친 후 한 모금 마셨다. 처음 마셔 보는 술이었지만 조금 씁쓸할 뿐 혀끝을 톡 쏘는 맛이 그런대로 괜찮았다.

"아니야. 무척 도움이 됐어. 이제 관광 상품으로 다시 정리해서 한국에 보내면 아주 좋아할 거야. 그렇게 되면 나도 너를 또 만나러 치앙마이에 올 수 있겠지?"

"그러면 그런 기회가 아니면 안 오실 거예요?"

친타나는 농담조로 말하는 진호의 말에 예민한 반응을 보였다.

"아, 아니…… 그게 아니고. 이를테면 올 기회가 더 많아질 거라는 얘기지."

진호는 예기치 않았던 친타나의 반응에 머쓱해졌다.

"신경 쓰지 마세요. 그냥 한번 해 본 소리예요."

친타나는 진호가 어색해하자 손사래를 쳤다.

"그 전에 네 일이 잘돼서 방콕에 내려와야지. 네가 여기 있으면 내가 걱정이 많단다. 자주 연락하고……. 나도 때 봐서 자주 올게."

쾌활하던 진호의 목소리도 헤어질 시간이 다가오자 낮게 잦아들었다.

"잘될 거예요. 그럼, 이만 가 보세요. 시간 다 됐는데……."

친타나는 마음에도 없는 말을 꺼내며 캔에 남은 마지막 한 모금을 들이마셨다. 술기운이 오르는지 뱃속이 따뜻해졌다.

"그래. 그리고…… 이거 넣어 둬."

진호는 봉투를 꺼내 친타나에게 주었다.

"아무래도 네가 많이 필요할 것 같아 준비한 거니까 어서 넣어 둬. 용돈이야."

"고마워요, 오빠."

"자, 그럼 이만 가 볼까? 헤어지기 섭섭해도 우린 곧 다시 만날 수 있을 거야. 다 잘되겠지."

"그래요. 잘될 거예요."

진호와 친타나는 의자에서 일어나 탑승구로 걸어갔다.

"자, 그럼 갈게."

"네, 안녕히 가세요."

친타나를 혼자 두고 가는 진호는 차마 발걸음이 떨어지지 않았다. 말로야 금방 만날 수 있다지만 현 태국의 정세로 봐서 언제 다시 마음 편히 만날 수 있을지 장담할 수 없었다. 진호가 한 걸음씩 탑승구의 자동문 앞으로 다가가자 친타나는 입술이 바싹바싹 타들어 갔다. 저 검은 자동문이 열리면 그가 들어갈 것이고 문이 닫히면 사랑을 고백할 기회는 영영 사라지고 말 것이었다. 그를 불러 세워야 한다는 외침은 가슴 한복판에서 맹렬하게 터져 나왔지만 입술이 떨어지지 않았다. 안타까움에 가슴을 졸이던 친타나는 자동문이 열리자 눈을 꼭 감고 진호를 불렀다.

"오빠!"

그를 부르는 소리가 너무 컸던지 진호는 자동문으로 들어서다 말고 깜짝 놀라 뒤돌아섰다. 친타나는 그동안 참고 참았던 그 한마디를 기어코 뱉어 내고 말았다.

"오빠, 사랑해요!"

그 순간 세상의 모든 것이 정지된 느낌이었다. 밖으로 표현하지 말았어야 할, 영원히 마음 한구석에 소중히 간직했어야 할 그 한마디를 고백하자 친타나는 긴장이 풀리는지 온몸에서 힘이 쭉 빠졌다.

며칠 동안 자신에게 향했던 친타나의 눈길을 느끼며 진호는 그 눈빛에 담긴 연정을 확인할 수 있었다. 그래서 친타나와 같이 있던 내내 가슴을 졸여왔는데 막상 그녀의 사랑의 고백을 듣고 나니 그제야 마음이 홀가분해졌다.

그는 잠깐 동안 말없이 친타나를 바라보더니 천천히 그녀에게 다가갔다. 최면에라도 걸린 듯 멍한 표정으로 서 있는 친타나에게 다가간 그는 가만히 그녀를 끌어안았다. 품에 안긴 그녀는 바들바들 떨고 있었다. 진호는 애처로운 마음에 그녀를 힘주어 꼬옥 껴안으며 귓가에 나지막이 속삭였다.

"친타나! 나도 너를 사랑한단다. 너는 하나밖에 없는 내 동생이 잖니!"

품에서 떨어진 친타나는 밀려드는 부끄러움에 고개를 들지 못했다. 자신은 진호에게 여동생 이상의 그 무엇도 아니었다. 사랑을 고백한 기쁨도 잠시뿐, 뒤이어 밀려드는 후회와 절망감에 친타나는 진호의 얼굴을 똑바로 볼 수 없었다.

"건강해라, 친타나!"

진호는 친타나의 머릿결을 한번 쓰다듬어 준 후 다시 탑승구로 향했다. 자동문이 열리고 진호가 사라지자 친타나는 멍한 표정으로 뒤돌아서 공항 청사를 나왔다.

사랑을 고백하지 않았다면 이대로 계속 만날 수 있을 텐데……. 사모의 정을 마음 한구석에 묻어 놓고 남몰래 애타는 심정을 혼자만 즐길 수도 있을 텐데…….

청사를 나와 터덜터덜 걸으며 친타나는 자신의 행동을 후회했다. 이제 두 번 다시 진호를 볼 낯이 없었다. 그런 생각이 들자 금방 진호와 헤어졌음에도 그가 보고 싶었다. 티 없이 맑고 파란 하늘에도, 저만치 공항 입구에 늘어선 야자나무 위에도, 태양 빛에 이글거리는 아스팔트 위에도 그녀의 눈길이 머무는 곳이면 어김없이 강진호의 웃는 모습이 있었다.

몰래 숨겼어야 할 사랑을 고백한 대가가 열병처럼 그녀의 가슴속에 엄습해 왔다. 눈에 보이는 것마다 그리운 진호의 모습으로 변해 가자 뜨거운 아스팔트 위를 정처 없이 걷던 그녀는 북받치는 설움을 참지 못하고 그만 엉엉 울음을 토해 내기 시작했다.

"오빠! 엉엉……엉……."

무엇이 그리 서러운지, 무엇이 그리 안타까운지 그녀는 그저 소리 내어 엉엉 울기만 했다.

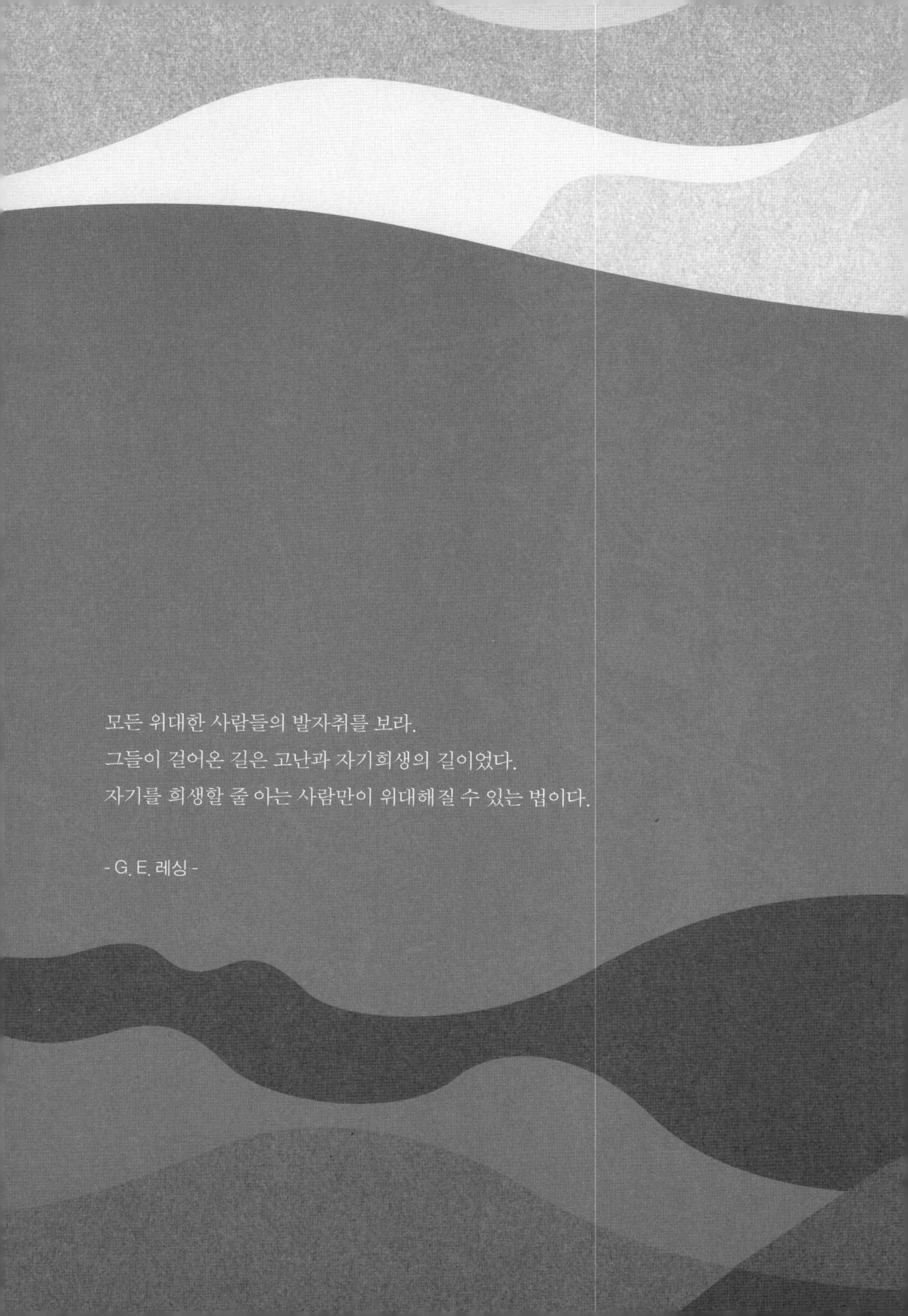

모든 위대한 사람들의 발자취를 보라.
그들이 걸어온 길은 고난과 자기희생의 길이었다.
자기를 희생할 줄 아는 사람만이 위대해질 수 있는 법이다.

- G. E. 레싱 -

스러지는 꽃

정국은 끝 모를 소용돌이 속에서 혼미를 거듭하고 있었다. 반정부 인사들에 대한 검거 열풍에서 살아남은 민주 투사들은 잠롱을 정점으로 재단결하여 라차담넌 거리의 민주 기념탑에 모여 연일 대규모 시위를 벌이고 있었다.

왕궁과 그동안의 투쟁지였던 사남루앙 공원과 맞닿아 있는 라차담넌 거리는 지금의 챠크리 왕조의 번영과 더불어 발전해 온 구시가의 대표적 거리였다. 그 라차담넌 거리 한가운데 로터리가 있었고 그 로터리 한복판에 네 개의 거대한 날개를 하늘로 향해 벌린 채 민주 기념탑이 그 위용을 자랑하고 있었다.

역대 군사 정권과 독재에 항거한 민주 투사들의 얼을 기리기 위해 세워진 민주 기념탑은 다시 한 번 군사 정권에 대항하는 태국의 모든 민주 투사들의 성지로서 그 역할을 다하고 있었다.

수친다 정권은 경찰력을 동원하여 라차담넌 거리에 모인 10만이 훨씬 넘는 시위대를 포위하고 있었다. 경찰들은 시위대와 일반 시민들을 격리시키기 위해 도로 곳곳에 바리케이드를 쳤고 만약의 사태에 대비하여 수많은 군부대에 대기 명령이 내려져 있는 상태였다.

민주 진영의 열기는 그 어느 때보다 하늘을 찌를 듯했는데 그 이유는 그들과 대치하고 있는 경찰과의 우호적인 분위기 때문이었다. 바리케이드를 사이에 두고 시위대는 경찰을 자극하지 않았고 때로는 서로 웃으며 농담을 주고받기도 했다. 그런 모습들이 여과 없이 전국에 방송되었고 민주 진영을 비롯한 대다수 국민들은 경찰도 시민의 편이라 생각했다. 이제 조금만 더 수친다 정권을 밀어붙이면 태국 역사상 최초의 무혈 시민 혁명이 이루어질 것이라는 걸 국민 누구도 믿어 의심치 않았다. 독재자 마르코스를 쫓아낸 필리핀의 시민 혁명이 이제 얼마 후면 태국에서도 일어날 수 있다는 벅찬 희망이 시민들의 가슴을 뿌듯하게 만들고 있었다.

강진호는 창밖을 내다보며 한숨 쉬듯 담배 연기를 내뿜었다. 나라가 시끄러워서인지 관광객도 많이 줄었고 예약도 줄줄이 취소되고 있어서 여행사마다 개점휴업인 상태였다. 한창 허니문 시즌으로 바빠야 할 5월이었지만 신혼부부들은 대부분 홍콩이나 싱가포르로 일정을 바꾸고 있었다. 언제까지 이어질지 모르는 혼미한 정국에는 진호도 손 놓고 지켜보는 수밖에 없었다.

"삐리리릭……."

책상 위에 놓아둔 셀폰이 울리자 진호는 어슬렁거리며 책상으로 다가갔다.

"여보세요!"

"오빠, 저예요."

생각지도 않은 친타나의 목소리가 들려오자 진호의 표정이 밝아졌다.

"오, 친타나구나. 지금 어디니? 무척 시끄러운데?"

친타나의 목소리와 함께 주변의 소란스러움이 함께 들려왔다.

"지금 라차담넌에 있어요. 어제 치앙마이에서 수탓 선배 전화 받고 오늘 아침 방콕에 도착했어요."

친타나의 목소리는 활기에 넘쳐 있었다.

"라차담넌이라면 지금 시위하는 데 아니냐? 그 위험한 곳을 왜 갔어? 나한테 미리 전화라도 하지……."

진호는 친타나가 민주 진영에 합류한 걸 알자 크게 낙심했다.

"미안해요, 오빠. 제가 있을 곳이 바로 여기잖아요. 너무 걱정하지 마세요. 오빠, 지금 여기는 굉장해요."

"친타나. 나하고 약속하지 않았니? 네가 거기 있는 걸 알고 내가 어떻게 마음이 편하겠니? 지금이라도 늦지 않았으니 빨리 그곳을 나오거라."

진호는 친타나와 이야기하고 있음에도 머릿속엔 자꾸만 수경의 모습이 떠올랐다.

"오빠! 이제 조금 더, 며칠만 더 이대로 나간다면 수친다가 굴복하고 말 거예요. 지금 우리하고 대치하고 있는 경찰들도 서로 이야기도 하고 잘 지내고 있어요. 저들도 우리에게 아주 우호적이라고요. 이건 정말 기적 같은 일이에요."

전화선을 통해 시위 현장의 노랫소리며 구호 소리가 생생하게 들려왔다.

"그래도……."

진호는 안타까움에 말을 잇지 못했다.

"그리고 오빠, 제가 여기서 무슨 일을 맡았는지 알아요? 군중들 앞에 서서 대형 국기를 힘차게 흔든다고요. 제가 힘차게 흔들 때마다 펄럭이는 국기를 보고 동지들이 용기를 얻고 있단 말이에요. 자랑스럽지 않아요, 오빠?"

"친타나……."

진호는 목이 메었다. 친타나는 수경의 전철을 밟고 있었다. 자신이 너무 속단하는지는 모르지만 예감이 좋지 않았다. 그녀의 말대로 민주 진영이 승리한다면 더할 나위 없이 좋겠지만 만에 하나 대규모 충돌이 일어나기라도 한다면…….

"오빠, 그럼 전화 끊어요. 이건 수탓 선배 셀폰인데 배터리가 다 됐어요. 우리가 승리하면 가장 먼저 오빠한테 달려갈게요. 전 오빠의 자랑스러운 누이가 되고 싶다고요. 그럼, 안녕히 계세요."

진호는 마치 꿈을 꾸고 있는 기분이었다. 반정부 투쟁은 항상 위험을 내포하고 있었다. 친타나 말대로 아무 일 없이 민주 진영의 승리로 끝난다면 좋으련만……. 진호도 TV 화면을 통해 경찰과 시위대 사이가 우호적이라는 건 알 수 있었다. 그러나 정치적 목적에 따라 상황은 언제나 뒤바뀔 수 있었다. 다행스러운 점은 아직까지 시위 현장 상황이 제대로 보도되고 있다는 점이었다. 아무리 총칼로 권력을 잡은 수친다라 해도 세계인의 이목이 집중돼 있는 이상 무자비하게 시위대를 진압하진 못할 것이다. 그 점이 진호에게 한 가닥 위안이 되었다.

수경은 밤새 진영을 간호하느라 피곤해진 몸을 이끌고 금남로로 들어섰다. 산수동에 있는 이모 댁에 가기 전에 책이나 한 권 사려고 가톨릭 센터 앞을 지나가던 수경은 금남로 일대에 모여 있는 군중들이 술렁거리는 모습을 보고 사태가 심각해졌음을 느꼈다. '피의 일요일'을 경험한 군중들의 눈초리가 예사롭지 않았다.

수경도 어제 하루 동안 병원에서 피에 흠뻑 젖어 의식을 잃은 부상자들을 셀 수 없이 보았다. 어이없는 참상에 눈물도 말라 버려 그저 머릿속이 텅 빈 느낌이었다. 온갖 유언비어가 난무했지만 그래도 설마 했다.

수경은 이미 금남로 곳곳에 군인과 경찰이 바리케이드를 치고 경계 근무를 서고 있는 걸 보자 책 사는 걸 포기했다. 저만치 길 앞에는 성난 군중들과 군·경이 대치하고 있었다. 긴장된 침묵이 흐르는 가운데 헬기와 핸드 마이크를 통해 해산을 종용하는 경고 방송만이 공허하게 울려 퍼졌다.

갑자기 군·경의 바리케이드 뒤에서 쏜살같이 달려 나오는 한 떼의 군인들이 보였다. M16을 등에 매고 한 손에 육중한 곤봉을 치켜든 그들은 어제 아침 전남대 정문에서 수경이 마주쳤었던 바로 그 7공수여단 33대대 병력이었다. 군중들은 삽시간에 사방으로 흩어지고 미처 피하지 못해 공수부대원들에게 덜미가 잡힌 군중들은 비명과 피를 토하며 아스팔트 위로 맥없이 널브러졌다. 수경은 또다시 아비규환의 생지옥을 대하자 머리끝이 쭈뼛했다. 밤사이에 증파된 제 11공수여단 병력 1,000여 명은 7공수여단 병력과 함께 사방에서 포위망을 좁혀 들어오며 남녀노소 가릴 것 없이 눈에 띄는 대로 곤봉으로 내리치고 군화발로 짓밟는가 하면 서슴지 않고 대검으로 무고한 시민을 난자했다. 백주 대낮에 같은 민족을 무참하게 살상하는, 도저히 정상적인 행동이라고는 말할 수 없는 어처구니없는 일이 버젓이 벌어지고 있었다.

수경은 얼른 그 자리를 피해야겠다는 생각에 골목길로 뛰어들었다. 정신없이 골목길을 내달리던 그녀는 저만치 앞에 몰려다니는 공수부대원들을 발견하자 재빨리 전봇대 뒤로 숨었다. 가슴이 방망이질하듯 세차게 뛰었고 숨조차 제대로 가눌 수 없었다.

바짝 긴장한 그녀는 붙어선 담벼락을 돌아 어느 집 대문을 살며시 밀었다. 다행히 대문이 움직였다. 수경은 앞뒤 가릴 것 없이 대문을 열고 들어가 꼭 잠갔다. 그녀는 대문 뒤에 붙어 서서 놀란 가슴을 진정시켰다. 밖으로 나갈 용기가 없었던 그녀는 다리가 후들거리자 땅바닥에 쪼그리고 앉았다. 집 안에는 사람이 없는지 조용했다.

그때, 갑자기 "잡아!" 하는 고함 소리가 들려오자 수경은 자신이 발각된 줄 알고 벌떡 일어섰다. 그러나 곧 자신이 아니라는 걸 깨닫자 안도의 한숨을 내쉬었다. 계속해서 들려오는 고함 소리가 바로 지척에서 들려오자 수경은 다시 바짝 긴장하기 시작했다.

"제발 집으로 가게 해 주세요, 네?"

가녀린 처녀의 음성이 애절하게 수경의 귓전을 파고들었다.

"집? 흐흐, 천당 가고 싶어, 지옥 가고 싶어?"

탁한 남자의 목소리가 음흉스럽게 말끝을 끌었다.

"아악!"

남자가 무엇을 어떻게 했는지 갑자기 처녀의 비명이 날카롭게 허공을 찢었다. 수경은 대문 틈새로 골목길을 내다보았다. 대문 바로 건너편 담벼락에 젊은 여자 한 명을 둘러싸고 있는 세 명의 공수부대원들이 보였다.

"이 씨팔 년이 좋으면서 왜 앙탈을 부려!"

"아악, 제발 살려주세요!"

가운데 선 공수부대원의 오른손이 여자의 하체 한가운데서 천천히 움직였다. 양쪽에 선 두 명의 군인은 여자의 긴 머리채를 움켜쥔 채 유방을 비틀어대며 가녀린 여자의 몸을 사정없이 유린하고 있었다. 계속 이어지는 여자의 비명에도 아랑곳없이 그들은 잔인하게 변태적인 행위를 계속했다.

수경은 너무 놀란 나머지 자신의 입을 틀어막았다. 젊은 여자는 체념한 듯 고개를 떨군 채 그들의 노리갯감이 되고 있었다. 간혹 질러대는 단말마 같은 비명은 성도착자 같은 공수부대원들을 더욱 흥분시키는 최음제 같은 역할만 해 줄 뿐이었다.

수경은 차마 더 이상 볼 수가 없었다. 그녀는 주저앉아 소리 없이 눈물을 삼켰다. 왜, 무엇 때문에 죄 없는 사람들이 이런 고통을 당하며 죽어가야 하는지 도저히 이해할 수가 없었다. 아니, 애초부터 광주에서 선량한 시민을 상대로 벌어지고 있는 살육전은 인간의 상식으로는 도저히 이해가 안 되게끔 치밀하게 각본이 짜여 있었다. 정권 찬탈에 눈이 멀어 악마가 되기로 작정한 신군부의 몇몇을 제외하고는…….

하늘은 잔뜩 찌푸려 있었다. 점점 긴박하게 돌아가는 나라 정세와는 전혀 어울리지 않게 방콕의 명물인 롱테일 보트longtail boat가 꽁무니로 하늘 높이 물줄기를 내뿜으며 강물 위를 신나게 달리고 있었다.

진호는 대형 유리창 너머로 펼쳐진 차오프라야 강의 평화로운 풍경을 바라보며 세상이 참 불공평하다는 생각을 했다. 지금처럼 모차르트의 우아한 선율을 감상하며 최고급 호텔의 식당에서 온갖 진미를 맛보는 부류가 있는가 하면 그곳에서 불과 4, 5킬로미터 떨어진 라차담넌 거리에서는 극과 극으로 치닫는 민초들과 공권력과의 팽팽한 긴장감이 감돌고 있었다.

진호는 아리야와 차오프라야 강변의 로열 오키드 셰라톤 호텔의 뷔페식당에서 점심 식사를 하고 있었지만 잔뜩 찌푸린 하늘처럼 편한 마음은 아니었다. 그는 이틀 전 친타나의 전화를 받은 이후부터 기분이 가라앉아 있었다. 라차담넌의 대치 정국은 진호의 바람과는 달리 시시각각으로 긴장감을 더해 가고 있었다. 한 치 앞을 내다볼 수 없는 소용돌이 속에 친타나가 있기에 진호는 사랑하는 아리야와 마주 앉아 있음에도 그리 밝은 표정은 아니었다.

"크랩 테르미도르crab thermidor 좀 들어 봐요. 맛이 아주 기가 막혀요."

아리야는 크림소스에 잘 버무려진 크랩 테르미도르를 입에 넣고 오물거렸다.

"그래? 나도 맛 좀 볼까?"

진호는 아리야가 가져온 크랩 테르미도르를 듬뿍 찍어 입에 넣었다. 그는 평소에도 게살을 크림소스에 볶은 후 다시 게 껍데기에 넣고 치즈를 위에 올려 오븐에 구운 크랩 테르미도르를 아주 좋아했다.

"확실히 이 식당 요리는 다른 곳보다 나은 것 같아."

진호는 입 안에서 도톰하게 씹히는 게살과 크림소스의 부드러운 맛을 음미했다.

"많이 들어요."

아리야는 포크를 손에 쥔 채 진호가 먹는 모습을 물끄러미 바라보았다. 언제 봐도 상대방을 편하게 해 주는 인상이었다. 둘 사이에 앞날에 관한 그 어떤 약속도 없었지만 그녀는 요즘 들어 은근히 진호의 속마음을 묻고 싶은 생각이 부쩍 늘었다.

여자 나이 스물아홉이면 꽉 찬 나이였다. 그렇다고 결혼이 급한 건 아니었다. 진호와는 부담 없는 사이로 만나 지금은 서로 사랑하고 있었다. 결코 그에게 심적 부담을 주고 싶지는 않았지만 그녀는 얼마 전부터, 특히 진호가 병원에서 퇴원한 이후부터 왠지 마음이 뒤숭숭했다. 그건 친타나 때문이었다. 진호와 그녀와의 사이에 딱하니 우려할 만한 그 어떤 조짐도 일어나지 않았지만 여자의 본능은 진호의 마음을 하루 빨리 붙들어 놓을 것을 요구하고 있었다.

"왜, 내 얼굴에 뭐 묻었소?"

진호는 식사하다 말고 자신을 물끄러미 바라보고 있는 아리야를 보자 빙그레 미소 지었다.

"당신의 그 미소가 보고 싶어서요."

진호의 미소를 보자 이 남자라면 자신의 나머지 인생을 맡겨도 좋다는 확신이 생겼다.

"난 당신의 그 맑고 깨끗한 눈동자만 보면 너무나 사랑스럽소. 천사 같다는 말은 당신을 두고 하는 말일 거요."

"이거 대낮부터 너무 비행기 태우는데요? 호호. 그나저나 세상이 두 쪽 나도 내 생일에는 꼭 함께 있어 줘야 해요."

"그럼! 내가 생일 파티 장을 온통 장미꽃으로 치장해 주겠소. 두고 보시오. 아마 이 세상에서 가장 멋진 생일 파티가 될 거야."

진호는 아리야의 고향인 콘깬에서 벌어질 그녀의 생일 파티에서 그녀에게 청혼할 계획이었다. 그녀의 가까운 친지들과 친구들이 모인 자리에서 그는 당당하게 청혼하고 싶었다.

"기대되는데요? 파티 장을 온통 장미꽃으로 치장한다면 아마 내 친구 애인들이 많이 시달림당할 거예요. 친구들이 당신과 애인을 비교하게 될 테니까요."

“5월 28일이니까 앞으로 꼭 열흘 남았군.”

그는 날짜를 짚어보더니 문득 오늘이 5월 18일이란 생각이 들었다. 그러자 왠지 12년 전인 1980년의 5·18 광주항쟁이 떠올랐다. 그는 불길한 생각을 떨쳐 버리려는 듯 고개를 흔들었다.

“왜 그래요?”

진호의 표정이 굳어지자 아리야가 걱정스러운 듯 물었다.

“아, 아니요. 아무것도…….”

“왜, 그때 바쁜 일이라도 있어요?”

“아, 아니야. 그저 뭔가 생각이 좀 나서…….”

“요즘 사업이 신통치 않죠? 관광객들도 많이 줄었고. 우리 그룹도 타격이 커요. 아직 견딜 만하지만.”

진호의 고민이 무엇인지 안다는 듯 아리야는 고개를 끄덕였다.

“그것도 걱정이야. 개점휴업 상태가 너무 오래 지속되는 것 같아. 언제 나라가 평안해질지도 모르겠고.”

자신이 사업 때문에 고민한다고 아리야가 생각하자 진호는 얼른 맞장구 쳤다.

“그런데 말이에요…….”

아리야는 갑자기 목소리를 낮추더니 주위를 휘둘러보았다.

“오늘 라차담넌에서 엄청난 일이 벌어질 거예요.”

“엄청난 일이라니?”

진호는 라차담넌이 거론되자 귀가 번쩍 트였다.

“우리 그룹 정보 팀에서 알아낸 정본데요, 오늘 오후 3시를 기해 수친다 총리가 시위대를 강제 해산시킬 거라는군요."

"오후 3시에 해산시켜? 어떻게 그 많은 사람들을?"

진호는 묻다 말고 설마 하는 표정으로 아리야를 주시했다.

"수친다 총리가 한국의 5·18을 모델로 삼아 오늘 군대를 투입할 거래요."

아리야의 말투는 단정적이었다. 이미 군인들이 무장한 채 경찰 병력 뒤에 포진한 지 여러 날 되었다. 그리고 수친다 총리는 시위 군중들에게 오늘 정오까지 해산하라는 최후통첩을 방송을 통해 발표했었다. 해산을 안 할 경우 어떻게 할 것이라는 말은 없었다. 아리야의 말로는 그 해산 방법이 오늘 오후 3시를 기해 경찰과 교대하여 시위대를 무력으로 진압한다는 이야기였다. 10여 만 명이 넘는 시위대를 일시에 해산시킬 수 있는 방법은 단 한 가지밖에 없었다. 12년 전 벌어진 학살극인 한국의 5·18을 모델로 삼았다면 그 방법은 단 한 가지였다. 진호는 머리끝이 쭈뼛 했다. 그때는 광주를 외부와 완전히 차단시킨 상태였지만 지금은 전 세계인이 생방송으로 라차담넌의 시위를 지켜보고 있었다. 진호는 그 점에 다소 마음이 놓였지만 수친다 총리가 한국의 5·18을 모델로 삼았다면 대규모 사상자가 발생할 여지가 충분히 있었다.

"아리야, 당신은 잘 알고 있는 모양인데 군대가 투입돼서 어떤 방식으로 10만이 넘는 시위대를 해산시킬 건지 똑바로 말해 보시오. 설마 발포하는 건 아니겠지?"

진호는 수친다 군사 정권이 광주항쟁 때의 무력 진압 시나리오를 모델로 삼았다는 말에 조바심이 일었다.

"……."

대답 없는 아리야의 눈빛이 대답을 대신했다.

"안 돼! 그럴 수가……. 절대 안 돼! 아리야, 그게 정말이오?"

진호는 갑자기 실성한 사람처럼 아리야의 손을 잡고 흔들었다.

"왜 그래요, 지노? 갑자기 왜 이러는 거예요?"

아리야는 갑자기 진호의 태도가 돌변하자 당황했다. 그들의 목소리가 컸던지 주위의 시선이 그들에게 집중되었다.

"아리야, 미안해. 나 지금 먼저 일어나야겠어."

의자에서 일어서며 진호는 시계를 보았다. 1시가 가까워 오고 있었다.

"지노, 어딜 가요? 도대체 왜 이래요?"

아리야는 따라 일어서며 진호의 팔을 잡았다.

"친타나가 있어. 친타나가 그곳에 있단 말이오. 내가 가서 그 아일 구해 내야 돼!"

"지노, 거기 가면 죽을지도 몰라요. 사방을 막고 있어서 들어갈 수도 없고요. 그런데 친타나 때문에 간다고요? 너무 늦었어요, 지노!"

"안 돼, 아리야! 난 가야 해. 진압 작전을 몰랐다면 몰라도 안 이상은 가야 해. 그 아일 죽게 내버려 둘 수 없어."

진호의 표정은 단호했다.

"그 아이가 당신한테 그렇게 중요한가요? 당신이 목숨을 걸 만큼 중요하단 말인가요? 그럼, 난! 난 뭐예요! 당신한테 나는 뭐냐고요?"

아리야는 도저히 진호의 행동을 이해할 수 없었다.

"사랑해. 난 당신만을 사랑하오, 아리야. 하지만 지금은 날 이해해 주면 고맙겠소."

진호는 아리야의 입술에 짧게 키스한 다음 밖으로 뛰어나갔다. 그는 마치 실성한 사람처럼 정신없이 달렸다. 그런 진호의 뒷모습을 바라보는 아리야의 두 눈에 눈물이 고였다.

'나만을 사랑한다고? 그러면서 다른 애인을 위해 목숨을 버리러 간다니……. 흥, 가증스러운 위선자!'

도저히 이해할 수도, 용서할 수도 없는 진호의 행동에 그녀는 엄청난 충격을 받았다. 결국 자신의 기우가 사실로 드러났음이 판명되자 진호에 대한 사랑이 순식간에 증오로 변했다. 두 뺨에 흘러내리는 눈물을 닦을 생각도 없이 솟구치는 분노와 서러움에 그녀는 두 주먹을 꼭 움켜쥐었다.

참다못한 군중들은 드디어 자신들도 무장할 필요를 느꼈다. 이미 광주는 무정부 상태에 돌입했다. 사망자가 속출하고 공용 터미널에서 발견된 두 구의 시체는 광주 시민들로 하여금 자위 의식을 갖게 만들기에 충분했다.

공수부대가 광주에 들어와 살육전을 시작한 지 사흘째인 5월 20일 저녁. 수경은 팔에 부목을 댄 진영과 금남로에서 군중들과 함께 힘차게 구호를 외치고 있었다.

저녁 7시쯤 유동 삼거리 쪽에 있던 시민들이 웅성거리기 시작했다. 공수부대원들이 쳐들어오는가 싶어 놀란 수경은 진영의 허리춤을 끌어당겼다.

"오빠, 저쪽에 공수부대원들이 쳐들어오나 봐. 어서 피해, 응?"

"피하긴? 우리가 여기에 왜 나왔니? 너나 피해. 여자들은 그 새끼들한테 걸리기만 하면 능욕당한다니까."

진영은 정색하며 수경을 떠밀었다.

"아이, 오빤 몸도 성치 않잖아?"

대꾸하려던 진영은 갑자기 들려오는 함성과 박수 소리에 고개를 쭈욱 빼들었다. 박수 소리로 봐서 공수부대는 아닌 듯싶었다.

"수경아, 공수부대가 아닌 것 같다. 야! 수경아, 저기 좀 봐!"

진영은 유동 삼거리 쪽에서 금남로를 향해 일제히 전조등과 비상등을 켠 채 경적을 울리며 다가오는 차량 행렬을 가리켰다. 날도 저물고 어둠이 짓누르고 있던 금남로가 마치 암흑세계를 밝혀 주는 수호신처럼 밀려드는 차량들의 전조등 덕분에 환하게 밝아 왔다. 계엄군 측이 일부러 가로등 스위치를 내려 버렸기에 거리는 온통 칠흑 같은 어둠에 잠겨 있었던 것이다.

대형 버스 다섯 대를 선두로 약 100여 대의 택시들이 금남로에 들어서자 거리 전체가 축제 분위기로 변해 갔다. 길거리에 모여 있던 20여 만 명의 군중들은 감격에 젖어 울부짖었다. 그리고 누군가의 선창에 의해 애국가, 울 밑에 선 봉숭아, 선구자 등의 노래가 계속 이어졌다.

수경과 진영도 택시 옆을 따라 군중 틈에 섞여 걸어갔다. 그들의 표정은 감동과 감격에 겨워 웃으면서도 계속 눈물을 흘렸다.

최루 가스가 뒤덮인 금남로에서 공수부대와 대치하고 있던 시민들은 차량을 앞세우고 도청으로 돌진해 갔다. 트럭 위에 올라탄 20여 명의 청년들은 태극기를 힘차게 휘두르며 공수부대와 격투를 벌이느라 힘이 빠져 있던 시민들에게 다시 한번 용기를 북돋워 주었다.

소강상태에 빠져 있던 대치 상황은 천일 버스 소속 버스 한 대가 갑자기 계엄군의 저지선을 뚫고 도청 광장으로 돌진하자 성난 군중들에게 유리한 상황을 만들어 주었다. 전일 방송국 부근에서 다시 시민들과 군인들의 피 튀기는 육박전이 시작되었다. 밀고 밀리는 시가전이 밤새 계속되었다. 수경은 투석전에 사용하기 위해 보도블록을 깨서 한 곳에 쌓아 놓는 일을 했다. 여자들도 가만있을 수는 없었다. 배도 고프고 힘들었지만 수경은 민주 시민의 한 사람으로서 긍지를 갖고 계속 보도블록 조각을 쌓아 나갔다. 그렇게 20일 밤도 하얗게 지새워 갔다.

진호는 모터사이클 택시를 타고 차이나타운 북쪽의 푸카오통에서 내렸다. 푸카오통은 인공 언덕 위에 황금빛 지붕을 머리에 인 사원으로 동에서 서로 길게 뻗어 있는 라차담넌 거리의 동쪽 끝에 있었다. 도로 건너편에는 M16으로 무장한 군인들이 주변을 통제하고 있었다.

진호는 모터사이클에서 내리자 불과 100여 미터 떨어진 라차담넌 거리의 시위대가 뿜어내는 구호와 민주화 열기를 느끼며 푸카오통의 나선형 계단을 뛰어 올라갔다. 사방이 평지인 방콕에서 가장 높은 인공 언덕이기에 그곳에 오르면 왕궁과 국회의사당, 새벽 사원 등 라차담넌 거리를 중심으로 한 구시가 전체를 조망할 수 있었다.

시위대와 주변 상황을 파악하기 위해 진호는 숨 가쁘게 언덕길을 올라갔다. 푸카오통 북쪽은 라차담넌 거리가 북쪽의 국회의사당까지 곧게 뻗은 라차담넌 녹 거리와 직각으로 만나는 지점이었다. 이미 국회의사당으로 통하는 넓은 라차담넌 녹 거리는 차량이 통제되어 있었다. 경찰은 푸카오통 바로 아래에 바리케이드를 치고 시위대와 대치하고 있었고 사남루앙 공원으로 통하는 라차담넌 거리의 서쪽 끝에도 역시 경찰들이 바리케이드를 친 채 빈틈없이 포진하고 있었다.

그 라차담넌 거리 한가운데 우뚝 솟아 있는 민주 기념탑에 시위대 지휘부가 포진해 있는지 플래카드와 피켓들이 탑을 중심으로 몰려 있었다. 거의 1킬로미터에 이르는 라차담넌 대로에는 엄청난 인파가 몰려 있었다.

강진호는 푸카오통 바로 아래부터 시작해서 천천히 시위대를 훑어봤다. 너무 많은 사람들이 몰려 있기에 그중에서 친타나를 찾기는 불가능했다. 하지만 진호는 포기하지 않고 천천히 살폈다. 그가 친타나를 찾을 수 있는 단서는 태국 국기였다. 그녀는 태국 국기를 흔든다고 말했었다.

그의 눈길이 푸카오통 반대편인 사남루앙 공원 쪽을 훑을 때 진호는 너무 기뻐 숨이 멎는 것 같았다. 시위대와 바리케이드 사이는 약 50여 미터쯤 떨어져 있었고 그 완충 지역에서 대형 태국 국기 세 개가 힘차게 휘날리고 있었다. 그는 직감적으로 그곳에 친타나가 있다고 믿었다. 친타나가 아니더라도 그는 가서 두 눈으로 확인해야만 했다. 그가 몸을 움직여 내려가려는 순간, 도로 양쪽을 가로막은 바리케이드 뒤에 서 있던 경찰들이 그 뒤에 대기하고 있던 군 병력과 교대하기 시작했다. 경찰이 무장 군인들로 교체되자 갑자기 시위대의 함성 소리가 더욱 거세졌다.

진호는 깜짝 놀라며 다시 몸을 날려 푸카오통을 내려갔다. 오후 3시까지는 불과 40분 정도밖에 남지 않았다. 그는 좁은 도로를 건너 3, 4층 높이의 타운 하우스가 늘어선 골목으로 뛰어갔다. 군인들과 교대한 경찰이 몰려나오는 어수선한 틈을 이용해 그는 정신없이 골목길을 달려갔다. 골목을 빠져나오자 민주 기념탑으로 연결되는 2차선 도로가 나왔다. 그러나 진호는 경찰에 의해 제지당했다.

"이 길로는 못 가오. 통제 구역이니 돌아가시오."

경찰이 다급하게 소리쳤다.

"난 외국인이오. 저 도로 건너편에 내 집이 있는데 가도록 해 주시오."

진호는 거칠게 경찰을 밀어내며 소리쳤다.

"안 돼! 위험하오."

"이보시오, 내 집이 바로 저 앞이란 말이오. 매일 다니던 길을 왜 못 가게 막는 거요?"

진호는 속이 탔다. 시간은 이제 20여 분밖에 남지 않았다.

"뭐야, 왜 그래?"

그때 경찰 간부가 다가오며 소리쳤다. 한국으로 치면 경감쯤 되는 계급이었다.

"내 숙소가 저 골목 안에 있는데 좀 보내주시오. 난 기자도 아니고 카메라 같은 것도 없소."

진호는 두 팔을 들어 보이며 경찰 간부에게 다가갔다. 경찰은 두 손을 든 진호를 위아래로 훑어보더니 턱으로 길 건너편을 가리켰다.

"가시오."

외국인인 듯한 진호의 유창한 태국어와 손에 아무 것도 들고 있지 않은 것으로 미루어 기자가 아니라는 판단을 했던 것이다.

"고맙습니다. 정말 고맙습니다."

진호는 연신 고개를 숙이며 재빨리 도로를 건너뛰었다. 골목으로 들어선 그는 라차담넌 거리와 불과 50여 미터의 간격을 두고 평행으로 달리고 있었다. 이제 조금만 더 가서 오른쪽으로 꺾어지면 친타나가 있는 지점쯤 될 것이었다. 시위대의 구호 소리와 함성이 귀청을 찢을 듯했지만 진호의 귀에는 아무 소리도 들리지 않았다. 그는 오직 친타나가 무사하길 빌며 계속 달려가기만 했다. 막다른 삼거리에 다다르자 진호는 주저 없이 오른쪽으로 꺾어 들어갔다. 그러나 그는 그곳에서 더 이상 나아갈 수가 없었다. 좁은 골목길은 소총으로 무장한 군인들로 가득 차 있었다.

"당신 뭐요?"

구릿빛의 건장한 체격의 군인들이 그를 에워쌌다. 진호는 순간 절망감을 느꼈다.

"내 동생이 저기 있소. 날 좀 보내주시오."

진호는 두 손을 모아 군인들에게 사정했다. 체면이나 자존심 따위는 문제가 아니었다.

"뭐야? 이 사람이 미쳤나? 썩 돌아가시오!"

군인들이 진호를 밀쳐냈다.

"제발 부탁이오. 내 동생이 저기 있소. 당신들도 가족이 있을 것 아니오? 제발 날 좀 보내주시오."

진호는 포기할 수 없었다. 다시 애걸하며 군인들에게 다가서던 진호는 자신의 가슴에 와 닿는 총부리에 멈칫했다.

"돌아가란 말이야! 죽기 전에……."

총을 겨눈 군인은 하사관이었다. 눈에 핏발 선 그 하사관은 총구로 거칠게 진호의 가슴을 밀었다. 진호는 하사관이 겨눈 총에서 시선을 떼지 못했다. 하사관의 M16에는 이미 탄창이 끼워져 있었다. 진호는 주위에 서 있는 군인들의 총을 휘둘러보았다. 그들 모두는 이미 탄창을 장전하고 있었다. 설마 했던 우려가 사실로 드러나자 진호는 그만 그 자리에 털썩 주저앉았다. 친타나가 있는 곳은 불과 30미터도 못 됐지만 지금의 진호에게는 영원히 다가갈 수 없는 머나먼 거리로 느껴졌다.

골목 한쪽에 주저앉아 있던 진호는 문득 건너편 집을 바라보았다. 옆으로 약간 벌어진 셔터 사이로 노파의 모습이 보였다. 이미 라차담넌 거리 주변의 건물이나 타운 하우스들은 모두 셔터를 걸어 잠근 지 여러 날째였다. 그러나 주민들은 아직까지 평소와 다름없이 생활하고 있었다. 주민을 소개할 만큼 시위의 양상이 과격하지 않은 때문이었다.

호기심 어린 노파와 낙심해 있던 진호의 눈길이 마주치자 진호는 한 가닥 실낱같은 희망을 품고 노파에게 다가갔다. 그는 최대한 정중히 그리고 최대한 절박한 심정으로 노파에게 사정을 설명했다.

"할머니, 지금 제 여동생이 바로 저 앞에 있는데 제가 가서 데리고 나와야 합니다. 저한테는 하나밖에 없는 동생입니다. 제발 부탁이니 문 좀 한번 열어 주십시오. 옥상으로 올라가면 제가 저쪽 라차담넌 도로에 닿을 수가 있거든요. 할머니, 전 절대 나쁜 사람이 아니에요. 제 눈을 좀 보세요. 제가 나쁜 사람처럼 보이십니까? 제발 제 동생을 살리러 가게 도와주세요, 네?"

진호는 두 손을 모아 쥔 채 정신없이 애걸했다. 노파는 처음에는 겁먹은 표정이었으나 점차 진호의 말에 귀 기울이는 눈치였다.

"자, 보세요. 저는 외국인이에요. 할머니께 해를 끼치려는 사람이 아닙니다. 그러니 제발 문 좀 열어 주세요."

진호는 여권을 꺼내 노파에게 내밀었다. 머뭇거리던 노파가 여권을 받아들더니 호기심 어린 눈길로 펼쳐 보았다. 여권의 사진과 진호를 번갈아 보던 노파는 그제야 의심의 눈길을 거두었다.

"철컥!"

노파는 바깥쪽에 설치된 그물형 셔터를 열어 주었다.

"고맙습니다, 할머니. 정말 고맙습니다."

진호는 연신 고개를 숙이며 안으로 뛰어 들어갔다. 타운 하우스는 4층으로 이루어진 길게 뻗은 연립 주택이었고 1층부터 4층까지 계단으로 연결된 한 유니트가 한 집이었다. 그랬기에 어느 집이든 들어가기만 하면 4층까지 올라가서 옥상을 통해 옆집으로 이동할 수 있었다.

진호는 계단을 뛰어 올라가며 시계를 보았다. 이제 불과 10여 분밖에 시간이 없었다. 옥상으로 올라간 그는 정신없이 라차담넌 거리 쪽으로 뛰었다. 드디어 도로변의 타운 하우스 옥상에 다다른 그는 바로 눈앞에서 벌어지고 있는 엄청난 시위대의 열기에 압도되었다.

그는 아래를 내려다보자마자 태국 국기를 볼 수 있었다. 그리고 그는 바리케이드와 시위대 중간에 서서 힘차게 국기를 흔들고 있는 친타나를 발견했다. 그녀가 무사하다는 안도감과 불의에 맞서 싸우는 용감한 그녀를 보자 가슴이 뿌듯했다.

"친타나, 친타나! 오빠다!"

진호는 목이 터져라 그녀의 이름을 불러댔지만 천지를 진동시키는 엄청난 시위대의 함성 소리에 묻혀 버렸다. 진호는 급히 아래층으로 내려갔다. 2층으로 내려온 진호는 창문을 타고 넘어 도로가로 비쭉 나온 처마 위에서 아래를 살폈다. 건물 바로 앞에는 바리케이드가 설치돼 있었고 그 뒤에는 군인들이 숨죽인 채 시위대를 노려보고 있었다.

"친타나, 친타나!"

진호는 다시 목청을 돋워 친타나를 불렀지만 그녀는 전혀 듣지 못했다. 바로 그때, 바리케이드가 앞으로 열리면서 군인들이 허리총 자세를 한 채 넓은 라차담넌 대로에 일렬횡대로 벌려 섰다. 진호는 시계를 보았다. 3시였다. 그는 두 눈을 부릅뜨며 소리를 질렀다.

"안 돼, 친타나! 피해!"

그러나 그의 외침이 끝나기도 전에 온 천지에 콩 볶는 소리가 진동했다. 무장 군인들의 발포 소리에 시위 현장은 순식간에 아수라장으로 변했다. 총소리와 함께 시위대는 사방으로 흩어졌지만 피할 곳이 없었다. 순식간에 그 넓은 라차담넌 거리를 가득 메우던 함성이 사라지고 시위대는 모두 도로에 납작 엎드렸다.

진호는 총소리에 놀라 눈앞에서 벌어지는 아수라장을 보고도 어쩔 줄 몰라 멍하니 서 있었다. 총소리가 멎자 시위 군중들은 하나둘씩 고개를 들고 자신들의 몸을 만져보며 일어섰다. 다친 사람은 아무도 없었다. 군인들은 하늘을 향해 위협사격을 가한 것이었다. 시위대는 위협사격임을 알자 모두 다시 일어나 조금 전보다 더욱 격렬하게 구호와 함성을 외쳤다.

"수친다를 몰아내자! 이 땅에 민주주의를 바로 세우자!"

뜨거운 열기가 다시 라차담넌 거리에 몰아쳤다. 진호는 군인들의 위협사격에 잠시 안도했지만 곧 안색이 파랗게 질렸다. 군인들은 정지한 상태에서 탄창을 바꿔 끼우고 있었다.

'세상에…… 아리야 말이 사실이라면…….'

진호는 곧장 도로로 뛰어내렸다. 땅바닥에서 한 바퀴 뒹군 그는 친타나에게 달려가며 그녀를 불렀다.

"친타나! 엎드려, 친타나!"

달려가던 그는 곧 바리케이드 뒤에 대기하고 있던 군인들에게 붙잡혔다.

"안 돼! 친타나, 엎드려, 친타나!"

그는 군인들의 제지를 뿌리치며 바리케이드에 매달렸다. 그의 정성이 하늘에 닿았는지 친타나는 국기를 흔들다 말고 진호 쪽으로 고개를 돌렸다. 그 엄청난 함성 속에서도 자신의 이름을 부르는 진호의 목소리를 들은 듯 그녀의 눈길이 바리케이드 쪽의 군인들 사이를 헤집었다.

"친타나!"

진호는 자신에게 가해지는 개머리판의 충격에도 아랑곳없이 친타나를 불러 댔다. 그런 그의 외침을 들었는지 친타나의 눈길이 진호와 마주쳤다.

"오빠……!"

친타나의 환한 미소가 입가에 번지는가 싶자 '탕!' 하는 총성과 함께 그녀의 가슴에서 피보라가 일었다. 가녀린 그녀의 몸뚱이가 휘청거리며 천천히 주저앉았다.

"치……친타나, 안 돼!"

진호는 자신의 눈앞에서 붉은 피를 흘리며 쓰러지는 친타나를 보자 미친 듯이 울부짖었다.

"놔라, 이 새끼들아! 놔! 내 동생이…… 내……."

오열하던 진호는 자신을 짓밟는 군홧발과 개머리판에 서서히 의식을 잃어 갔다. 의식을 잃어가는 그의 망막 속에 요란하게 울리는 총소리와 함께 피를 토하며 쓰러지는 수많은 시민들의 모습이 선명하게 각인되어 갔다. 두 번 다시 일어나서는 안 될 광주 5·18의 악몽이 12년의 세월을 건너뛴 1992년 5월 18일 오후 3시에 수친다 정권에 의해 태국의 수도 한복판에서 되살아나고 있었다.

공수부대의 만행에 관한 소문은 꼬리에 꼬리를 물고 광주시 전역으로 퍼져 나갔다. 분노한 군중들은 충장로와 금남로를 통해 도청 앞으로 몰려들었다. 누가 시킨 것도 아니었건만 도청 앞 광장은 어느새 민주화 운동 투쟁 장소로 군중들의 머릿속에 각인돼 있었다.

도청 앞 분수대를 중심으로 공수부대원들과 광주 시민들이 날카롭게 대치하고 있었다. 금남로와 도청 분수대를 반원형으로 가득 메운 수십만의 성난 시민들은 버스와 택시, 트럭 등을 앞세우고 좌우로 포진하고 있었다. 도청을 사수하라는 명령을 받은 공수부대원들은 수십만 광주 시민들에 의해 개죽음 당할지도 모른다는 압박감에 잔뜩 긴장하고 있었지만 그들은 대한민국의 최정예 부대원답게 상부의 명령에 절대 복종하고 있었다.

도청 앞에 모인 시민들은 신군부 퇴진 및 공수부대원들에 의해 자행된 과잉 진압에 항의하며 그 기세를 더해 가고 있었다.

강수경은 진영의 뒤를 따라 인파를 헤집으며 앞으로 나아갔다. 수십만 민주 시민의 함성에 고무된 듯 수경은 가슴이 벅차올랐다.

앞으로 나아가던 진영은 몇 사람 앞으로 분수대가 보이고 그 너머 도청 앞에 잔뜩 웅크리고 있는 공수부대원들이 보이자 수경의 손을 잡고 주위 사람들을 따라 아스팔트 위에 주저앉았다.

그들은 핸드 마이크를 들고 시위대를 리드하는 청년의 안내에 따라 시민들과 목청 높여 '아침이슬'을 불렀다. 오랫동안 대학가에서 사랑받아 왔고 박통 때 무슨 이유에서인지 금지곡으로 지정된 아침이슬은 어느새 반독재 시위 때 첫 손가락에 꼽힐 만큼 시위대의 애창곡으로 못 박혀 있었다. 노래가 끝나자 와! 하는 함성이 광장에 메아리쳤다. 그와 동시에 시위대 중간에 있던 버스가 갑자기 도청을 향해 돌진해 갔다.

"와……!"

버스 기사의 예기치 않은 용기에 다시 한번 하늘이 무너질 듯 시민들의 함성 소리가 광장에 울려 퍼졌다. 그러나 버스가 광장 중간에 있는 분수대도 채 못 갔을 때 공수부대원들이 버스를 향해 집중사격을 가하기 시작했다.

"탕…… 탕탕탕…… 탕탕!"

기세 좋게 달리던 버스의 유리창이 박살나며 버스는 순식간에 벌집이 된 채 분수대를 들이받고 멈춰 섰다. 수경은 콩 볶는 듯한 소리와 함께 맨 앞줄에서 대형 태극기를 두 손으로 세운 채 앉아 있던 남자가 맥없이 쓰러지는 걸 보고 깜짝 놀라 엎드렸다. 아스팔트 위에 머리를 처박고 겁에 질려 있던 수경은 잠시 후 사방이 조용해지자 살며시 고개를 들었다. 그녀의 주위에 조금 전까지 멀쩡하게 앉아 있던 서너 명의 시민들도 유탄에 맞아 피투성이가 된 채 아스팔트를 붉게 물들이고 있었다.

수경은 자신의 바로 옆에 앉아 있던 중년 남자가 소리 없이 쓰러져 있는 걸 보았다. 총알은 그의 가슴을 뚫고 들어갔고 그 조그만 구멍으로 시뻘건 피가 쿨럭쿨럭 솟아나왔다. 수경은 쓰러진 채 한 손을 허우적대고 있는 중년 남자의 눈길과 마주치자 참을 수 없는 분노가 치밀어 올랐다. 무기도 없이 질서 있게 앉아 비폭력 시위를 하던 이웃들이 속절없이 희생되자 그녀의 부릅뜬 두 눈에 결연한 빛이 감돌았다. 수경은 자리에서 일어나 앞으로 걸어갔다. 공수부대원들의 총격이 멈춘 도청 앞 광장은 기묘하리만치 무거운 침묵이 감돌고 있었다. 시위대 앞에는 조금 전까지 펄럭이던 태극기가 주인을 잃은 채 아스팔트 위에 널려져 있었다. 태극기의 주인도 왼쪽 팔에 유탄을 맞고 조금 전 사람들에 의해 병원으로 후송되었던 것이다. 수경은 허리 굽혀 태극기를 주워들었다.

"수경아! 위험해, 얼른 뒤로 와!"

공수부대원들의 발포에 혼비백산하며 저만치 뒤로 물러나 있던 진영이 수경을 불렀다. 수경은 군중 앞에 선 채 진영을 돌아보았다. 수경의 대담성에 놀란 진영과 눈길이 마주친 수경은 씨익 웃어 보였다. 천진난만한 아이의 미소처럼 그녀의 미소는 보는 이의 마음을 깨끗하게 정화시켜 주는 것 같았다.

그녀는 고개를 돌려 도청을 바라보았다. 갑작스러운 버스의 돌진에 놀랐던 군인들도 정신을 차린 듯 전열을 가다듬고 군중을 향해 총구를 겨누고 있었다. 수경은 죄 없는 시민들을 학살한 군인들을 바라보며 천천히 애국가를 부르기 시작했다. 군인들을 바라보는 그녀의 눈에서는 더 이상 그들을 향한 그 어떤 분노의 빛도 찾아볼 수 없었다. 그녀는 시민들도, 그리고 총을 쏜 군인들도 같은 시대의 피해자란 생각이 들었다. 지금은 극한 대립 속에 서로의 움직임을 주시하고 있는 군인들과 시민들도 결국은 한 핏줄을 나눈 한 민족이었다. 그런 그들의 마음이 하나로 이어질 수 있는 건 나라를 사랑하는 애국심이었다. 그런 생각에 수경은 애국가로 그들의 마음이 하나로 이어지는 기적을 꿈꾸며 애국가를 불렀다.

"동해물과 백두산이……."

그녀가 애국가를 부르자 주위 사람들이 따라 부르기 시작했고 곧이어 도청 앞은 힘차고 장중한 군중들의 애국가 소리가 엄숙하게 울려 퍼졌다.

"……삼천리 화려 강산……"

수경은 태극기를 좌우로 흔들기 시작했다. 힘차게 펄럭이는 태극기를 따라 군중들의 애국가 소리도 점점 높아갔다. 그러나 흔들리는 태극기가 시위대를 선동하는 신호로 착각한 공수부대원이 가늠자 위에 놓여 있던 수경을 향해 방아쇠를 당겼다.

"탕!"

엄숙한 도청 앞의 분위기를 일순간에 박살내며 날아간 총알은 정확히 수경의 가슴 한복판을 꿰뚫었다. 그 총소리를 신호로 공수부대원들은 애국가를 부르고 있던 시민들을 향해 무차별 발포를 하기 시작했다.

"타타타탕…… 탕…… 탕……!"

가슴 한복판에서 피분수를 쏟아내며 쓰러진 수경은 차가운 아스팔트 위에 뺨을 댄 채 미처 끝나지 않은 애국가를 계속 불렀다.

"……으로 ……길이……보…존……하…세!"

입술을 움직여, 아니 목청을 높여 못다 한 애국가를 부르고 싶었지만 노래는 목구멍에서 맴돌 뿐이었다. 그렇게 수경은 이루어지지 못한 기적을 아쉬워하며 태극기를 꼬옥 움켜쥐었다. 나라의 앞날을 위해 바친 후회 없는 생이었기에 눈감은 그녀의 입가에 잔잔한 미소가 남아 있었다.

더 많이 사랑하는 것 외에
다른 사랑의 치료약은 없다.

- 헨리 데이비드 소로우 -

연戀
가歌

제단 위에 놓인 친타나의 영정은 웃고 있었다. 위패에 묵념을 하고 난 진호는 한동안 친타나의 영정에서 눈길을 떼지 못했다. 그녀가 무슨 큰 잘못을 저질렀기에, 군사 독재를 타도하고 이 땅에 민주주의를 위해 애쓴 게 무슨 대역죄에 해당한다고…….

진호는 어제 정주협의회의 삭센으로부터 전화를 받았다. 평소 친타나가 자주 다니던 그리고 그녀의 위패가 모셔진 스리산펫 사원의 주지승인 분펭이 친타나 일로 만나고 싶다고 전해 왔었다. 친타나의 일이라기에 진호는 불편한 몸을 움직여 사원을 찾아온 것이었다.

상념에서 벗어난 진호는 천천히 밖으로 나왔다. 마당에는 반쯤 눈을 감은 노승이 기다리고 있었다.

"어서 오시오."

분펭이 고개를 끄덕이며 진호를 맞았다.

"친타나에게서 스님 말씀 많이 들었습니다. 일찍 찾아뵈었어야 하는 건데…….”

“그러시오? 자, 저기로 갑시다.”

분펭은 만면에 인자한 미소를 머금으며 강가를 가리켰다.

“자, 앉읍시다.”

분펭은 친타나가 찾아오면 언제나 앉던 강가의 벤치에 앉았다. 진호도 벤치 한쪽에 앉아 강물을 바라보았다. 태국의 젖줄인 차오프라야 강은 저 멀리 북쪽에서부터 이 세상의 모든 욕망과 좌절, 믿음과 배신, 부와 가난, 학살과 탄압 그리고 용서와 화해를 포용하며 오늘도 변함없이 흐르고 있었다. 불과 나흘 전 벌어졌던 백주의 학살극도 이제는 용서와 화해를 갈구하며 과거의 한 페이지로 흘러갔고 그 엄청난 유혈극의 장본인들에 대한 심판도 후세의 판단에 맡긴 채 차오프라야 강으로 휩쓸려 들어갔다.

학살극이 벌어진 바로 그 다음날, 그토록 수천 명의 고귀한 생명을 빼앗아 가면서까지 놓고 싶지 않았던 수친다 무리의 권력에 대한 욕망은 태국 국민의 절대적인 존재로 추앙받는 푸미폰 국왕의 한마디에 물거품이 되고 말았다. 국왕은 자신의 백성들이 더 이상 정쟁의 희생물이 되는 걸 원치 않았기에 국왕의 처소인 치탈라다 왕궁으로 수친다 총리와 체포되었던 민주 진영의 거두인 잠롱을 불렀었다. 그 모든 장면들이 TV 카메라를 통해 전국에 생중계되었고 그 자리에서 국왕은 두 사람의 화해를 종용했다. 그 국왕의 한마디에 수천 명을 학살했던 수친다는 고개를 떨구며 총리직을 사임했던 것이다. 그럼으로써 태국 국민들은 그토록 바라던 민주주의의 꽃을 활짝 피울 수 있게 된 것이었다.

"그 옆이 언제나 친타나가 앉았던 자리라오."

분펭은 벤치 옆의 잔디밭을 가리켰다.

"……."

진호는 잔디밭을 바라보았다. 잔디는 파릇파릇했지만 친타나의 해맑은 모습은 이제는 그곳에 없었다.

"자, 이걸 받으시오. 친타나가 보낸 건데 그저께 도착한 거요."

분펭은 품에서 편지를 한 통 꺼내 진호에게 건넸다. 진호는 두 손으로 공손히 편지를 받아들었다. 일주일 전 치앙마이 우체국 소인이 찍혀 있었다. 아마 치앙마이에서 방콕으로 내려오기 전에 보낸 것 같았다.

"나한테도 한 통 보냈다오. 쯧쯧, 녀석이 꽤나 마음고생이 심했었던 모양이오. 그동안 젊은이 이야기를 참 많이 했었는데……. 이렇게 죽을 줄 알았다면 마음고생이나 하지 말지. 그럼, 난 먼저 일어나겠소. 천천히 읽어보시오."

분펭은 한숨을 내쉬며 벤치에서 일어섰다.

"네. 감사합니다, 스님."

진호도 따라 일어서며 정중히 인사했다. 돌아서는 분펭의 늙은 어깨 위에 아직도 못 버린 속세의 고뇌가 남아 있는지 축 처져 보였다. 진호는 다시 벤치에 앉아 편지를 꺼내 읽기 시작했다.

오빠!
오늘 아침에 수탓 선배한테 전화 받았어요. 민주 기념탑에 잠롱 선생님을 비롯해서 우리 동지들이 모두 모여 있대요. 전 그 전화 받고 너무 기뻤어요. 오빠가 계신 방콕에 갈 수 있다는 기쁨 때문에 전 당장 방콕으로 가겠다고 대답했어요.
그런데 오빠!
전 오빠를 만날 수 없을 것 같아요. 오빠를 만나면 분명히 오빠는 제가 라차담넌에 못 가게 하실 거예요. 그렇죠? 오빠는 저를 너무 사랑하고 아끼시기 때문에 분명히 그렇게 하실 거예요.
그래서 저는 많이 고민했어요. 그리고 바로 라차담넌으로 가기로 결정했어요. 수경 언니처럼 자랑스러운 오빠의 동생이 되고 싶거든요.
제발 실망하지 마세요. 저는 작은 힘이나마 이 나라에 민주주의를 꽃피우는데 보탬이 되고 싶어요. 그리고 만약 군사 정권이 굴복하게 된다면 그 때 가장 먼저 밝은 모습으로 오빠를 찾아가겠어요.
오빠!
오빠와 함께 이곳에서 지냈던 시간들은 제 생애에서 가장 행복했던 날들이었어요. 물론 오빠의 동생이었기에 가능했던 시간들이었지요. 정말 고마웠어요, 오빠!
이제 이 편지를 부치고 역전으로 나가봐야 할 시간이에요.
오빠! 아리야 언니께도 안부 전해주시구요. 두 분이 내내 행복하시길 빌어요.

그럼, 안녕!

2535. 5. 15.

오빠의 하나뿐인 동생 친타나가.

편지는 유서나 다름없었다. 자신이 곧 죽으리라는 걸 예상이나 했을까? 친타나의 편지를 읽은 진호는 사랑의 열병에서 벗어나려는 그녀의 몸부림이 눈에 보이는 듯 선했다.

'자식…… 얼마나 가슴 아팠을까…….“

진호의 눈가에 이슬이 맺혔다. 북받치는 슬픔을 애써 참으려 진호는 하늘을 바라보았다. 파란 하늘을 두둥실 흘러가는 조각구름 위로 친타나의 해맑은 모습이 보였다. 결국은 무게를 이기지 못한 눈물방울이 주르르 두 뺨을 타고 흘러내렸다. 수경을 잃었을 때와 똑같은 아픔이 가슴살을 도려내고 있었다.

"오빠! 이렇게 매일 술만 드시면 어떡해요? 몸도 생각하셔야죠, 네?"

수정은 하염없이 술잔을 기울이는 진호에게 하소연했다. 그러나 진호는 초점 없는 시선으로 창밖을 내다볼 뿐 말이 없었다.

"벌써 며칠째예요, 오빠? 도대체 왜 이러시는 거예요? 죽은 사람이 이런다고 살아오겠어요? 친타나도 오빠의 이런 모습을 원치 않을 거예요. 오빠, 제발 정신 좀 차리세요!"

병원에서 퇴원한 후 사원에 다녀온 진호는 벌써 나흘째 집에 틀어박혀 술만 마시고 있었다. 그는 친타나의 죽음이 자신 때문이라고 생각했다. 그녀의 진심을 알면서도 외면했기에 그녀가 죽음의 길을 택했다고 생각했다. 다시 살아온 동생을 또 한 번 죽인 결과가 되었다.

"수정아…… 넌 몰라. 친타나가 왜 죽었는지……."

진호의 혀는 반쯤 꼬부라져 있었다.

"왜 몰라요? 그 아인 이 나라의 민주주의를 위해 싸우다 죽은 거예요."

수정은 진호가 입을 열자 답답하던 심정이 조금 풀렸다. 대화하기 시작했다는 건 자신의 설득에 귀 기울이기 시작했다는 징조였다.

"아니야! 그래, 그래…… 맞아. 하지만 그것도 아니야."

진호는 횡설수설했다.

"오빠, 많이 취하셨어요. 식사도 거르시고 매일 이렇게 독한 위스키만 마시면 어떡해요?"

수정의 걱정과는 달리 진호는 삼각형의 글렌피딕 병을 집어 잔이 넘치도록 따랐다.

"수정아, 친타나는 나를 사랑했단다."

진호는 탄식하듯 말했다.

"사랑……이오?"

수정은 설마 하는 눈빛으로 진호를 응시했다.

"그래, 사랑 말이야. 치앙마이에서 헤어질 때 그러더구나. 녀석…… 그 말을 가슴에 담고 끙끙 앓고 있었단다. 사랑의 성격이 달랐던 거지. 친타나도…… 내가 하는 말뜻을 알아들었어. 그래서 수경이처럼 행동했던 거야. 자포자기하는 심정도 있었겠지. 내가 그 아일 죽음으로 몰고 간 거란다. 흐흑……."

진호는 갑자기 흐느껴 울었다.

"그건 오빠 잘못이 아니잖아요. 친타나가 일방적으로 오빠에게 연모의 마음을 가졌던 건데 그걸 받아주지 않았다 해서 어떻게 그 애의 죽음이 오빠 책임이 될 수 있어요? 그건 말도 안 돼요. 어쨌든 궁극적으로는 친타나도 수경 언니처럼 오빠의 진정한 동생이 됐다고 할 수 있어요. 그러니까 오빠가 이러시는 걸 친타나도 결코 바라지 않을 거예요. 그리고 오빠에겐 사랑하는 아리야 언니가 있잖아요? 그러니 제발 진정하시고 예전의 오빠로 돌아가세요. 네?"

수정은 간곡한 어조로 진호를 설득했다.

"후후, 아리야? 그녀도 내 곁을 떠났어. 아니, 내가 그녀를 버린 거야. 수정아, 동생이 사지에 있는데, 이제 곧 죽을지도 모른다는 걸 알았는데 너 같으면 가만있겠니? 더구나 그 아인 다시 살아온 수경의 분신인데……. 물론 내가 너무 당황해서 아리야를 충분히 이해시킬 시간이 없었지만 그녀가 날 믿고, 날 사랑하고 있었다면 날 이해해 줄 줄 알았어. 그런데 그녀는 내가 친타나를 동생이 아니라 연인으로 생각하고 있었다고 믿었나 봐. 난 이제 희망이 없어. 사랑하는 두 사람을 한꺼번에 잃어버린 거야."

진호는 잔을 들어 벌컥벌컥 들이켰다. 진호가 라차담넌에서 체포된 후 그 다음날 바로 석방될 수 있었던 것은 아리야의 노력 덕분이었다. 그녀는 진호가 떠난 후 안절부절못하다가 라차담넌에서 발포가 있은 후 모든 노력을 기울여 진호의 행방을 수소문했던 것이다. 하루 만에 진호가 있는 곳을 알게 된 그녀는 진호가 시위와는 무관한 외국인임을 알리고 그의 신원을 보증했던 것이다. 자신보다 친타나를 택했던 그에게 배신감을 느꼈지만 그가 살아 있다는 소식을 듣자 군부대에 체포되어 있는 걸 차마 모른 척할 수는 없었다.

그리고 아리야는 진호가 수감돼 있던 군부대 유치장에서 그를 만나 눈물을 머금고 결별을 통고했었다. 그녀의 신원 보증은 진호에 대한 마지막 배려였던 것이다.

"아니에요, 오빠! 아리야 언니는 현명한 분이에요. 사리 판단도 뛰어나고요. 그냥 잠시 오해했을 거예요. 오빠를 아주 많이 사랑하잖아요? 오빠가 술 그만 드시고 옛날의 활기찬 모습으로 돌아오시면 아리야 언니도 오빠를 다시 맞아 주실 거예요."

진호를 위로하는 수정의 목소리는 어딘지 자신감이 없었다. 연거푸 술잔을 들이키는 진호의 텁수룩한 모습을 보며 수정은 깊은 한숨을 내쉬었다. 진호를 설득하기에 자신의 힘만으로는 역부족임을 느꼈다. 그녀는 아리야를 만나 이야기해 보고 싶었다. 진호의 말이 사실이라면 아리야는 엄청난 오해를 하고 있는 셈이었다. 그녀가 진호를 이해할 수 있게 된다면 그녀의 사랑이 친타나로 인해 상처받은 진호의 아픈 마음을 치유해 줄 수 있으리라 믿었다. 비록 완전히는 아니더라도 적어도 친타나를 죽음으로 몰아넣었다는 자책감을 스스로 이겨낼 수 있는 용기를 심어줄 것이 틀림없었다.

수정은 아리야가 다가오자 의자에서 일어섰다.

"오랜만이군."

아리야는 마지못한 표정으로 수정을 바라보았다.

"네, 오랜만이에요. 바쁘신 줄 알지만 언니를 만나 뵙고 꼭 드릴 말씀이 있어서……."

수정은 애써 웃는 낯을 보였다.

"지노 씨 이야기라면 난 들을 게 없는 것 같은데?"

아리야는 의자에 앉으며 싸늘하게 말했다. 그녀는 수정이 전화를 걸어와 저녁 때 굳이 만나고 싶다기에 마지못해 나온 것이었다. 수정을 만나보았자 진호 이야기가 뻔할 것 같아 별 핑계를 다 댔지만 수정이 너무 간절하게 청하기에 만나기로 약속한 것이다.

"차부터 시킬까요?"

수정은 웨이트리스가 다가오자 아리야에게 차 주문을 권했다.

"오렌지 주스로 하지."

"저, 여기 오렌지 주스 두 잔 주세요."

수정은 웨이트리스에게 음료수를 주문했다.

"그래, 무슨 일인데 날 보자고 했어?"

아리야는 한시바삐 자리를 뜨고 싶었다.

"짐작하시겠지만 진호 오빠 때문이에요."

"그 사람이 어떻든 나하곤 상관없어. 날 아주 무참하게 만든 사람이야. 그런 사람 얘긴 듣고 싶지 않아."

아리야는 매섭게 쏘아붙이고는 창밖으로 시선을 돌렸다. 대형 유리창 바깥에는 퇴근하려는 차량과 인파들로 북새통을 이루고 있었다.

"그래도 서로 사랑하는 사이였잖아요. 오빠는 지금 많이 힘들어하고 계세요. 출근도 안 하시고 집에서 술만 들고 계세요. 저렇게 놔두면 아주 폐인이 돼 버리고 말 거예요."

"그게 나하고 무슨 상관이야? 내가 그렇게 만든 건 아니잖아. 이봐, 수정이! 그 사람은 날 속이고 친타나를 사랑했어. 그랬기에 날 버리고 그 아일 위해 죽음도 불사한 거야. 다행히 죽지는 않았지만……. 하여튼 친타나가 죽은 건 안됐어. 그때 그 장소에 친타나가 있었다는 걸 난 몰랐어. 그녀가 죽은 건 우리하고 아무 상관도 없는 일이야. 제발 그만 이야기하자."

아리야는 그날 일이 생각나는지 흥분했다.

"언니! 언니는 오빠와 친타나와의 관계를 오해하고 계신 거예요. 진호오빠는 친타나를 친동생인 수경 언니처럼 생각하고 계셨던 거예요."

"흥! 말로만 그랬겠지. 난 철저히 속고 있었어."

아리야는 아예 수정의 말을 듣지 않으려 했다.

"언니, 언니는 겉만 보고 속을 판단하시는군요. 수경 언니는 12년 전, 한국의 광주항쟁 때 군인이 쏜 총에 맞아 죽었어요. 그때 수경 언니는 갓 대학에 입학한 열아홉 살이었어요. 그 12년 동안 가슴에 묻어 두었던 수경 언니가 진호 오빠에게 친타나로 다시 나타난 거예요. 친타나는 오빠에겐 친타나가 아니었어요. 바로 수경 언니였다고요. 그런데 친타나가 갑자기 라차담넌 시위 현장에 나타난 거예요. 그 위험한 곳에……. 아리야 언니! 언니한테 꼭 한 가지 묻고 싶은 게 있어서 뵙자고 했어요."

아리야는 수정의 말을 듣자 심한 혼란에 빠졌다. 그녀는 진호의 여동생이 광주항쟁 때 군인의 총에 맞아 죽었다는 이야기를 처음 들었던 것이다.

"……."

"만약 언니에게 동생이 있다면, 그 동생이 친타나처럼 위험한 시위 현장에 있다면, 그리고 그 동생이 있는 곳에 무자비한 학살이 곧 벌어질 것이라는 걸 알았다면 언니는 그 동생을 그냥 죽게 내버려 두겠어요? 대답해 보세요, 네?"

"그…… 그건……."

아리야는 말문이 막혔다. 피를 나눈 동생이 그런 지경에 처해 있다면 자신도 위험을 무릅쓰고 달려갔을 것이다. 아리야는 자신이 경솔했음을 뉘우쳤다. 친타나가 진호에게 수경의 분신이었다면 12년 전 신군부에 의해 희생된 수경처럼 친타나가 희생되는 것만큼은 무슨 수를 쓰더라도 막고 싶었으리라. 더구나 진호가 친타나를 수경의 분신으로 여겼었다면 그리고 무력으로 시위대를 진압하리라는 걸 알았다면 더욱 그러했으리라.

아리야는 어둑해진 창밖으로 시선을 돌렸다. 사랑하는 사람을 믿지 못했다는 건 자신의 불찰이었지만 막상 자신과 같은 경우에 처했다면 상대를 오해할 수도 있었다. 아리야는 그렇게 자위해 보았지만 자신이 진호를 오해한 것만은 사실이었다.

그녀는 어떻게든 자신의 행위를 정당화시킬 구실을 생각했다. 그러나 그럴수록 군 유치장에서 마지막으로 보았던 진호의 초췌한 모습이 자꾸만 떠올랐다. 창밖의 수쿰빗 대로에 꼬리를 물고 서 있는 꽉 막힌 차량 행렬을 보면서 아리야는 문득 진호가 한 말이 생각났다.

'이디스즈易地思之!'

아리야는 진호의 입장에서 일련의 사태들을 생각해 보자 그제야 자신이 오해했음을 그리고 다시 얻은 동생을 또 한 번 가슴에 묻어버린 그 쓰라린 가슴에 결별을 선언함으로써 치명적인 대못을 박았다는 잘못을 깨닫게 되었다.

"이 세상 어느 누구도 자신의 혈육이 죽는 걸 그냥 두고 보지는 않을 거예요. 아리야 언니! 제발 오해를 푸시고 우리 오빠를 좀 살려주세요. 오빠가 사랑한 사람은 언니뿐이었어요. 언니도 그걸 잘 아시잖아요? 제발 부탁드려요. 언니만이 오빠를 구하실 수 있어요."

수정은 간곡히 애원했다.

"휴우, 어쩌다 이렇게 됐는지……. 수정아!"

아리야의 눈빛은 처음보다 많이 누그러져 있었다.

"네."

"난 지금 상당히 혼란스럽단다. 나에게도 생각을 정리할 시간이 좀 필요할 것 같아. 이만 나 먼저 가고 싶구나."

아리야는 핸드백을 챙겨들었다.

"그러세요. 그리고 제가 드린 말씀을 잘 생각해 보세요. 어젯밤에도 오빠는 언니를 그리워하면서 눈물을 흘리셨어요. 제발 부탁드려요."

수정은 자신의 역할이 끝났음을 알았다. 이제 공은 아리야에게 넘어간 것이다. 이제부터는 두 손 모아 기도드리는 일밖에 남지 않았다. 아리야가 가 버리자 수정은 두 손을 모으고 간절히 기원했다. 종교라곤 가져본 적이 없던 그녀였지만 예수, 석가, 공자, 마호메트 등 그녀가 기억하고 있는 모든 성인들에게 진호와 아리야가 다시 합쳐지길 빌고 또 빌었다.

아리야는 어슴푸레 밝아오는 여명을 헤치며 텅 빈 도로를 질주했다. 이제 막 잠에서 깨어나 하루를 시작하려는 나른한 분주함이 거리 곳곳에서 느껴지는 시간이었다. 그녀는 어젯밤 수정을 만난 후 밤을 꼬박 지새우다시피 했다. 자신의 경솔한 판단에서 비롯된 오해란 걸 인정은 했지만 진호에게 용서를 바란다 해도 그가 받아 줄지 걱정이었다. 자존심을 내세울 때는 더더욱 아니었지만 자신의 모진 어투에 갈가리 찢겨졌을 진호의 심정을 헤아려 보자 그를 볼 면목이 없었다.

밤새 고민하던 그녀는 동녘이 희미하게 밝아 올 즈음에야 결론을 내렸다. 자신이 뿌린 씨앗은 자신이 거둬야 했다. 설사 진호가 자신의 잘못을 용서해 주지 않는다 해도 그가 받아줄 때까지 용서를 구해야 했다. 그리고 친타나를 잃고 방황하는 그를 붙들어야 했다.

결론을 내리자 그녀는 한시바삐 진호를 만나고 싶었다. 물밀 듯이 밀려드는 그리움에 잠시도 지체할 수 없었다. 새벽길을 달려가던 아리야는 라치다 거리의 로빈슨 백화점 앞에서 우회전하여 한국대사관 쪽으로 핸들을 꺾었다. 아리야는 한국 대사관 못 미쳐 건너편에 있는 주유소로 들어갔다. 24시간을 열고 있는 주유소 한쪽에 나무로 만든 아담한 오두막집 모양의 커피숍이 있었다. 그 앞에 차를 멈춘 아리야는 엔진을 멈추고 셀폰을 집어들었다.

집주인은 소파에 누워 한창 단잠에 빠져 있었지만 거실 한쪽에 있는 TV에서는 미 PGA 매스터스 골프 챔피언십 대회가 한창 진행되고 있었다. 거실 바닥엔 이미 조니워커 블랙 위스키 병이 텅 빈 채 뒹굴고 있었고 탁자 위에는 반쯤 남은 스윙 위스키 병이 뚜껑이 열린 채 놓여 있었다. 진호는 밤늦게까지 술을 마시다 새벽녘에야 취해서 곯아떨어져 있었다.

"삐리리릭……!"

거실 한쪽에 놓여있던 셀폰 소리가 고요한 새벽 공기를 갈라놓았다. 진호는 전화벨 소리에 몸을 뒤척이며 실눈을 떴다. 창밖은 채 어둠이 가시지 않고 있었다.

'누구야, 이 새벽에?'

진호는 단잠을 깨운 전화벨 소리에 얼굴을 찡그리며 고개를 흔들었다. 취기가 많이 남은 탓에 머리가 묵직했다. 반쯤 떠진 그의 눈길은 소리 나는 곳을 더듬어 전화기를 찾았다. 그는 TV 화면의 불빛에 의지하여 장식장 위에 놓인 셀폰을 집어들었다.

"여, 여보세요!"

그의 혀끝은 반쯤 꼬부라져 있었다.

"……."

전화선 저쪽은 말이 없었다.

"할로! 누구……세요?"

"……."

리모컨으로 TV를 끈 진호는 상대방이 침묵을 지키자 혹시나 하는 생각이 들었다.

"아리야…… 당신…이오?"

진호는 조심스럽게 물었다.

"……네, 나예요."

목소리의 주인공은 예상한 대로 아리야였다. 진호는 그녀의 목소리를 듣자 갑자기 온몸에서 힘이 쭉 빠졌다. 그는 소파에 주저앉아 담배를 피워 물었다.

"……."

"무슨 말을 해야 좋을지 모르겠어요. 친타나 일은 정말 안됐어요. 지노, 내가 당신을 많이 아프게 했던 것 같아요. 날…… 날 용서해 주겠어요?"

아리야의 목소리는 가늘게 떨렸다.

"아니오. 내가 당신에게 용서를 구해야지. 내가 당신을 오해하게 만들었소. 미안하오."

진호는 그동안의 고뇌와 갈등이 순식간에 사라져 버리는 것 같았다.

"내가 당신을 사랑한다면서도 믿음이 부족했던 것 같아요. 친타나를 생각하는 당신 마음을 오해해서 미안해요. 하늘에 있는 친타나도 날 이해해 줄까요?"

"물론이고말고. 이해해 줄 거요."

"난 수경이 한국의 광주항쟁 때 군인이 쏜 총에 맞아 죽었는지 몰랐어요. 왜 나한테 말해 주지 않았어요?"

"미안하오. 그 애 문제는 내 가슴속에 조용히 묻어 두고 싶었소. 친타나가 수경이와 같은 길을 걸을 줄은 나도 미처 짐작하지 못했었소. 이젠 다 지나간 일이오."

진호는 소파에서 일어나 창가로 다가갔다. 마당에 줄줄이 피어 있는 프란지파니 위에 밤새 머무르던 어둠을 몰아내고 여명이 비쳐 들었다.

"친타나와의 오해는 정말 미안해요. 이제부터는 절대 흔들리지 않을 거예요."

"고맙소. 난 그동안 친타나를 잃은 슬픔도 컸지만 날 사랑하는 당신을 오해하게 만든 것 때문에 더욱 가슴이 아팠다오. 이제야 당신이 날 이해해 주니 더 이상 바랄 나위가 없소."

"사랑해요, 지노!"

"사랑하오, 아리야!"

"보고 싶어요, 지노. 우리 커피 한잔할까요?"

"지금 몇 시나 됐소? 동이 트는 것 같은데……."

"여섯 시쯤 됐어요. 간밤에도 술 많이 들었어요? 요즘 매일 술에 파묻혀 지낸다던데……."

"후후, 누가 그러오? 그새 내 집에 스파이라도 잠입했었나?"

"어제 수정이 만났어요. 걱정 많이 하더군요. 하여튼 난 지금 당신이 보고 싶다고요. 당장 말이에요."

"아…… 알았소. 내 바로 나가리다. 어디서 만날까?"

"당신 집 근처에 와 있어요. 한국 대사관 앞의 주유소 있죠? 거기 있어요."

"아니, 언제 와 있었소?"

"이제 막 왔어요. 보고 싶은 사람이 먼저 와야지요."

"알았소. 내 금방 가리다."

진호는 전화를 끊자 부리나케 현관으로 뛰어갔다. 달려가는 그의 마음은 다시 찾은 사랑에 숨이 멎을 지경이었다.

아리야는 팔짱을 낀 채 자동차 후드에 엉덩이를 걸치고 있었다. 어둠이 걷힌 도로 위로 이른 출근을 하는지 차량들이 하나둘씩 모습을 보였다. 진호와 통화한 후 그녀는 조금 전 주유소에 달려올 때보다 더 가슴이 조여 왔다. 진호에게 용서를 받았다고 생각하자 밀물같이 밀려드는 그리움에 그를 기다리는 짧은 시간조차 영겁의 세월처럼 느껴진 탓이었다.

5분이나 지났을까? 진호의 벤츠가 주유소로 들어서는 게 보이자 아리야는 숨을 크게 들이마셨다. 아리야 차 뒤에 멈춰선 진호는 차를 세우자마자 황급히 운전석에서 내렸다. 설마 했던 진호는 아리야가 자신의 눈앞에 서 있자 믿기지 않는 눈치였다. 그는 아리야를 바라보더니 멋쩍은 미소를 지었다. 아리야도 그동안의 오해에 쑥스러웠던지 진호를 보자 후드에 기댄 채 눈길을 내리깔고 수줍은 듯 미소만 짓고 있었다.

아리야에게 다가간 진호는 말없이 그녀를 꼬옥 끌어안았다. 그녀의 따스한 체온이 온몸 가득 느껴졌다. 백 마디 말보다 한 번의 포옹이 상대방의 마음을 이해하는 데 훨씬 나은 효과를 발휘했다.

"생일 축하하오, 아리야!"

진호는 그녀를 껴안은 채 부드럽게 속삭였다.

"당신…… 기억하고 있었군요?"

아리야의 눈빛이 감격에 겨운 듯 가늘게 떨렸다.

"그럼! 내가 가장 사랑하는 사람이 태어난 날인데……."

"후훗, 고마워요. 이런 맛에 살아가나 봐요. 당신 오늘 콘깬에 꼭 갈 거죠?"

"두 말 하면 잔소리지. 내가 참석하지 않는 당신 생일이 무슨 의미가 있겠소? 허허……."

"피, 자신만만하군요."

"사랑하오, 아리야!"

진호는 다시 한 번 그녀를 꼭 껴안았다. 아리야도 대답 대신 진호의 허리를 더욱 힘주어 껴안았다. 이제는 두 번 다시 놓치지 않겠다는 듯 그녀의 얼굴은 더욱 진호의 가슴을 파고들었다.

밤새 잠 못 이루는 바람에 피곤하기는 했지만 아리야는 무척 기분이 좋았다. 진호와의 오해도 풀어졌고 또 무엇보다 오늘은 자신만을 위한 날이었다. 그녀는 4시에 진호와 돈무앙 공항에서 만나기로 약속한 후 느지막이 회사로 나와 업무를 보는 중이었다. 별로 바쁠 것 없던 그녀는 소파에 앉아 이미 수십 번 검토가 끝난 중국 따싱 농업개발에 대한 투자계획서를 훑어보고 있었다.

"삐리리릭……!"

아리야는 전화벨이 울리자 수화기를 집어 들었다.

"여보세요."

"오, 아리야! 언제 출근했소? 아침 일찍 전화했더니 출근을 안 했던데……."

타놈의 느끼한 음성이 들려오자 아리야의 미간이 살짝 찌푸려졌다. 타놈을 잊고 있었던 것이다. 아리야는 진호와 결별한 후 그를 마음속에서 지워 버리려고 의도적으로 타놈에게 친절하게 굴었던 것이다. 물론 타놈도 어떤 이유에서인지 그녀가 진호에게 결별을 선언한 것을 알고 있었고 달라진 아리야의 태도에 무척 고무돼 있었다. 그토록 눈엣가시 같았던 강진호와 아리야의 사이에 문제가 생긴 게 틀림없다고 판단한 타놈은 이제 그의 앞날을 방해하는 건 아무것도 없다고 믿고 있었다. 그러나 진호에 대한 오해를 풀어 버린 아리야는 더 이상 타놈에게 가식적인 모습을 보여 줄 필요는 없었다. 그렇게 생각하자 아리야는 더 이상 자신이 타놈을 좋아하고 있다는 오해를 갖지 않게 해 줄 필요를 느꼈다.

"타놈이군요. 웬일이에요?"

"생일 축하하오. 그런데 오늘 몇 시 비행기 편으로 갈 거요?"

"5시 비행기 편인데요."

"그러면 늦어도 4시까지는 공항에 나가야겠군. 알았소. 내 늦지 않게 가리다."

"그렇게 해요. 지노 씨와 친구 두 명도 4시에 공항 카운터 앞에서 만나기로 했으니까 거기서 봐요."

"뭐요, 지노? 아니, 그 자도 같이 간단 말이오? 당신 고향의 친지들이며 친구들이 모두 모일 텐데 그를 사람들에게 소개시킬 거란 말이오?"

진호와 같이 간다는 말에 타놈은 갑자기 언성을 높이며 흥분했다.

"네, 그래요."

"아…… 아니? 안 되오, 그건!"

타놈은 기가 막혔다. 분명히 아리야와 진호는 헤어진 눈치였는데 다시 그의 이름이 거론되자 타놈은 무의식중에 언성을 높였다.

"안 되다니요? 난 그이를 사랑해요. 난 친지와 친구들이 모인 자리에서 우리 두 사람의 관계를 밝히고 공개적으로 교제할 거예요.

그런데 안 되다니요? 이 문제는 타놈 당신이 나설 문제가 아닌 것 같은데요?"

아리야의 목소리는 침착했다.

"아리야! 우린 곧 결혼할 사이 아니오? 그런데 강진호 그 자와 공개적으로 사귀겠다? 회장님께서 허락하실지 모르겠군."

타놈은 믿는 구석이 있는지 곧 흥분을 가라앉혔다.

"타놈! 난 당신과의 결혼에 동의한 적 없어요. 그리고 아직 누구와도 결혼할 생각은 없지만 만약 그런 사람이 생긴다면 아버지도 막지 못하실거예요. 그 점만은 분명히 말해 두고 싶군요."

아리야는 진호를 떠올렸다. 만약 그가 청혼해 온다면? 아직 누구와도 결혼할 생각이 없다고 했지만 만약 그가 청혼해 온다면 지금 심정 같아서는 얼른 받아들이고 싶었다.

"아리야. 당신은 지금 큰 실수를 하고 있는거요. 어쨌든 공항에서 만납시다."

타놈은 전화를 끊고 강진호를 떠올렸다. 아리야와 잘 돼 간다 싶었는데 또 강진호였다. 아리야의 말투로 봐서 둘의 사이가 보통은 넘어선 것 같았다. 오랜 기간 동안 ST그룹을 장악하기 위해 애써 온 노력이 강진호 때문에 물거품이 될 수는 없었다. 어떻게든 그가 콘깬에 가는 것만은 막아야 했다. 아니, 아예 이 세상에서 사라져야 마음을 놓을 수 있을 것 같았다. 머리가 비상한 타놈은 즉석에서 자신이 해야 할 일을 생각해 놓았고 자신의 알리바이를 위해 싫어도 콘깬에 가야만 했다. 입술을 질끈 깨문 타놈은 자신의 심복인 끼엥삭에게 전화했다. 언제나 그랬지만 끼엥삭은 자신을 위해 이번 일도 깨끗하게 처리해 줄 것을 믿어 의심치 않았다.

"끼엥삭?"

"아, 상무님! 안 그래도 요즘 연락이 없으셔서 궁금했습니다. 그래, 무슨 일이십니까?"

끼엥삭은 자신의 개인 금고인 타놈에게 싹싹하게 굴었다.

"강진호. 그놈 기억하시오?"

"아! 그 한국인 말입니까? 기억하구 말구요."

"그 놈을 없애 주시오."

"네?"

끼엥삭은 다짜고짜 강진호를 없애달라는 타놈의 요구에 의아했다. 이제까지 여러 가지 그의 요구를 처리해 왔지만 이런 요구는 처음이었다. 끼엥삭은 타놈이 강진호에게 어떤 악감정이 있기에 이토록 엄청난 부탁을 하는지 이해되지 않았다. 하지만 그로서는 타놈을 꼼짝 못하게 할 치명적인 약점을 잡게 되는 셈이었다.

"이유는 묻지 마시오. 그놈이 오늘 오후 4시까지 돈무앙 공항 국내선 카운터로 갈 텐데 지금부터 그놈을 수배해서 그 안에 제거해 주기 바라오. 다시 한번 말하지만 그놈이 콘깬행 비행기를 못 타도록 해야 하오. 내 그에 대한 보답은 충분히 하리다."

"네, 알겠습니다. 헤헤…… 제가 직접 나서서 처리하겠습니다."

끼엥삭은 충분히 보답하겠다는 타놈의 말에 입이 벌어졌다. 잘만

하면 한밑천 두둑이 빼낼 수 있을 것 같았다.

"고맙소. 당신만 믿겠소."

타놈은 끼엥삭이 직접 나서겠다는 말에 한시름 덜었다. 그라면 사고사든, 강도로 위장하든 감쪽같이 일을 처리하리라 믿었다. 그제야 마음이 놓이는지 그는 두 다리를 책상 위에 쭈욱 뻗고 담배를 피워 물었다.

진호는 오랜만에 무척이나 바쁜 오전을 보냈다. 꽃 배달 서비스 회사에 연락한 진호는 아리야의 생일 파티 장소인 콘깬 호텔 다이너스티 홀로 장미꽃을 무려 2,800송이를 보내 홀 전체를 장식하게 했다. 그리고 무려 열흘 만에 회사에 출근한 그는 무엇보다 먼저 수정에게 감사의 뜻을 전했다. 그녀가 아니었다면 그는 아리야와의 재결합은 상상도 할 수 없는 일이었기 때문이었다. 그가 회사에 모습을 나타내자 수정과 직원들은 안도의 숨을 내쉬며 기뻐했다. 진호는 밀린 업무를 보느라 정말 오랜만에 눈코 뜰 새 없는 시간을 보냈다.

점심시간이 훨씬 지난 2시쯤에야 밀린 결재를 끝낸 그는 회사를 나와 실롬 21번가의 보석점 거리로 갔다. 루비, 사파이어 등 유색 보석의 세계 최대 생산국답게 태국의 유명 보석점들은 그 품질과 신용을 모토로 전 세계에 이름을 떨치고 있었다. 이마를 맞대고 줄줄이 늘어선 보석점 중 가장 유명한 라마 주얼리에 들어간 그는 1캐럿짜리 다이아몬드 반지를 구입했다.

진호는 18금으로 심플하게 디자인된 그 반지가 아리야의 깔끔한 취향에 꼭 맞을 것을 의심치 않았다. 그는 오늘밤 아리야의 친척들과 친구들이 모인 자리에서 정중히 청혼할 생각이었다. 청혼을 받고 아리야가 어떤 반응을 보일지 자못 궁금해하는 진호의 입가에는 싱글벙글 미소가 끊이지 않았다. 그저 마냥 행복한 기분이었다.

그는 반지 케이스를 양복 주머니에 넣고 공항으로 향했다. 라디오를 켠 진호는 영어 음악 방송인 라디오 방콕에서 흘러나오는 C.C.R.의 '배드 문 라이징Bad Moon rising'을 따라 흥얼거렸다. 우기를 코앞에 둔 5월의 무더위 때문인지 거리를 오가는 행인들의 모습이 축 늘어져 보였다.

진호는 쁘라뚜남 시장을 지나 딘댕 삼거리로 올라갔다. 방콕의 의류 도매상들이 밀집해 있는 쁘라뚜남 시장은 언제나 아프리카와 서남아시아에서 온 보따리 장사꾼과 무역상들로 복작거렸다. 진호는 교통의 완만한 흐름을 따라 천천히 나아가며 도로 좌우에 펼쳐진 재래시장의 다양함을 눈요기했지만 아까 회사를 나설 때부터 자신의 뒤를 미행하고 있는 한 대의 모터사이클은 전혀 의식하지 못했다.

진호는 일방통행 길인 라차다므리 거리를 쭉 거슬러 올라가 딘댕 삼거리에 멈춰 섰다. 750cc의 혼다 경주용 모터사이클의 육중한 배기음과 함께 다가선 남자는 고개를 돌려 진호를 바라보았다. 올린 헬멧의 안면 보호용 고글goggle 사이로 나타난 남자의 눈빛은 먹이를 확인한 하이에나처럼 날카로웠다.

육중한 경주용 모터사이클이 옆에 다가서자 진호는 호기심에 이끌려 모터사이클에 올라탄 남자를 바라보았다. 헬멧 사이로 얼굴을 내민 남자의 눈과 마주치자 진호는 무척 낯이 익은 얼굴이라는 생각이 들었다. 남자는 씩 웃더니 손을 검은 재킷 사이로 집어넣었다. 싸늘한 남자의 미소를 본 순간 진호는 남자의 눈 밑에 붙어 있는 콩알만 한 검은 사마귀를 기억해 냈다. 그는 자신을 취조했던 끼엥삭이었다. 자신을 알아보고 웃는 그의 모습에서 진호는 그가 의도적으로 접근해 왔다는 생각이 들었다. 그 순간 진호는 재킷 사이로 빠져나오는 끼엥삭의 손에 들려 있는 묵직한 권총을 보자 척추를 타고 흐르는 전율을 느꼈다. 끼엥삭의 총구가 그를 겨누는 순간 진호의 벤츠는 비명을 지르며 퉁기듯이 앞으로 튀어나갔다.

"탕!"

대낮의 도심을 흔들며 총구가 불을 뿜었다. 찰나의 순간, 끼엥삭이 쏜 총알은 간발의 차이로 벤츠의 뒷문 유리창을 박살내었다. 붉은 신호등을 무시하고 진호의 벤츠가 달려 나가자 딘댕 삼거리는 순식간에 급정거하며 부딪치는 차량들로 아수라장이 되었다.

진호가 도시 고속도로 쪽으로 달려가자 곧이어 끼엥삭의 모터사이클이 따라붙었다. 난데없는 총소리에 이어 삼거리에서 연쇄 교통사고가 일어나자 교통 초소에 있던 경찰들이 튀어나오며 일부는 교통을 통제하고 일부는 모터사이클을 타고 끼엥삭의 뒤를 쫓아갔다. 대낮의 도시 고속도로에서 진호와 끼엥삭 그리고 경찰들의 추격전이 벌어졌다.

끼엥삭은 진호를 멈춰 세우기 위해 계속 총을 쏴 댔다. 벤츠의 뒤 유리창도 박살났지만 진호는 사력을 다해 차량 사이를 헤집고 질주해 갔다. 어느새 수티산 사거리를 지나친 진호는 짜뚜짝 사거리 쯤 다다랐을 때 총소리와 함께 차가 한쪽으로 기우는 걸 느꼈다. 총알이 바퀴를 맞힌 것이다. 차가 기우뚱거리며 뒤집어지려 하자 진호는 힘껏 브레이크를 밟았다. 타이어가 찢어지는 날카로운 비명과 함께 도로 위에 시꺼먼 스키드 마크를 그리며 미끄러지던 벤츠는 빙그르르 돌며 중앙 분리대를 들이받고 멈춰 섰다.

부풀어 오른 에어백이 진호의 목숨은 구했지만 중앙 분리대에 부딪힌 충격이 컸던지 진호는 의식이 가물가물했다. 의식을 잃어 가는 그의 망막에 자신을 향해 총구를 겨누는 끼엥삭의 모습이 희미하게 비쳐들었다.

끼엥삭은 두 번 다시 실수를 되풀이 할 수 없었다. 그는 진호의 벤츠 옆에 멈춰 서서 침착하게 총구를 겨누었다. 진호를 정조준 한 끼엥삭이 방아쇠를 잡아당기려 할 때 총소리와 함께 자신의 오른쪽 어깨가 시큰거리며 갑자기 힘이 빠지는 걸 느꼈다. 총구를 겨누던 그의 팔이 힘없이 처지면서 도로 위로 총을 떨어뜨렸다. 그를 뒤쫓아 온 경찰이 쏜 총에 맞았던 것이다. 당황한 끼엥삭은 모터사이클에서 뛰어내려 가변 분리대 쪽으로 뛰어갔다. 그러나 그는 가변 분리대를 넘기도 전에 뒤쫓아 온 경찰에 의해 도로 위에 나뒹굴었다. 화급히 일어서려는 끼엥삭의 코앞에 총을 들이댄 경찰은 그의 양손에 수갑을 채웠다. 끼엥삭은 입술을 깨물며 진호를 노려보았다. 그의 눈길에는 이제는 끝나버린 장밋빛 미래에 대한 아쉬움과 진호에 대한 증오가 어려 있었다. 그러나 이제는 모든 게 끝이었다. 돌아서서 경찰차에 오르는 그의 어깨는 모든 걸 체념한 듯 축 처져 있었다.

시곗바늘은 벌써 4시 40분을 가리키고 있었다. 이미 10분 전에 콘깬행 국내선 비행기의 탑승 안내 방송이 있었다.

'웬일일까?'

아리야는 탑승 카운터 앞에서 발을 동동 구르며 진호를 기다렸다.

"아리야, 아마 갑자기 급한 일이 생겼나 봐."

일찌감치 와서 기다렸던 친구인 쏨씨가 달래듯 말했다.

"글쎄? 회사에선 2시쯤 나갔다는데……."

"곧 비행기가 출발하니까 이제 그만 들어가 봐야 해. 아마 급히 중요한 일이 생겼겠지 뭐."

"응, 그……그래."

아리야는 대답과는 달리 마음이 놓이지 않았다. 진호의 셀폰은 받는 사람이 없었고 자신에게도 전화 한 통이 없었다. 그랬기에 아리야는 계속 불길한 예감에 사로잡혀 있었다.

"아리야! 이러다 비행기 놓치겠소. 이게 마지막 비행기인데 놓치면 콘깬 호텔에 참석할 여러 사람에게 실례되는 일이오. 어서 갑시다. 허 참, 사람이 약속을 했으면 지켜야지, 쯧쯧……."

타놈은 오지 않는 진호를 탓했지만 속으로는 끼엥삭이 일을 잘 처리한 듯싶어 뛸 듯이 기뻤다.

"그…… 그래요. 쏨씨, 수리탄논, 가자."

아리야는 마지못해 친구들과 대기실로 들어가면서도 연신 뒤를 돌아보았다.

'무슨 일이 생긴 걸까? 꼭 온다고 했는데……. 아이, 속상해!'

진호가 참석하지 않는다면 무의미한 생일 파티가 되겠지만 타놈의 말대로 이미 초청해 놓은 콘깬의 친지며 친구들을 실망시킬 수는 없었다. 오지도 않고 어디 있는지도 모르는 진호를 무작정 찾아 나설 수도, 그렇다고 마냥 기다릴 수도 없었다. 계류장으로 가는 버스에 오르면서도 그녀는 진호에게 아무 일도 없기를 바랐다.

진호는 욱신거리는 오른쪽 팔뚝에 통증이 몰려오자 눈을 떴다.

'으…… 내가 어디 있는 거야?'

진호는 반쯤 뜬눈에 희미한 광경이 보이자 어리둥절했다. 좀 더 사물을 명확하게 보기 위해 그는 눈동자를 좌우로 움직이며 주변을 살폈다. 그가 누워 있는 곳은 병원 응급실이었다. 주변의 사물이 뚜렷이 보이자 응급실의 분주함이 귀에 느껴지기 시작했다. 그는 그제야 사고가 나서 정신을 잃었던 게 생각났다.

'내가 죽지 않았군.'

그는 멀쩡하게 살아 있는 자신을 보자 의아했다.

'끼엥삭이 분명히 총을 겨누었는데?'

그는 자신이 살아 있다는 게 신기했다. 분명 의식을 잃은 후에 어떤 기적이 일어났음이 틀림없었다. 그는 침상에서 몸을 일으켰다.

사고 때 오른쪽 팔뚝을 다쳤는지 부목을 댄 채 붕대로 감겨 있었다. 통증이 느껴졌지만 못 견딜 정도는 아니었다.

그는 침상에서 일어나 앉아 왼쪽 팔뚝에 꽂혀 있는 링거액 주삿바늘을 뽑았다. 바닥에 내려선 그는 몸 이곳저곳을 움직여 보았다. 다행히 오른팔을 제외하고는 달리 아픈 곳이 없었다. 그는 침상을 막아 놓은 커튼을 젖혔다.

"어머! 아직 일어나시면 안 돼요."

옆 침상의 환자를 돌보던 간호사가 놀라며 진호를 막아섰다.

"난 괜찮습니다. 지금 몇 시지요?"

진호는 사방을 두리번거리며 시계를 찾았다.

"5시 20분이에요."

"그래요? 그런데 내 양복은 어디 있습니까?"

진호는 비행기가 이미 떠났음을 알았지만 낙담하지 않았다.

"글쎄, 아직 움직이시면 안 된다니까요."

간호사가 나무라듯 진호를 잡아끌어 침상에 누이려 했다.

"이봐요, 간호사 아가씨! 내 윗도리가 어디 있냐고요? 난 지금 가야 한단 말이오. 일생일대의 중요한 순간이 날 기다리고 있단 말이오. 내가 그 순간을 놓치면 아가씨가 책임지겠소? 어서 내 옷이나 내놓으시오!"

두 눈을 부릅뜨고 간호사를 몰아붙이자 간호사는 놀라며 뒷걸음질 쳤다.

"아…… 알았어요. 잠깐 기다리세요."

간호사는 응급실 한쪽에 있는 물품 보관함에서 그의 양복저고리를 꺼내왔다. 진호는 윗도리를 걸치고 주머니를 뒤졌다. 시계와 반지 케이스가 만져졌다. 시계를 찬 그는 안주머니의 지갑을 꺼내 내용물을 확인했다. 모두 그대로였다.

"저, 계산대로 가셔서 응급 처치한 비용을 계산해 주시죠?"

간호사가 진호의 눈치를 살피며 응급실 밖의 로비를 가리켰다.

"알겠소. 갑시다."

진호는 간호사를 따라 계산대로 가서 비용을 계산했다. 시간은 벌써 5시 40분을 넘어서고 있었다. 그는 마음이 조급해졌다. 비행기도 놓친 지금 콘깬에 갈 수 있는 방법은 택시를 이용하는 것밖에 없었다.

'오늘 안으로 도착할 수 있을까?'

진호는 공중전화 박스로 뛰어갔다. 셀폰을 집에 두고 나온 그는 아리야의 셀폰으로 전화했다. 그러나 그녀는 비행기 안에 있는지 셀폰이 꺼져 있었다. 그는 다시 수정에게 전화 걸었다.

"여보세요."

"수정이니? 나다."

"어머! 오빠, 어떻게 된 일이에요? 아리야 언니한테서 열 번도 넘게 전화 왔었는데……."

"응, 내 말 잘 들어. 공항 가다 사고가 났었는데 크게 다친 데는 없어. 짜뚜짝 사거리 못 미쳐서 사고가 났는데 일전에 나를 체포했던 마헤삭 경찰서의 형사가 나를 총으로 암살하려 했어. 너도 기억나지, 그놈? 이유는 나도 몰라. 그러니까 지금 짜뚜짝 경찰서에 사건을 신고하고 그놈을 체포하라고 해. 그리고 아리야가 콘깬으로 가는 중이라 셀폰으로 연락이 안 되는데 네가 수시로 전화해서 통화되면 내가 택시 타고 콘깬으로 가고 있는 중이라고 전해라. 사고 이야기는 하지 마라. 괜히 걱정하니까. 알았지?"

"네, 알았어요. 그런데 정말 괜찮겠어요? 다친 데는 없고요?"

"응, 괜찮아."

"왜 그 사람이 오빠를 해치려고 했을까요?"

"나도 몰라. 그놈을 잡아서 조사해 봐야지. 그럼 난 간다. 경찰에서 날 찾으면 사실대로 이야기 해. 애인 생일인데 청혼하러 갔다고……."

"어머, 아리야 언니한테 청혼하실 거예요?"

"응, 그러니까 가는 거야. 그럼 간다."

진호는 전화를 끊자 현관으로 달려갔다. 몸을 움직이자 팔뚝에 통증이 엄습해 왔다. 그는 현관 앞에 멈춰선 택시에 올라타고 운전기사와 흥정했다.

"오늘밤 안으로 콘깬에 도착할 수 있겠소?"

"콘깬이오?"

운전기사는 거리와 시간을 계산해 보는 눈치였다. 콘깬까지는 무려 400킬로미터가 넘는 거리였고 밤에는 컨테이너 트럭이나 원목을 가득 실은 대형 트럭들이 많이 다니는 왕복 2차선 도로라 무척 위험했다.

"그렇소. 가능하겠소?"

"가능하긴 한데…… 2천 바트는 주셔야겠습니다."

운전기사는 룸미러로 슬쩍 진호의 표정을 살피며 평소보다 많은 요금을 요구했다. 2천 바트면 일반 봉급생활자의 반 달치 월급이었다.

"좋소. 그리고 자정 안에만 도착하면 보너스로 1천 바트 더 주겠소. 어서 갑시다."

그의 말이 떨어지기가 무섭게 택시는 미친 듯이 달리기 시작했다. 돈이면 안 되는 게 없는 요즘 세상이지만 콘깬까지의 밤길은 어쩌면 무모하리만치 위험할지도 몰랐다. 그러나 진호는 오늘밤 자정 안에 콘깬에 도착해야 자신이 콘깬에 가는 의미를 찾을 수 있을 것 같았다. 오늘이 아리야의 생일이지 내일은 아니기 때문이었다. 그녀의 생일 파티가 끝나고 모두 돌아간 후라도 좋았다. 어떻게든 오늘밤 안으로 그녀를 만나 생일을 축하해 주고 또 정중하게 청혼하고 싶었다.

그는 주머니 속으로 손을 넣어 반지 케이스를 만지작거렸다. 그의 얼굴에 만족스러운 미소가 번지더니 많이 피곤했던지 이내 눈을 감고 시트에 깊숙이 몸을 기댔다.

저녁 6시를 막 넘어섰음에도 한여름의 태양은 끝없이 펼쳐진 지평선 위에서 마지막 불꽃을 피우고 있었다. 아리야와 타놈 등은 트랩을 내려 공항 출구로 걸어갔다. 공항 청사 오른편에 열려 있는 출구 주변에는 탑승객을 맞이하러 나온 사람들로 붐볐다.

"아리야, 어서 와!"

"이번엔 꽤 오랜만에 왔지?"

아리야의 오랜 고향 친구인 라차니, 뚜까따 등이 한마디씩 하며 반갑게 맞아주었다.

"다들 잘 있었니? 지난해 우리 그룹 창립기념일에 보고 이제 보는구나."

아리야도 고향 친구들 틈에 싸여 반갑게 인사했다.

"그런데 지노 씨는……?"

라차니가 타놈의 눈치를 살피며 은근히 물었다. 아리야가 아침에 다라니와 통화하면서 진호와의 재결합을 알려 주었기에 콘깬의 친구들은 진호가 같이 올 줄 알고 있었다.

"같이 못 왔어. 급한 일이 있나 봐."

진호의 이야기가 나오자 아리야는 황급히 셀폰의 전원을 켰다.

"아리야는 내 차 타고 쏨씨와 수리타논은 라차니 차를 타."

다라니가 청사 앞에 늘어선 차들을 가리키며 말했다. 타놈은 점잖게 아리야의 친구들을 향해 인사했지만 아리야의 친구들은 인사만 받을 뿐 일부러 그를 외면했다. 외면할 뿐만 아니라 그가 아리야와 함께 온 것을 못마땅해하는 기색들이 역력했다. 그러나 타놈은 그녀들의 박대에 전혀 개의치 않았다. 진호가 없어지면 아리야는 자신과 결혼해야 할 것이고 ST그룹 또한 자신의 수중에 들어올 것이 뻔했다. 그렇게 되면 아리야의 친구들도 자신의 비위를 맞추지 않을 수 없게 될 것이었다.

청사 앞에 늘어선 고급 승용차에 나눠 탄 아리아 등은 미등을 밝힌 채 석양빛이 길게 늘어진 공항 청사를 천천히 빠져나갔다.

"왜 그러니? 무슨 안 좋은 일이라도 있니?"

다라니는 말없이 창밖에 시선을 던진 채 말이 없는 아리아의 안색을 조심스레 훑어봤다.

"응? 응…… 지노 씨한테 무슨 일이 있는 것 같아서 그래."

"왜, 연락이 안 되니?"

"응. 아참, 다시 전화해 봐야겠구나."

그제야 생각난 듯 아리아는 셀폰을 꺼내들었다. 그녀가 버튼을 누르려하자 LED가 반짝거리며 전화가 들어왔다. 수정이었다.

"오, 수정 씨. 안 그래도 지금 막 전화하려던 참이었는데……."

"이제 도착하신 모양이에요?"

"응. 막 친구들을 만나서 시내로 들어가는 길이야. 그런데 지노 씨는?"

아리아는 가슴이 조마조마했다.

"비행기를 놓치셔서 택시 타고 가신다고 한 30분 전에 전화 왔었어요."

"택시? 맙소사! 여기까지 택시로 온단 말이야?"

아리아가 놀라자 운전하던 다라니도 진호가 택시 타고 온다는 소리에 깜짝 놀랐다.

"네. 사실 공항 가시는 길에 사고가 생겨서 병원에 가셨는데 별로 다치신 데는 없대요. 아리야 언니 생일이라며 꼭 가셔야 한다고 하셨어요. 꼭 할 일이 있으시다면서요."

"꼭 할 일이라니?"

"후후, 그건 오빠가 가시면 알게 될 거예요."

"무척 궁금한데? 아무튼 그건 와 보면 알고, 지노 씨는 어디 다친 데는 없대? 교통사고였나 보지?"

아리야는 사고가 나서 진호가 병원에 갔었다는 소릴 듣자 걱정되었다.

"별로 다치신 데는 없대요. 그런데, 언니!"

수정의 목소리에 갑자기 긴장감이 느껴졌다.

"응, 왜?"

"오빠 사고는 단순한 교통사고가 아니에요. 왜 전번에 오빠를 체포했던 형사 기억나시죠? 마헤삭 경찰서에……."

"응, 생각나. 이름이 뭐였더라? 끼…… 그래, 끼엥삭이야. 그 형사가 왜?"

"그 형사가 오빠를 암살하려고 총을 쐈대요. 짜뚜짝 사거리에서요. 그래서 저보고 짜뚜짝 경찰서에 사건을 신고해서 그 형사를 체포해 달라고 말씀하셨거든요."

"뭐, 암살? 그 형사가 왜 지노 씨를?"

아리야는 깜짝 놀랐다. 진호와 끼엥삭 사이에 암살을 할 만한 원한이 있는지 짚어보았지만 결코 그런 일은 없다고 단언할 수 있었다. 그렇다면 누군가의 사주로? 거기에 생각이 미치자 퍼뜩 짚이는 게 있었다. 작년 성탄절 전날 아침에 그룹 본사에서 그를 본 기억이 났다. 타놈의 방에 가기 위해 14층에서 엘리베이터를 내려 복도를 걸어가다 보았던 것이다. 아리야는 타놈과 끼엥삭을 연결해 보았다. 그다지 연관성은 없어 보이지만 진호가 그에게 체포되었었다는 점과 타놈이 진호로 인하여 자신과의 사이가 멀어지는 데 앙심을 품을 수도 있다는 점이 마음에 걸렸다. 그렇다고 해도 살인까지야……. 아리야는 그런 생각조차 두려운지 고개를 세차게 흔들었다.

"저도 모르겠어요. 오빠는 누구하고도 원한을 질 만한 분이 아니거든요."

"알았어. 나도 따로 알아볼게. 그나저나 어쩌자고 지노 씨는 이 먼 곳까지 택시를 타고 온다는 건지……. 수정 씨도 셀폰을 계속 열어놓고 있어요. 무슨 일 있으면 서로 연락해요."

"네, 알았어요."

전화를 끊자 아리야는 잠시 생각에 잠겼다. 그들이 탄 차량 행렬은 프렌드십Friendship 하이웨이와 만나는 교차로를 지나 시내로 들어서고 있었다. 아리야는 생각을 정리했는지 고문 변호사인 나라왓에게 전화를 걸었다. 그녀는 침착하게 진호에 대한 암살 미수 사건을 설명하고 모든 연줄을 동원해 있을지도 모를 배후에 대해 조사해 보도록 부탁했다. 그리고 같이 차를 타고 가는 다라니에게도 절대 비밀로 해 줄 것을 당부했다.

진호도 무사했고 이곳으로 오고 있다지만 그녀의 가슴은 답답하기만 했다. 생일을 축하해 주기 위해 오는 건 기쁜 일이지만 콘깬까지 오는 밤길은 무척 위험했기에 그를 걱정하는 마음이 더 큰 탓이었다.

다라니의 벤츠를 필두로 콘깬 호텔에 들어선 아리야 등은 곧 2층에 있는 다이너스티 홀로 올라갔다.

"아리야! 이게 얼마 만이니? 많이 예뻐졌구나. 호호……."

"어서 오너라. 생일 축하한다, 아리야!"

아리야는 홀 앞에 모여 있던 친지들의 환대에 밝게 웃으며 잠시나마 진호에 대한 걱정을 접을 수 있었다.

"고모! 그동안 안녕하셨어요? 어머, 당숙께서도 와 주셨네요?"

아리야는 비로소 고향에 온 것 같았다. 반갑게 맞이해 주는 사람들이 언제나 이곳에 있었다.

"아리야, 얼른 홀에 들어가 봐. 기가 막힌 선물이 있어."

친지들과 이야기꽃을 피우고 있던 아리야의 귓가에 다라니가 낮게 속삭였다.

"기가 막힌 선물? 그게 뭘까?"

아리야는 주위 사람들과 함께 홀로 들어섰다. 200여 평이 넘는 다이너스티 홀은 색색가지의 화려한 장미꽃으로 아름답게 장식되어 있었다.

"어머, 이거 다 장미 아니야? 어쩜 이렇게 환상적일까? 정말 고마워, 다라니. 날 위해 이렇게 멋지게 장식해 주다니……."

아리야는 옆에 있는 다라니를 돌아보며 고마워했다.

"난 아니야. 이걸 보면 누가 선물했는지 알 거야."

다라니는 들고 있던 봉투를 내밀었다.

'누굴까?'

아리야는 봉투를 열어 내용물을 꺼냈다. 그것은 역시 장미꽃 그림으로 장식된 생일 카드였다. 아리야는 호기심 어린 눈길로 카드를 젖혔다.

> 내가 가장 사랑하는 당신의 생일을 진심으로 축하하오. 오늘은 당신의 생일이자 내가 다시 태어난 날이오. 생일 파티장을 장식할 아름다운 장미꽃처럼 다시 맺어진 우리의 사랑도 활짝 피길 바라겠소.
>
> 2,800송이의 장미꽃으로 오늘만은 당신을 이 세상의 그 누구보다 화려하게 감싸 주리다.
>
> 사랑하오.
>
> - 당신의 지노

카드를 접어 봉투에 다시 넣는 아리야의 눈가에 잔잔히 이슬이 맺혔다.

'지노……!'

어서 빨리 그가 달려와 주길 바랐다. 이토록 사무치는 그리움을 느껴 본 적은 처음이었다.

방콕을 출발한 지 세 시간 만에 진호를 실은 택시는 나콘라차시마로 들어섰다. 일명 '코랏'이라고 불리는 나콘라차시마는 '이산'이라고 불리는 태국 북동 지방으로 들어가는 관문이었다.

택시는 시 외곽에 자리 잡은 시외버스 터미널에 멈춰 섰다. 진호는 정신없이 달려온 택시 기사에게 한숨 돌릴 시간을 줘야겠다고 생각했다. 진호는 음료수와 빵을 사기 위해 택시에서 내렸다. 지방도시지만 터미널은 제법 붐볐다. 그는 가게 앞에 있는 공중전화 부스로 들어갔다. 아리야에게 무사히 가고 있다는 걸 알려 주고 싶었다.

"여보세요!"

"지노? 지금 어디에요?"

아리야는 대번에 진호임을 알아차렸다.

"난 지금 코랏에 도착했소. 음료수 좀 사려고 내렸소. 미안하오. 당신하고 함께 못 가서……."

"무슨 말이에요? 그나저나 다친 데는 없어요?"

"팔을 조금 다쳤을 뿐이오. 걱정하지 마시오."

"다행이군요. 당신한테 아무 일만 없으면 돼요. 수정이한테서 다 들었어요. 짜뚜짝 경찰서에 알아봤더니 끼엥삭이 현장에서 체포돼서 조사 중이래요. 조만간 당신을 해치려한 동기가 밝혀질 거예요."

"그래? 그놈이 잡혔다니 다행이구려. 그럼 난 또 움직여야겠소."

"지노! 제발 천천히 쉬엄쉬엄 오세요. 도로가 좁아서 밤에는 특히 더 위험하다고요."

아리야의 목소리는 진호에 대한 걱정으로 가득했다.

"알았소. 하지만 오늘 자정 안으로 도착하게 될 거요. 운전기사가 F1 레이서 출신인지 운전을 기막히게 잘한다오. 후후……."

"난 지금 농담할 기분이 아니에요. 지노, 당신한테 무슨 일이라도 생기면 난……."

"알았소. 아리야, 사랑하오!"

"사랑해요, 지노. 난 알아요. 당신이 왜 이토록 위험한 길을 달려오는지……."

그랬다. 그녀는 진호가 왜 무리하면서까지 이 밤에 콘깬에 달려오고 있는지 너무 잘 알고 있었다. 지금 그의 심정은 친타나를 구하러 라차담넌 시위 현장에 달려갔던 그때와 같다는 것을……. 사랑하는 아리야를 위해서도 기꺼이 목숨을 걸 수 있다는 걸 보여 주고 있었다. 그랬기에 진호를 기다리는 아리야의 마음은 감격에 겨워하면서도 혹시나 잘못되지 않을까 조마조마해하는 것이었다.

"당신이 내 마음을 알아준다면 난 더 이상 바랄 게 없소. 그럼, 나중에 봅시다."

"네. 조심해요, 지노."

진호는 전화를 끊자 얼른 가게로 들어가 주스와 빵 등을 샀다. 어디 잠깐이라도 편하게 앉아 밥 먹을 시간도 아까웠던 것이다. 다시 진호를 태운 택시는 어두운 밤길을 향해 질주했다. 아리야가 있는 북쪽 하늘에 북두칠성이 이정표처럼 밝게 빛나고 있었다.

콘깬 경찰서 강력반 반장인 찰럼차이는 세 명의 부하를 이끌고 콘깬 호텔로 들어섰다. 그는 조금 전 방콕의 짜뚜짝 경찰서로부터 강진호에 대한 살인 미수 사건의 배후 인물이 ST그룹 기조실 상무

이사인 타놈임을 통보받고 그를 즉시 체포해 달라는 협조를 요청받았던 것이다.

끼엥삭의 자백에 의해 타놈이 배후 인물로 드러나자 짜뚜짝 경찰서에서는 나라왓 변호사에게 그 사실을 알렸고 나라왓은 즉시 아리야에게 보고했던 것이다. 아리야는 어느 정도 예상은 하고 있었지만 막상 타놈이 연루되자 가슴이 철렁 내려앉았다.

그녀는 나라왓에게 타놈이 자신의 생일 파티장에 와 있음을 알리고 아무도 눈치 채지 못하게 체포할 것을 당부했다.

찰럼차이는 프런트 데스크로 다가가서 신분을 밝히고 협조를 구했다. 프런트 매니저는 찰럼차이의 신분을 확인한 후 그들을 안내해서 2층으로 올라갔다. 연회장에는 지방 무대에서 제법 이름이 알려진 코미디언들이 나와 유쾌한 분위기를 이끌어 가고 있었다.

"여기 계세요."

프런트 매니저는 형사들을 밖에 대기하도록 한 후 홀 안으로 들어갔다. 그는 문 앞에 서서 잠시 홀 안을 둘러보더니 홀 중간쯤에 앉아 있는 타놈에게 조용히 다가갔다.

"저…… 타놈 상무님!"

"뭐요?"

타놈은 코미디언의 익살에 박장대소하다 고개를 돌렸다.

"상무님께서 주문하신 물건이 프런트에 배달돼 왔는데요?"

"물건? 난 물건 주문한 적이 없는데……. 잘못 온 것 아니오?"

"글쎄 말입니다. 내려가셔서 한번 확인해 주시지요. 배달 온 사람도 기다리고 있습니다."

"허어, 그것 참! 가 봅시다."

타놈은 자리에서 일어나 출구로 걸어갔다. 그가 홀 문을 열고 나가자 무대 앞 헤드 테이블에 앉아 있던 아리야가 슬그머니 일어섰다. 주위의 친구들에게 양해를 구한 그녀는 타놈을 뒤따라 출구로 걸어갔다. 그녀가 홀 문을 나서자 저만치 계단 앞에서 타놈의 고성이 터져 나왔다.

"이게 무슨 짓이오? 내가 누군지 알고 이러는 거요?"

"타놈 씨, 당신을 강진호에 대한 살인 교사 혐의로 체포합니다."

"강진호에 대한 살인이라니, 무슨 소리요?"

타놈은 일이 그르쳤음을 직감했지만 끝까지 부인했다.

"타놈!"

아리야가 조용하지만 단호한 어투로 타놈을 불렀다.

"아…… 아리야! 이게 도대체 어떻게 된 일……."

"누구보다 당신이 더 잘 알고 있을 텐데요? 나쁜 사람 같으니……. 당신은 벌을 받아 마땅해요."

아리야는 매섭게 쏘아붙였다.

"자, 갑시다."

찰럼차이는 타놈의 손목에 수갑을 채우고 그의 등을 떠밀었다. 타놈은 계단을 내려가며 아리야를 절망의 눈길로 바라보았다.

타놈이 사라지자 아리야는 한숨을 내쉬었다. 갑자기 피곤함이 엄습해 왔다. 하지만 그녀는 진호를 떠올리며 다시 홀로 들어갔다. 위험한 밤길을 달려오는 그를 생각해서라도 버텨야 했다.

방콕으로 향하는 국도인 프렌드십 하이웨이를 따라 달려온 택시는 콘깬 시내로 연결되는 교차로에서 우회전하여 시내로 들어섰다. 어느새 잠이 들었는지 진호는 가볍게 코까지 골고 있었다.

"손님, 다 왔습니다."

운전기사가 이정표를 살피며 진호를 깨웠다.

"엉? 흠, 내가 깜빡 잠들었었군."

진호는 퍼뜩 깨어나 시계를 보았다. 11시 20분이었다. 운전수는 진호의 요구를 충분히 만족시켜 주었다. 깊은 어둠 속에 잠들어 있는 도시의 적막을 헤치며 택시는 콘깬 호텔로 들어섰다.

"고맙소. 자, 여기."

진호는 약속한 보너스와 함께 요금을 건넸다.

"감사합니다."

진호는 돈을 건네자마자 후다닥 택시에서 내려 호텔 안으로 뛰어 들어갔다.

"다이너스티 홀이 어딥니까? 아리야 씨 생일 파티장 말이오."

진호는 프런트 직원에게 퍼붓듯이 물었다.

"다이너스티 홀이요? 혹시, 지노 씨?"

프런트의 여직원은 호텔 사장인 다라니로부터 진호가 도착하면 다이너스티 홀로 안내할 것을 몇 번이고 지시받았던 것이다.

"그렇습니다."

"자, 이쪽으로……."

여직원이 프런트에서 나오자 다른 직원은 즉시 다이너스티 홀로 전화 걸어 진호가 도착했음을 알렸다.

진호는 여직원을 따라 계단을 올라가 2층에 다다랐다. 그가 2층으로 올라섰을 때 막 홀의 문이 열리며 뛰어나오는 아리야와 그녀의 친구들과 마주쳤다.

"지노!"

"아리야!"

진호와 아리야는 서로의 이름을 부르며 멈칫거렸다. 아리야는 삼각대로 감싼 진호의 팔을 보자 놀라며 두 손으로 입을 가렸다.

"세상에…… 지노, 그렇게 다쳤는데 아무렇지도 않다고요?"

"후후, 그래도 목숨이 붙어 있는 것에 비하면 이 정도쯤은 아무것도 아니라오."

진호는 씩 웃으며 왼팔을 벌렸다. 그러자 기다렸다는 듯 아리야가 한걸음에 달려와 그의 목에 매달렸다.

"아, 아파……!"

진호는 아리야가 품에 안기며 다친 오른팔을 건드리자 얼굴을 찡그렸다.

"어머 미안해요, 지노."

아리야가 깜짝 놀라 진호의 목에 두른 팔을 풀었다.

"괜찮아. 엄살 좀 부려 봤소."

"아이 참, 놀랐잖아요."

그녀의 말이 채 끝나기도 전에 진호의 입술이 그녀의 입술을 막았다.

"자, 여기서 이러지들 말고 어서 들어갑시다."

진호와 아리야의 키스가 멈출 줄을 모르자 다라니가 웃으며 좌중을 향해 말했다.

"지노, 어서 들어가요. 모두들 안 가고 당신을 기다리고 있었다고요."

진호를 바라보는 아리야의 눈빛은 행복에 겨워 있었다.

"그래? 자정이 다 돼 가는데 지금까지 날 기다렸단 말이오?"

"그래요. 9시 조금 넘어 타놈이 이곳 경찰에 체포됐어요. 타놈이 끼엥삭에게 당신을 암살하라고 지시했대요. 나쁜 사람이에요. 타놈이 연행된 후 내가 사람들에게 사정을 설명했어요. 그랬더니 사람들이 모두 나를 사랑하는 당신의 정성에 감동했는지 저렇게 한 사람도 돌아가지 않고 있지 뭐예요."

홀 안으로 진호가 들어서자 100여 명이 넘는 참석자들이 그를 향해 환호하며 박수를 쳤다. 난데없는 환대에 진호는 어쩔 줄 몰랐다. 그는 만면에 웃음을 띤 채 참석자들을 향해 고개 숙여 인사했다. 그는 아리야를 따라 헤드 테이블에 앉았다. 아리야는 그가 잠시 휴식을 취하도록 다른 프로그램을 준비시켰다.

홀 안에 불이 꺼지면서 한 줄기 강력한 조명이 무대 위를 비췄다. 그 조명 속에 긴 머리의 여가수가 나타나 은은한 목소리로 '퍼스트 타임 에버 아이 소 유어 페이스First time ever I saw your face'를 부르기 시작했다.

“지노 씨, 한잔하셔야죠?”

뚜까따가 진호에게 물었다.

“물론이죠. 오늘 같은 날 한잔해야죠. 하하…….”

“몸도 이런데 술은 들지 말아요.”

아리야가 걱정스러운 눈길로 만류했다.

“괜찮소. 오늘 같은 날은 세상이 두 쪽 나도 한잔해야겠소. 샴페인 있습니까?”

“물론 있고말고요.”

예시리가 대답하며 웨이터에게 주문했다. 잠시 후 헤드 테이블에 앉은 모두에게 샴페인이 한 잔씩 놓여졌다.

“생일을 축하하오.”

진호는 잔을 치켜들었다.

“고마워요. 자, 건배!”

아리야는 진호의 잔에 자신의 잔을 부딪쳐다. 씁쓸하면서도 달콤한 샴페인의 감칠맛이 혀끝에 감돌자 진호는 한 잔 더 부탁했다.

“그런데 지노. 난 아까 이 홀에 들어올 때부터 한 가지 의문이 있었어요. 당신이 생일 카드에 적은 대로 오늘 내 생일은 정말 당신이 보내준 장미들로 화려하게 빛났어요. 정말 고마워요. 그런데 이번이 스물아홉 번째 생일인데 왜 당신은 장미꽃을 이천팔백 송이만 보냈죠? 이천구백 송이를 보내야 하는 게 아닌가요?”

“하하, 내가 당신 나이를 왜 모르겠소, 이유는 간단하오. 나에게 있어 당신의 나이는 영원히 스물여덟에 머물러 있을 거요."

진호는 아리야의 나이가 스물여덟이었던 작년에 만난 걸 영원히 기억하고 싶었던 것이다.

"……."

진호를 바라보는 아리야의 눈길이 촉촉해졌다.

"자, 지노 씨! 아리야를 위해 노래 한 곡 해 줘야 하지 않겠어요?"

다라니가 자리에서 일어서며 진호에게 말했다.

"물론 그래야지요."

진호는 고개를 끄덕였다. 여가수의 노래는 거의 끝나 가고 있었다. 다라니는 무대 옆에 서서 노래가 끝나기를 기다렸다. 노래가 끝나자 다라니가 무대 위에 섰다.

"여러분! 사랑하는 사람의 생일을 축하해 주기 위해 방콕에서 이 먼 콘깬까지 위험한 길을 택시로 달려온 남자가 있습니다. 사랑에 빠지면 그렇게 정신 나간 사람처럼 무모한 행동을 하게 되는지 어떤지는 잘 모르겠지만 아무튼 우리를 감동시킨 사랑의 힘을 몸소 실천한 한 남자를 소개하겠습니다. 지노 씨! 나와 주시죠."

다라니의 소개가 있자 다이너스티 홀이 떠나갈듯 한 박수와 환호 소리가 가득 찼다. 멋쩍은 미소를 흘리며 무대 위로 올라간 진호는 다라니로부터 마이크를 넘겨받았다.

"흐음, 제가 원래 좀 정신병자 같은 기질이 있습니다."

진호의 농담에 홀 안은 다시 한번 폭소가 터져 나왔다.

"아리야 씨의 생일을 축하해 주러 오신 여러분께서 밤늦은 이 시간까지 일면식도 없는 저를 기다리고 계신 줄은 정말 몰랐습니다. 이처럼 저를 따뜻하게 맞이해 주신 여러분께 감사드리며 제가 가장 사랑하는 아리야 씨의 생일을 축하하는 뜻에서 한 곡 부르겠습니다."

그의 말이 끝나자 우레와 같은 박수갈채가 쏟아졌다. 7인조 밴드의 리더인 듯한 키보드 주자와 몇 마디 이야기를 나눈 진호는 곧이어 흘러나오는 엘비스 프레슬리의 '캔트 헬프 폴링 인 러브 위드 유Can't help fallin' in love with you'의 음률에 맞춰 노래 부르기 시작했다.

"와이즈맨 세이 온리 풀즈 러쉬 인Wiseman say only fools rush in……."

부드러운 진호의 목소리가 홀 안에 맴돌았다. 참석자들은 조용히 눈으로 귀로 마음으로 그의 노래를 경청했다. 생각보다 뛰어난 그의 노래 실력에 사람들은 놀란 눈치였다.

사랑에 빠지지 않을 수 없었다는 운명적인 사랑을 담은 진호의 노래에 감동했는지 아리야가 자리에서 일어나 천천히 진호에게 다가갔다. 가슴 앞에 맞잡은 그녀의 두 손에는 새빨간 장미 한 송이가 들려 있었다. 사랑하는 이에게 자신의 마음을 전하는 아리야의 눈길은 그 어느 때보다 깊고 그윽했다. 아리야는 부목을 댄 채 삼각대에 고정된 진호의 오른손에 장미꽃을 쥐어 주었다.

그녀가 자리로 돌아가자 곧이어 다라니도 붉은 장미꽃 한 송이를 들고 진호에게 다가갔다. 그녀의 뒤를 이어 진호의 노래가 끝날 때까지 아리야의 친구를 비롯한 많은 여인들이 차례로 무대로 나가 진호의 손에, 팔에 장미꽃을 한 송이씩 쥐어 주었다. 그것은 지극히 아리야를 사랑하는 진호의 행위에 대한 경의의 표시였다.

이윽고 그의 노래가 끝나자 우레와 같은 박수갈채가 쏟아졌다.

"와……!"

"앙코르……!"

앙코르를 외치는 참석자들의 성원에 못 이겨 진호는 다시 밴드에게 연주를 부탁했다. 밴드는 요즘 태국에서 한창 리바이벌 되어 히트치고 있는 C.C.R.의 '해브 유 에버 신 더 레인Have you ever seen the rain'을 경쾌하게 연주했다. 진호는 경쾌하고 박력 있게 열창했다. 모든 사람이 따라 부를 정도로 홀 안의 분위기가 흥겹게 고조되었다.

진호의 열창과 고조된 분위기와는 달리 아리야는 가만히 진호를 바라보았다. 이전에 미처 발견하지 못했던 그의 노래 솜씨며 노래 부르는 내내 자신에게 뜨거운 눈길을 보내고 있는 그의 마음이 따스하게 전해져 왔다.

"……아이 노우, 해뷰 에버 신 더 레인I know, Have you ever seen the rain……."

정통 로커rocker처럼 시원하게 내뿜는 샤우팅 창법이 전혀 어색하지 않을 정도로 진호는 노래를 잘 소화해 냈다. 노래의 마지막 소절이 끝나자 참석자들은 아쉬운 탄식과 함께 홀 안이 떠나갈 정도로 박수를 보냈다.

"감사합니다. 오늘이 마치 제 생일인 것 같군요. 하하……."

"와하하……."

진호의 농담에 다시 한번 폭소가 터졌다.

"이 자리에는 아리아 씨와 가장 가까운 친구 여러분 그리고 친지 여러분께서 함께 자리하신 줄 압니다. 이 자리를 빌려 아리아 씨에게 묻고 싶은 게 있습니다."

그는 아리아를 바라보았다.

"아리아, 이리 올라오겠소?"

진호는 손을 내밀어 아리아를 무대 위로 청했다. 아리아는 진호가 무슨 질문을 할지 짐작했는지 몹시 상기된 모습이었다. 어깨선이 단아하게 드러난 그녀의 검은색 시폰 드레스는 화려한 맛이 없음에도 우아하고 고고한 기품을 보여주었다.

아리아에게 마이크를 넘겨준 진호는 왼손으로 양복 주머니에서 반지 케이스를 꺼내 아리아에게 건넸다. 아리아는 말없이 반지 케이스를 열어보았다. 그녀의 눈앞에 한 줄기 강렬한 조명 빛을 받아 영롱하게 반짝이는 다이아몬드 반지가 나타나자 그녀는 놀라움과 감격에 젖은 눈으로 진호를 바라보았다.

"아리아, 당신의 생일을 축하하오."

그는 반지를 꺼내 아리아의 왼손 약지에 끼워 주었다.

"아리아, 나와 결혼해 주겠소? 영원히 당신과 같은 편에서 창문에 떠오르는 아침 해를 바라보고 싶소."

진호의 청혼에 홀 안은 쥐 죽은 듯 조용했다. 진호는 아리아의 대답을 기다리는 그 짧은 순간이 그토록 길게 느껴져 본 적이 없었다. 진호를 그윽한 눈빛으로 바라보던 아리아는 고개 돌려 참석자들을 둘러보았다. 그녀의 입가에 수줍은 미소가 번지는가 싶자 새빨간 입술이 벌어지며 진호의 청혼에 답했다.

"물론이고말고요. 사랑해요, 지노!"

진호를 바라보는 그녀의 두 눈엔 행복에 겨운 듯 맑은 이슬이 맺혔다. 그녀의 대답과 함께 장내는 환호성으로 가득 찼다.

"고맙소. 사랑하오, 아리야."

진호는 아리야의 두 손을 잡고 그녀의 입술에 키스했다. 그들의 아름다운 입맞춤 위로 우레와 같은 축복의 박수가 쏟아졌다.

12년이란 시공을 사이에 두고 한국과 태국에서 벌어진 처절한 과거를 뛰어넘은 그들의 사랑은 결코 그들 두 사람만의 것이 아니었다. 그들의 사랑 속에는 수경과 친타나가 녹아 있었고 12년이란 세월의 아픔이 녹아 있었다.

그윽한 눈길로 아리야를 바라보던 진호의 뇌리에 문득 묵묵히 숱한 세월의 무게를 안고 흐르는 차오프라야 강이 떠올랐다. 그리고 그 위로 지난날들이 주마등처럼 스쳐 지나갔다.

내 삶의 이유

거친 세월 살아오며
어쩌다 문득 떠오르는 추억의 편린들
미소의 나라 태국을 시작으로
동으로는 러시아 블라디보스톡부터 서쪽 흑해 연안의 코커서스까지
북으로는 상뻬쩨르부르그부터 남쪽 캄보디아까지
떠오르는 그 아름다운 추억을 모아 또 하나의 새로운 세상을 만듭니다

새로운 세상의 문이 열리면
내 발길 닿는 곳이 곧 길이 되고,
그 길가 골목마다 만나는 사람들의 따스한 미소가
굳게 닫혀 있던 영혼에 자유의 바람을 불어넣습니다.

사는 내내
내 두 발로 낯선 세계로의 길을 내는 것,
내 삶의 이유입니다.

행복역

희망의 기차를 타고
자, 떠나자!

날이 궂어 마음까지 흐린 날
살랑살랑 불어오는 바람이 등을 떠밀면
손에 꼭 쥐고 있던 것쯤
잠시 놓아도 좋으리라.

지키고 있을 땐 미처 못 만나고
떠나야만 비로소 만날 수 있는 것들.

칠흑 같은 터널을 지날 때는
꿈틀대던 절망이,
눈부신 햇살언덕을 넘을 때는
가슴 벅찬 희망이,

스르륵 스르륵
차창 밖으로 번갈아 지나가도
희망을 놓지 않는 한
우리 모두 언젠가는 도착하리니.

"이번에 정차할 곳은
행복역, 행복역입니다."

잘 다녀와

조심해서
잘 다녀와
몸도 마음도 조심해서
가는 길 험한 줄 알지만
오르막에선 잠시 쉬고
내리막에선 냅다 달려도 보고
기분날땐 휘파람도 불고
힘들땐 파란 하늘도 보고

잘 다녀와
언제나 돌아가야 할 곳이 있다는 것
그 것 하나만은 잊지말고

잘 다녀와
그렇게 바람 지나
구름 지나 천둥 지나거든
환한 미소 지으며 짼 하고 나타나
내 제일 좋아하는 말을 해줘
"잘 다녀왔어!" 라고

우연, 인연, 필연

한들 한들 봄바람 널시울
다소곳이 다가 온 미소 하나
잔잔한 파도가 밀어내듯
가슴에 일렁이나 눈가에 맺혀지나
나누는 찻잔 속에 물방울 하나 똑
지나는 바람일까 무심한 우연일까

매운 바람 가슴 여미고
폭풍우에 길 잃어도
맞잡은 손바닥은
내 가슴에 그 대 가슴에
나누는 찻잔 속에 미소 하나 똑
바람은 내 가슴에 가득, 이런 것이 인연일까

마음도 하나, 가는 길도 하나
거친 역경도 둘이 가면 하나
같이 있어도 그리운 마음
떨어져 있으면 사무친 마음
나누는 찻잔 속에 마음 하나 똑
내 가슴에 그 대, 그 대 가슴에 나, 이런 것이 필연이겠지

출간후기

권선복
도서출판 행복에너지 대표이사

한국과 태국,
국경의 벽을 넘어선 교류와 화합의 장이 도래하기를 소망합니다

5.18 민주화 운동이 40주년을 맞이했습니다. 우리 사회가 민주주의를 맞이하기까진 수많은 역경과 갈등이 있었습니다. 태국도 우리나라처럼 민주화투쟁의 역사를 가진 나라입니다. 민주화운동은 역사상 매우 비극적인 유혈사태를 가져왔지만 시민의 힘에 의해 군부정권을 퇴진시키고 문민정권이 다시 등장시켰다는 점에서 역사적 중요성을 가지며, 이를 기점으로 태국의 정당정치가 활성화되었습니다. 이는 우리나라의 5.18운동과 닮아 있습니다. 경시몬 저자는 두 나라의 역사적인 동질성을 발견하고, 태국에 대한 역사적인 이해에 한걸음 더 다가가기 위하여 이 책을 집필하게 되었습니다.

태국의 민주화운동을 배경으로 전개되는 이 소설에선 남녀가 등장합니다. 서로 국적이 다른 두 사람의 인연은 민주화운동의 성공과 함께 결실을 맺게 됩니다. 두 사람의 인연이 닿기까지는 여러 고난과 어려움이 있었습니다. 하지만 그러한 시행착오를 함께 견뎌낸 두 사람은 부부라는 연을 맺게 됩니다. 그런 점에서 볼 때 이 소설은 단순히 남녀 간의 사랑을 넘어선 역사적인 화합에 관한 이야기라고 할 수 있겠지요. 한국과 태국. 국경의 벽을 넘어선 교류와 만남의 장을 흥미롭게 엮은 이야기라고 할 수 있습니다. 이 소설을 읽는 독자분들 모두에게 선한 영향력과 함께 힘찬 행복에너지를 보내드립니다.

'행복에너지'의 **해피 대한민국** 프로젝트!

〈모교 책 보내기 운동〉

대한민국의 뿌리, 대한민국의 미래 **청소년·청년**들에게 **책**을 보내주세요.

많은 학교의 도서관이 가난해지고 있습니다. 그만큼 많은 학생들의 마음 또한 가난해지고 있습니다. 학교 도서관에는 색이 바래고 찢어진 책들이 나뒹굽니다. 더럽고 먼지만 앉은 책을 과연 누가 읽고 싶어 할까요? 게임과 스마트폰에 중독된 초·중고생들. 입시의 문턱 앞에서 문제집에만 매달리는 고등학생들. 험난한 취업 준비에 책 읽을 시간조차 없는 대학생들. 아무런 꿈도 없이 정해진 길을 따라서만 가는 젊은이들이 과연 대한민국을 이끌 수 있을까요?

한 권의 책은 한 사람의 인생을 바꾸는 힘을 가지고 있습니다. 한 사람의 인생이 바뀌면 한 나라의 국운이 바뀝니다. **저희 행복에너지에서는 베스트셀러와 각종 기관에서 우수도서로 선정된 도서를 중심으로 〈모교 책 보내기 운동〉을 펼치고 있습니다.** 대한민국의 미래, 젊은이들에게 좋은 책을 보내주십시오. 독자 여러분의 자랑스러운 모교에 보내진 한 권의 책은 더 크게 성장할 대한민국의 발판이 될 것입니다.

도서출판 행복에너지를 성원해주시는 독자 여러분의 많은 관심과 참여 부탁드리겠습니다.

도서출판 **행복에너지** 임직원 일동